初恋在逃中

First Love at Large

萌晞晞 著

江苏凤凰文艺出版社
JIANGSU PHOENIX LITERATURE AND ART PUBLISHING

图书在版编目（CIP）数据

初恋在逃中 / 萌晞晞著 . -- 南京 : 江苏凤凰文艺
出版社 , 2022.3
ISBN 978-7-5594-6389-0

Ⅰ . ①初… Ⅱ . ①萌… Ⅲ . ①长篇小说 - 中国 - 当代
Ⅳ . ① I247.5

中国版本图书馆 CIP 数据核字 (2021) 第 245946 号

初恋在逃中

萌晞晞 著

责任编辑 白 涵

责任印制 刘 巍

出版发行 江苏凤凰文艺出版社

南京市中央路 165 号，邮编：210009

网 址 http://www.jswenyi.com

印 刷 三河市金泰源印务有限公司

开 本 880mm × 1230mm 1/32

印 张 8.75

字 数 250 千字

版 次 2022 年 3 月第 1 版

印 次 2022 年 3 月第 1 次印刷

书 号 ISBN 978 - 7 - 5594 - 6389 - 0

定 价 46.00 元

目 录

CONTENTS

第一章
谁还不是初吻了

1

周六上午九点，坐落在江海市中心商圈万悦广场负一层的 Fogging 密室逃脱门店接待大厅中坐满了正在等待入场的玩家。Fogging 作为国内密室品牌之最，每个周末的各大直营店的客流量都是如此。

与接待大厅相对而设的是一段用于拍照留念的主题长廊，廊壁上的概念海报会按门店推出的密室主题定期更换，方便玩家通关后打卡。

此时长廊上三四队玩家都是刚刚结束游戏，还穿着主题服装，轮流对着手机镜头摆出各种造型。其中一队尤其热闹，五六个玩家正有说有笑地把一名精灵女孩打扮的 NPC（非玩家角色）围在中间合影。她身材娇小，扮相活泼俏皮，两只“耳朵”尖尖的，一身清新空灵的绿色短纱裙，缀着树叶与碎花的装饰，披肩的金发微卷，还簪了鹿角模样的发饰，笑时一双杏眼微弯，唇边的小梨涡若隐若现，站在以幽绿森林为背景的海报墙前，简直就像是从童话故事里头走出来的一般。

“小雾，你看那个精灵笑得好甜，好可爱啊！现在 NPC 颜值都这么高吗？”

接待大厅角落一处两人卡座里，韩洛娜咬着吸管，用力推了推身边似乎并不想搭理她的男人。

那男人二十七八岁，一身经典款的黑色衬衫，领口处解开了第一粒扣子，慵懒随意地叠腿靠坐着，闭目不语，很是低调。但早在他刚走进门店那会儿，接近一米九的身高就几乎已经让所有人的视线都在他身上停留了几秒，加之修长挺拔，长腿的优势，更是让许多单身小姐姐心头霎时产生了抛弃同伴，上前拼团的冲动。

只可惜激动不过三秒，男人在店门口驻足，双手插兜半回身做了个短暂的等待后，就有一只女性的手挽住了他的臂弯。那女人妆容精致，一身成熟性感的暗红色连体裤，踩着优雅的镂空高跟鞋，只比男人矮半个头，身高和气场都很登对。

原来有女朋友了啊。几个大胆的小姐姐暗暗感叹着又把已经迈出的一大步收了回去。

不过看着两人在接待大厅里落座等待，她们衷心祝福上一场的玩家被困在密室里出不来。当然了，毕竟是有正主的男人了，她们也不敢明目张胆地盯着人家不放，只是时不时借着扫视，偷瞧一两眼。

可这轮番投来的一两眼多了，自然是逃不过“正主”的法眼，偶尔对上了，韩洛娜还会冲她们笑笑。这一笑，怕被逮住目光的几个小姐姐只好尴尬地扭回头去，直到听到韩洛娜叫的那一声——小雾。

男人像是已经习惯这个叫法，很无奈地睁开眼，低头看她。只是他眉眼干净清冷，总是习惯性微抿的薄唇不经意间就透出了疏离感——这称呼和气质实在不搭。

“是看那边。”

于是时雾顺着韩洛娜所指的方向随意地侧头瞥了一眼过去，目光在那个精灵女孩的双眸处滞了片刻，随即又如常地收回，点了点头。

“这么可爱的小姑娘，就只能让你这么点一下头？”韩洛娜学着他高冷的模样把下巴微微抬起一点。

时雾有些好笑地一挑眉，余光往长廊方向又瞥了眼，才又道："形象、气质都和角色很贴合。店长招聘 NPC 时在这点上用心了。"

"……至少在陪我出来玩的时候，能不能麻烦你暂时换一种思维模式？"韩洛娜表示很不满。

"我记得你打的名义可不是玩，是要帮我考察——"

见时雾单手一摊，试图纠正她，韩洛娜直接一句"excuse me"打断了他："你非要这么拆我台吗？嘴甜一点，让我开心开心都不行！一点都不可爱！"

"你也快三十岁了，我以为你已经放弃十几岁时候的痴心妄想了。"时雾不在意地挑了挑嘴角。

哦，原来是姐弟恋啊，这设定就意外带感了。附近卡座从头听到这儿的玩家恍然大悟，如是想。

而韩洛娜则是气得直翻白眼，女人的年龄怎么能这样张口就说？她想要和时雾说道说道，穿着店员服装的年轻小伙子好巧不巧地走过来通知他们可以进场了。

时雾如获大赦，率先起身跟上去，韩洛娜也不好再发作，但还生着闷气，三两步超过他去与店员搭话："刚才我看到合影廊那边有个精灵 NPC，是哪个主题的啊？"

"啊，你说的是小桃吧？她在《奇遇森林》主题里当精灵专业户呢，上个月被店长招进来以后就专门演这个角色。"店员是个健谈的，韩洛娜只问了一句，他就和倒豆子似的说了一路，"她来了以后，《奇遇森林》就成了我们门店这个月翻台率最高的一个主题，走的是轻体验路线，游戏时长在一小时左右。很多组团来的玩家结束游戏后都会要求和她合影，有的甚至就是看了网上评论推荐，冲她这个'江海最可爱密室精灵'来的，很受欢迎！"

"这样啊，早知道我也约《奇遇森林》了。"韩洛娜听了有些遗憾。

“《奇遇森林》是多人本，像你们这样的情侣一起来玩，还是《旧宅》这类恐怖双人本更合适享受二人世界，吓到了还能扑进男朋友怀里。我们后台监控的同事关键时候都会捂眼睛的，放心——”

店员说到最后，还露出了一个“我们都懂”的笑容，韩洛娜乐得直笑，夸他们服务理念先进，可太人性化了。时雾跟在后头也懒得解释，就这么一路听着到了换衣间。《旧宅》的故事背景是民国，两人按照角色身份换了一身当时留洋少爷与小姐的服饰后，就在店员的简单介绍引导下，蒙眼进了场。

光线、音效配合着阵阵凉风，恐怖氛围的烘托并不难，时雾摘下眼罩审视了一遍装潢和道具，发现韩洛娜已经一改进来之前的气场，猫起身子，藏了脑袋，死死拽着自己的衣角，标准的闭眼玩家准备动作。

时雾叹气，胆子又小又喜欢玩恐怖题材的密室，真不知道韩洛娜是和自己过不去，还是和他过不去。

“啊——”

而五分钟后，当韩洛娜牢牢捂住自己耳朵，开始做音调反复陡转的尖叫训练时，时雾确信了这女人是在和他过不去……

2

员工休息室里，口干舌燥的夏小桃终于熬到了预约场次的空档，瘫坐在镜子前摘下头顶发饰和两对尖耳朵，拧了一瓶矿泉水直接往冒火的嗓子眼里倒。直到瓶里的水见了底，她才整个人往桌上一趴，强度正好的冷气从空调里温柔地吹送出来，散去了燥热，让她舒服到双眼半阖，懒懒地打了个呵欠。

“总算能歇会儿了……”

昨晚她灵感爆棚，熬夜完成了自己的第一个密室主题设计初稿《双面》。凌晨两点半，她抱着笔记本电脑几乎是毫无预兆地在某个眨眼的瞬间直接睡过去的，等第二天醒来才发现电脑也没关，还停留在邮件发送成功的页面。

作为“江海最可爱密室精灵”，今年刚毕业的夏小桃其实怀揣着成为一名优秀密室剧本设计师的远大理想。而在她看来能让自己实现这个理想的沃土，就是Fogging设计部。那里会聚了许多行业精英，独立设计师们都有成名作，助理设计师也都自出编剧专业。但夏小桃一无经验，二非科班，应聘失败可想而知。不过她听说Fogging有设计竞选制度，所有员工不分部门，只要有兴趣有热情，都可以创作主题，直接投递到专用邮箱，由总裁亲自过目筛选潜力稿。于是她毫不犹豫地选择了“曲线救国”，凭借着与森林精灵极为贴合的外形气质，成了Fogging万悦广场门店的一名NPC。

竞稿制度每月一轮，昨天又是她在门店工作满一个月的日子，她觉得会是个幸运日。

“也不知道会不会被选中？当总裁应该很忙吧，还能抽出时间看吗？”夏小桃伸出一根手指，漫无目的摆弄着鹿角发饰，自言自语，“如果竞选稿很多，又忙不过来，那岂不是要等很久……”

糊里糊涂地，她也不知怎么就开始为总裁的时间管理发愁了。但还没愁出个所以然来，只听得身后门“砰”一声被打开，紧接着夏小桃眼前就是一黑——

“小桃！快，江湖救急！”原来是副店长陈露冲进来，把演女鬼用的长长的假发一把套到了她的脑袋上。

“怎么了，陈姐？”夏小桃听她语气很急，忙直起身拨开假发看去。

“《旧宅》那场已经过半了，还有个剧情需要NPC进行引导提示，但小邹的胃病突然犯了，疼得厉害根本演不了。现在其他人都还在场里，只能你来顶一下了。”陈露是个干练的女人，服化出身，丢给夏小桃一张字条，边交代边手脚麻利地给她上妆，“台词你记下来，一会儿场控的人会带你进去，在位置上待好，听提示让你出来再出来。时间匆促，你也不熟这个本子，做个‘贴脸杀’，然后把台词说了，能进流程就行。”

“好，我明白了！”夏小桃也不推脱，接过字条就背。上面的台词并不长，主要意图就是把玩家引去旧宅的地下空间。

闭上眼睛又默背了几遍的工夫，等夏小桃再睁开眼，镜子里的自己已经是煞白一个脸，血红一张嘴了！

陈露感受到镜前的小桃猝不及防地缩了一下身子，不由好笑地按住她肩膀，也从镜里打量她：“被自己吓到了？我倒觉得你这女鬼还是太可爱了些！主要就是这眼睛——”

“准备得怎么样了？快点儿！那个长腿大帅哥解题速度逆天，进度好快，要不是有他女朋友一直在尖叫拖后腿。估计这会儿早就通关了。”

陈露的话音被探头进来的场控小哥打断，于是拉了夏小桃起身，把带血手印的白色长裙从头往下一套，宽宽大大，“阿飘”专用。“没时间化眼妆了，到时候假发披着，密室里光线暗，也能凑合，别紧张。”她又叮嘱了句，就把夏小桃推给了门外等着的场控小哥。

“快，快，再不去开天窗了。”场控小哥拉起她就一路小跑，也没察觉她一脸出神的模样。

场控口中的逆天玩家，夏小桃是有印象的。她刚带完前一场和玩家出来时，那个男人正好从店门外走进来。也许是身高的关系，又或者还有什么其他的原因，夏小桃觉得就算当时门店里的客人多十倍、百倍，那个男人也会被自己一眼望见。

后来和玩家拍照留念的时候，她隐约感到有一道很特别的目光朝自己投来过两次。并非感觉到被窥视，或是被冒犯，只是如同静水深流般，从她的脸上淌过，连在心底激起的涟漪都是那么细微。

不知为何，夏小桃直觉那目光就属于那个男人。可当她终于决定朝那目光投来的方向望去时，卡座上却是空无一人。

思绪就这么没头没尾地在脑子里飘着，等夏小桃回过神来的时候，自己已经跟着场控小哥从员工通道来到了既定位置。

平时负责演女鬼的邹月是个身高一米七多的女神，所以她踩上两级台阶，就完全可以达到女鬼从上方飘下的惊悚“贴脸杀”效果。而小桃呢，在大学最后一次体检里靠偷偷踮了一点点脚尖，才虚报出了一米六。

抱着长出一大截的拖地裙，低头看着自己脚下的两级台阶，夏小桃忽然不太确定一会儿机关启动，座钟从内打开后，自己究竟能不能贴到那个男人的脸？也许只能够到脖子？又不是演伏地魔……

场控小哥似乎也从她这个动作中意会到了些什么，匆匆忙忙不知从哪儿抱来一个苹果箱子，给她又往上垫了一截——夏小桃感觉底气登时足了二十厘米！

“加油！你是最吓人的！”

场控小哥送上真挚的祝福后退场，夏小桃在座钟机关里温习了一遍台词，就听到房间门被嘎吱打开的声音。

“有没有恐怖的东西啊？你走慢点儿——”

“你拽着我，我根本就走不了。”

“那怎么办？”

“……松手，或者抬脚。”

夏小桃听着两人的对话声，暗自发笑地拨拨头发，往脸前面挡好。

按照设定，工作人员会控制钟声适时响起，玩家势必会循声靠近厅房中这座接近两人高的巨大座钟寻找线索。这时小桃再听对讲指令行事，从内打开机关，一只女“阿飘”就会伴随恐怖笑声，跟报时鸟似的从上往下给上前查看的玩家一个结结实实的“贴脸杀”，简直堪称这整个主题中挑大梁的正面暴击！

“咚——咚——咚——”钟声幽幽响起、回荡，一声叠着一声，营造出了令人窒息的紧迫感。

“哪、哪里的声音？”韩洛娜其实并不敢把眼睛完全闭起来走路，所以埋着头拿脑袋顶在时雾身后，紧张地问。

“从座钟那里传来的。”时雾转身看向墙边的座钟，尽管知道没什么用，但还是交代了句，“等会儿可能会从钟里出来什么吓人的东西，你不要反应太大。”

韩洛娜应着，像个尾巴一样跟着他转过方向：“哦……好。”

果然是深谙套路。夏小桃暗忖着，赶紧做了几个鬼脸来活动面部，不能出其不意，就只能靠丑出戏了。

脚步声越来越近，音效响起的同时，视线隔挡消失，夏小桃迅速判断出了自己与那男人的“身高差”和距离，双手一张，想都没想就把脚尖一踮，探身往前下方实施“贴脸杀”。

“啊！啊！啊——”惊叫声突破恐怖的背景音效贯穿耳膜，但夏小桃却觉得空气突然安静了……

她的脚尖还钩在苹果箱子的边沿，半个身子却靠着一双大掌的支撑以一种匪夷所思的姿态悬空了，双手按在男人肩头，唇上是温热的触感，黑暗中两道目光焦灼在一起。

“贴脸杀”变成了“贴脸吻”？！

时雾也花了好几秒时间才消化这一切，刚才电光石火间，他看这个NPC脚下似乎被绊了一下，就从半高的地方朝自己扑下来，本想退开一步伸手去扶。谁想到韩洛娜一边尖叫，还一边用脑袋死死顶住了他的腰！

所以人是伸手接住了，这唇却没躲过。黑暗中，他与她近在咫尺的眼睛对视。

人这一生，见过的眼眸岂止千百可计，无论是匆匆一瞥，还是朝夕对望，大多也不过是浮光掠影，离了眼前，便是离了心间，转瞬模糊。

时雾并不觉得刚刚在大厅中的那一眼是惊鸿一瞥，却还是没由来地记住了这双眼睛，属于韩洛娜指给他看的那个“精灵女孩”。

那确实是一双仿佛精灵才会拥有的眼睛，算不得不谙世事，却简单纯粹到一双不会说谎的眼睛，欢喜难过都藏不住，也不必藏。而现在这双眼睛因为惊讶，瞪成了铜铃那么圆，眸底的光完全不受四周幽暗的影响，亮闪闪地映着他的眼，一时间竟也分不清是谁眼底起的波澜。

“小雾？高能结束了吗？我睁眼看了啊——”

夏小桃听到韩洛娜要睁眼了，猛地一惊，终于意识到了现在的情况有多尴尬——她居然当着女朋友的面吻了人家男朋友！

她急忙双手一撑想和男人拉开距离，却发现自己双脚蹬着箱子退不开，腰也被扶住了，只是嘴唇又徒劳地在他唇上碾了几下，更尴尬了！

时雾当然也知道小桃某种程度上是被卡在了他和机关之间，自己退后让她双脚得以落地是最好的法子，奈何韩洛娜简直是斗牛转世，死死顶住不松劲儿。

“小雾？你怎么不说话？我真睁开了啊？”韩洛娜也很纳闷，时雾怎么老试图往后退又不说话呢？这家伙也有怕的时候？不会吧？

“啪！”

情急之下，夏小桃双脚乱蹬一气，成功把苹果箱子踹歪，踩空之下失去卡点，整个人就又往下一坠，多亏时雾扶在她腰间的手用力一带，她才平稳落地，没崴脚也没伤着。

“嘶——”于是倒抽一口冷气的就并不是夏小桃，而是韩洛娜了。

这是不用付费就可以看的吗？这是她在做梦以外能看到的吗？韩洛娜不可置信地捂住嘴，倒退两步，然后开始笑得花枝乱颤。

时雾不仅被“女鬼”吻了，还愣是被吻成了“烈焰红唇”！

3

原本表演出现失误，还闹了个乌龙吻，夏小桃抬眼瞧见时雾嘴上沾的一大圈口红，心中是万分尴尬的，但韩洛娜持续了许久的魔性笑声里充满了幸灾乐祸，反而让她觉得最该尴尬的人变成了时雾。

事实上，时雾现在也确实是太阳穴突突地疼，倒不是为了形象，而是预感到未来很长一段时间韩洛娜都会拿这件事来拿捏自己。

“韩洛娜，你最好有信心能靠你自己一个人这么笑着走完剩下的密室。”

随着他冷冷一瞥，韩洛娜噎住，不敢笑了。小不忍则乱大谋，她还是需要时雾当“坦克”，出去再笑也来得及。

于是密室霎时陷入一片死寂，轮到夏小桃面临抉择了：是跳过剧情，直接交代提示，潦草收场闪人，还是装作什么都没发生把台词原样念一遍？就在她准备选择前者时，却见时雾微偏过脸抬了手正要去擦唇上口红。

“表哥？真的是你回来了吗？”一个念头击中了夏小桃，她灵机一动，在伸手去拦住时雾动作的几秒钟内，新戏码已经在她的脑内剧场排演过一遍了。

时雾有些诧异地扬起眉，把视线从夏小桃握住自己的手上，落到她那刷得比墙还白的脸上，像是对她接下来打算怎么做产生了些兴趣。

“你还记得吗？小时候我们不知道小姨房里的那些胭脂水粉是做什么的，趁她不在拿来玩，把彼此脸上涂得乱七八糟。当时你就是现在这个样子……”只见夏小桃戏精上身，松开他的手，痴痴望着他笑，满是怀念。

其实她在《奇遇森林》里扮演精灵时，也遇到过一些突发情况，比如下一步该进小木屋了，玩家偏要先拉着她绕去屋后的挖宝箱，又比如按剧情设置她只能在祭祀典礼开始时，悄悄带一个人从其他路线离开，却被其他玩家眼疾手快逮住了等。所以在如何临场应对，设法把跑偏的玩家拽回来这点上，夏小桃也是有几分经验的。

“后来小姨发现了，责怪我拉着你胡闹，要把我关进院里的地窖！我哭着喊着不肯，你替我求情，可最后……我还是逃不过的啊。你走了以后，再也没人护着我了……”她虽然不熟《旧宅》的具体剧本，但还是大致知道故事与人物关系的，编上一段不会被回头推敲的台词并不难。

“地窖里好冷好黑，我不要待在里面……表哥你快回来救救我，好不好？好不好……”

时雾自然不可能去和她尬戏，一旁的韩洛娜则是看得一愣一愣的，就这么让夏小桃顺利地把提示加进了现编的台词里重新圆了回来，再钻回座钟里一按机关，最后一个“好”字落下，一切复位。

“这样都行？”韩洛娜摸着下巴打量一眼那座钟，又扭回头盯着时雾的嘴唇瞧，一脸狐疑，“刚才那段应该不是剧本安排的吧？总不能来一个亲一个吧？”

闻言，时雾眼中笑意一闪，随意地擦了擦嘴角的口红，转身道：“走吧，去找地窖。”

而另一边，从员工通道退场的夏小桃也顾不上和场控小哥解释，冲回休息室卸妆，换了身店员衣服，才又急匆匆折返回《旧宅》主题的出口处等待。

临时改台词飙戏，是为了保证玩家游戏体验的顺畅度，但这并不能当作失误不存在，道歉还是不能省的。尤其是情侣来玩，自己的帅哥男朋友居然被 NPC 给占了便宜，换作夏小桃自己代入都觉得窝火。“不过她当时笑得那么开心，好像也不太计较……应该是个比较好说话的人吧？”夏小桃在出口处有些忐忑地踱着步，才把道歉的话打一遍腹稿，就听到了韩洛娜带笑的话音。

“今天玩得过瘾，还有‘意外收获’！”

从她身后走出来的时雾并不开口，面色淡淡，似乎懒于接话，唇上的口红倒是已经在换装间都处理干净了。

“不好意思，两位……”

“嗯？你是——”韩洛娜还在回味自己口中的“意外收获”，冷不防被店员打扮的夏小桃拦住，愣了愣，眯起眼一认，才笑起来，“啊，你不是那个演精灵的小桃吗？”

夏小桃也是一怔，然后才实诚地答道：“嗯，我叫夏小桃，是店里的 NPC 演员。平时都在《奇遇森林》演，刚才那场是第一次演女鬼，所以出了点意外……”

“我不是有意要嗯——您男朋友的！”不比之前密室里黑漆漆一片，夏小桃看清了时雾眼底的墨色、眉峰的棱角、鼻梁的线条和……唇角的弧度。于是一个“吻”字临到嘴边自动转了消音模式，脸上莫名有些发烫，她只好猛地一个九十度鞠躬来掩饰：“实在很抱歉！”

“这样啊。你放心，我这人脾气很好的，不会揪着不放，乱找碴投诉的。但适当的赔偿还是要有的，毕竟也是花了钱来消费的。”

夏小桃见韩洛娜还是一副有商有量的模样，心里头也是一松，连连点头：“嗯，嗯，您有什么想法就告诉我！我能做到的一定想办法做到！”

“没问题。”韩洛娜像是十分满意她的处理态度，也冲她一笑，随即拍了拍身边时雾的胳膊，手一摊，“手机给我，我的没电了。”

一看就没在打什么好主意。时雾皱眉，犹豫了下，没有立刻给她。

“快点儿！”韩洛娜也不客气，直接上手从他口袋里把手机抢过来，对夏小桃一晃，“我们先加个微信，回去以后我再考虑要怎么赔偿，考虑好了联系你。”

“……哦。”于是夏小桃眨眨眼，也乖乖照做了。

韩洛娜看微信加上，就把手机丢还给时雾，还威胁了他一句“不许删”后，才又转脸对小桃笑眯眯地解释：“你也别觉得我麻烦，小雾他这人不爱说话，有什么心事呢也爱藏着端着，所以什么都得我出面。我这个当女朋友的都没得到他的初吻，就被你给夺走了，这也算是一件大事，你说对不对啊？”

这一番话可把夏小桃给听蒙了，半晌只应出一个“啊”字。

时雾在旁瞧见小桃那副阅读理解失败的模样，像只被人拎住耳朵的小兔子，好笑地摇摇头，打断了韩洛娜的玩笑。

“行了，姐，别耽误了。我公司下午还有事，你自己回家还是我送你？”

“哇，你整天对我直呼其名的，这一年可没几次能叫我姐啊——”

“我在车里等你，五分钟不来，你就自己回去吧。”时雾也不理反应夸张的韩洛娜，直接打断她。

转身要走前，他又想起什么似的一顿，对还处在困惑中的夏小桃略一颔首，眼梢凌厉的弧度柔和了些：“应变能力不错。”

“……喂，你多等五分钟啊，我要去补个妆！”说罢，他也不管韩洛娜的喊话，大步离开了。

“所以你们……”直到时雾消失在视线，夏小桃回过神问还站在面前的韩洛娜，“是姐弟？”

韩洛娜于是立刻换上更加和蔼可亲的笑意，伸手一搭她肩头，特别慷慨：“我这个弟弟一门心思只想着工作，没心思谈恋爱，所以我才想逗逗他。不就一个初吻吗？不会真让你赔偿什么的，放心吧！”

原来不是男女朋友啊，可长得一点儿都不像。小桃听了个大半，“哦”一声，略一琢磨才想起给她指路，“对了，您要去洗手间是吗？顺着那条路走到尽头左拐就是了。”

谁知韩洛娜却坏笑着冲她一眨眼：“不，我要去监控室。”

“这样不太好吧？虽然如果玩家有需求，是可以录走一些片段做纪念的，但得经过本人同意才行……”

监控室里，夏小桃在韩洛娜的强烈要求下，调出全程录像，找到了她意外吻住时雾那一段接近三十秒的视频。原本进来前，韩洛娜只是要求看一遍，谁知看完一遍后，她就激动地掏出了之前号称没电的手机要录下来！

“没有本人允许，我们要确保录像不外传，保护玩家的隐私……”于是就发生了韩洛娜上手扒拉，但小桃就是挡着屏幕不让录的这一幕。

“但我是本人的家属啊。”韩洛娜拍着胸脯，义正词严，“我是他姐姐，能有什么坏心思？”

夏小桃咬唇，觉得理是这个理，可这位姐姐坏笑起来的样子毫无说服力，就又一脸坚定地摇了摇头。

“你这小姑娘刚才临场改戏不是挺能变通的吗？这会儿怎么一根筋呢！”韩洛娜叉腰，无奈地瞥她，心道此路不通，还得换个法子。于是她凤眼一眯，来了主意：“那只要本人同意就可以录了，是吧？”

“是啊。”夏小桃点头，提议道，“你可以打电话问问你弟。”

“本人就在这里，问他做什么？”韩洛娜勾唇，酒红色的亮片美甲往屏幕上一指，“你看，我不在这画面里吗？我就是要录走我被吓到尖叫的这一段。”

见夏小桃神色动摇，一双杏眼写满纠结，韩洛娜就趁热打铁继续忽悠：“组了队，行动就是分不开的。那些多人本的玩家要录片段，肯定都会把别人的部分同时录走，你们难不成还把每个人的画面都单独切出来，或者别人的部分都打马赛克？那录像画面不完整，还有什么意思？你说对不对？”

小桃直觉不对，但又反驳不出个所以然来。

“哎，你要还不放心——你不是加了我弟微信吗？我录回去以后，你要是不放心，可以过几天找他求证一下我有没有乱传。”

夏小桃听到这儿，似乎没那么愁了：“这倒是……”

“这就对了！”韩洛娜见她终于被说动，往旁边让开了屏幕，心里长出了一口气，并为自己灵光一现想出的一举两得之法颇为满意。这个小桃子，很合她眼缘。如今她给两人提供了之后再联系的可能，也算是为弟弟的幸福煞费苦心了。

就这样，韩洛娜录走了“吻戏”片段，心满意足地出了监控室。而夏小桃则莫名盯着屏幕像是出神般，又看了好几遍自动回放，才脸颊发烫地想起去按暂停键，还边摸着嘴唇边嘀咕了句：“谁还不是初吻了……”

第二章

失恋还是失业

1

夏小桃工作的门店规模说小不小，有大小四五个主题，但说大也不大，上至店长下至普通店员的关系都很融洽。因此“贴脸杀”风波自然没有逃过同事们雪亮的眼睛，连续被八卦了两天，一个劲儿问什么感受。胃病发作被顶班的小邹甚至表示肠子都悔青了，早知道那对不是情侣，说什么也得再忍十分钟，然后晕倒在男神的怀里。

奈何当事人夏小桃给出的回答令人颇为扫兴，只说当时情况诡异，就是两片嘴唇那么一碰，也没怎么脸红心跳。她观察着大家的八卦之魂完全没被满足的样子，就更没敢说自己其实是加了那个男人微信的，以至于后来前台小姐姐还不甘心，特别为小桃查了查对方联系方式，结果发现是他人代订，为此还特别为她无法再续前缘感到遗憾。

然而，正在夏小桃以为这事儿就算翻篇了的第三天，她一来上班，就发现气氛不对劲，所有人都用一种“永别了，小可怜”的目光盯着她，欲言又止。

“邹姐，发生什么事了吗？”夏小桃心里发毛，一路走进员工休息室，见邹月正在镜子前唉声叹气地化着妆，就问。

邹月转过脸来，女鬼的妆已经基本画好，光打在她脸上一片惨白，眼角流着血泪，加上语气幽幽，听得人心都凉了半截：“哎，都怪我那该死的胃病，是姐害了你啊……”

“害了我？我怎么了？”夏小桃指指自己，拿不准她是不是突然戏精上身，没打招呼就和开始她飙戏。

“哎，我也不知道该怎么对你说，还是你自己去店长办公室吧。她说等你来了，就让你去找她。”邹月却只是起身抱过小桃，轻拍了拍她的脑袋，“放心，回头要还想去别家密室当NPC，就跟姐说，姐帮你介绍！”

她在Fogging做得好好的，为什么要去别家？这是要开除她？夏小桃有些发蒙，唯一能和邹月联系起来的差错，还是三天前的那个“贴脸杀”。

“是那天《旧宅》的玩家来店里投诉我？”她从邹月怀里退出来，皱眉不解，“可明明都解决好了啊……”

闻言，邹月又是重重一叹：“如果只是投诉就好了，店长那么喜欢你——你知不知道，那个被你夺走了初吻的男神叫什么？”

“我就听他姐姐叫他‘小雾’。”

“他姓时，叫时雾。”邹月点点头。

“时雾？时……”夏小桃乍听之下也没反应过来，念了几遍却发现越念越熟，而后震惊地拔高了音调，“时雾？！Fogging的那个创始人时雾？！”

“对，就是咱们的大BOSS，所以你可能是得罪他了……”看着小桃逐渐绝望的目光，邹月不忍再往下说了。

虽然门店和公司总部的员工平时八竿子打不着，也就店长要定期去开开会，做做述职。

但Fogging的每一家直营店，都流传着这位时总极难相处的传说，甚至有员工亲切地称之为“扎心总裁”，也就难怪大家都觉得小桃这回完了……

“就、就只是亲了一下，就要开除啊？”夏小桃真希望是自己梦还没醒。

“总裁心，海底针吧。尤其是他那种没谈过恋爱只知道工作的单身——”邹月一脸愤愤，也觉得不可理喻，就运用巧妙的断句狠狠损了时雾一句，“狗总裁！”和骂狗皇帝差不多，挺解气，但不顶用。

夏小桃心里是又惊又气又急，可看得出邹月是真有些自责，这事也并不能怪她，所以还是勉强挤出个笑容来：“嗯，我知道了，邹姐你先忙你的吧，一会儿就该进场了。我先去店长那里，也许是还有的商量，才找我去的呢。”

“也对！不过小桃子你到哪儿都是最可爱的密室 NPC，失去你是 Fogging 的损失！”邹月拍拍她肩膀，还是一路把她送到了店长办公室门口，才被催着离开了。

目送邹月离开后，小桃深吸一口气后敲了门：“艾米姐，我是小桃，您找我。”

“小桃啊，快进来吧。”

别看店长艾米才三十出头，经验却十分丰富。她是国内最早一批密室玩家，也是 Fogging 密室最早的一批店长。公司的店长制度是每三年换一次岗，不管是哪家门店到了她手上，都曾有过相当出色的业绩。

“你坐吧。”艾米看小桃的神色就知道她大约已经听说了情况，亲自给她倒了杯水递过去。

夏小桃道了声谢，接过水却没有喝，只眼巴巴地等着艾米开口。

“我想你可能也知道了，总部那边的谢助理昨晚突然联系我，交代了两件事。第一是通知让你今天下午去公司总部面谈，第二是让我抓紧时间重新再招一个 NPC 来顶你的空。”艾米双手撑在桌上，也皱着眉，言简意赅地把总部的意思转达给了她，“其实前两天我也看了那段监控录像，认出了那个人是时总，估计是下店暗中考察，所以我想着没出什么大事，说破了反而节外生枝，没想到……”

“可是——”夏小桃还是想不通，时雾那天非但没有追究的意思，还反过来夸了她，怎么会隔了三天突然就要开除她？她握着水杯的手下意识用力，想要据理力争：“我知道确实是我的工作失误，但也只是不小心……没有造成任何安全事故，有严重到要开除我的地步吗？哪怕扣光我试用期的薪水，或者再延长试用期也行啊！我真的很想留在 Fogging！”

如果因为占了老板便宜这种理由被开除，就等于是被永久加入黑名单了吧？恐怕以后再也没机会进设计部了！

“这些法子我都提了，还一再和谢助理强调你工作认真努力，表现积极，是咱们店里最受欢迎的 NPC，希望能留你在店里继续工作。但还是……”艾米摇头叹气，也是无可奈何，十分惋惜，“谢助理的语气听起来没商量，只说理解我舍不得放人，但这是时总的意思，如果暂时招不到合适的 NPC 可以帮我从其他门店调。我很抱歉，帮不了你。”

“您能帮我说这么多话，我已经很感谢您了。”小桃其实脑子里乱得厉害，但还是看似冷静地努力牵起嘴角，露出浅浅的梨涡向艾米道谢。

“嗯，上午我让人顶了你的班，你就什么也别做了，休息休息，下午好去总部。”艾米隔着桌子把手伸过来，拍拍她的手背。

但她这么一提，小桃却突然像是抓住了一线希望地问：“谢助理有说为什么要让我去面谈吗？”既然都要开除了，为什么还要让她去总部面谈呢？难道时雾还小肚鸡肠到非要亲自说一句“You are fired”不成？

“这个倒是没提。不过你还在试用期，我想可能是人事或者法务那边，需要走些流程吧。”艾米略一沉吟，并没有多说。

毕竟这次解聘行为认真说起来，恐怕并不是那么正当合理。但在艾米看来，夏小桃单纯努力，做事认真，却并不怎么精明，甚至可以说是个小迷糊。让她这样一个刚从校园走进社会的孩子，去为了一份 NPC 的工作和整个公司走法律途径对抗，太过耗时耗力，不切实际，也根本得不偿失。

她和邹月想的一样，离开 Fogging，夏小桃去哪里都会是很受老板欢迎的 NPC。

“我明白了。谢谢艾米姐。”

失魂落魄地出了店长办公室，夏小桃越想越觉得心塞，就为了个都没尝出啥滋味的吻而断送了还没开始的职业生涯，也太荒唐了！

店里的生意又到了高峰时段，同事们都忙得热火朝天，有正好迎面遇上小桃的，也只能匆匆安抚一句，就又去忙了。这么一衬，无所事事的夏小桃更是悲从中来，提前感受到了被开除的恶意，心里那股委屈劲儿怎么都压不住，又不敢在休息室里哭出来影响大家，就去了洗手间躲在里面给闺密纪然然打电话。

纪然然赶在准备外拍，一听电话那头的小桃哭哭啼啼的，就把器材暂时丢给助理调试，钻进车里问她怎么了。于是夏小桃就边啪嗒啪嗒掉眼泪，边把事情讲了一遍，倒也条理清晰，重点突出，听得纪然然很是义愤填膺地把时雾谴责了一番。

“然然，你主意多，快帮我想想还有没有什么办法能不让我失业吧！”小桃说完，又团起一张被眼泪浸湿的纸巾扔了。

“嗯……那不然，就失恋？”

夏小桃的哭腔更浓了：“你就别开玩笑了！”

“那个时雾不就是仗着自己损失个初吻吗？你就卖惨，比他损失更大，咬死因为他这一吻害得你十年长跑的男朋友和你分手了，让他没立场开除你！”纪然然自认为出了个不错的馊主意，死马当作活马医，“爱情没了，事业不能再丢了！否则就、就天台见——”

“骗人不好吧，我也不会撒……”小桃听得眉头紧锁。

她话音未落，就被纪然然恨铁不成钢地打断了：“我的好桃子，你就是太老实了！人家都是找软柿子捏，到你这儿就成软桃子了！”

“那万一被拆穿了怎么办？”夏小桃还想再“可是”几句，却听到那头有人在催纪然然过去。

果然，就听纪然然像是把手机拉开些距离应了一声，之后又对小桃加快语速道："最多就是对方不吃这套，保持原样开除你呗。反正这主意我给你出了，是要失恋还是要失业，你自己决定。模特到了，催我开拍呢。"

"对了，知道你不擅长编谎，如果决定要试试，给我发消息，我帮你编一段。"末了，纪然然又特别周到地补充了句。

"好，那你先去忙吧……"挂断了电话，夏小桃也不哭了，开始认真纠结要不要照纪然然说的去做。

纪然然从高中起就开始自己玩摄影，去参赛，念大学后拉起了一个独立摄影工作室在外边接商业摄影的活儿，和形形色色的人打交道。还没毕业就已经做出了好几个成功案例，社会经验比她丰富不止一点儿，说不定真的有用……

不然，试试?

这念头一旦起了就压不住。小桃给纪然然发了条微信，纪然然倒像是早就边干活边打好了腹稿，十分钟后就发来了一条声情并茂的语音。

夏小桃硬着头皮听完，尽管觉得这词儿十分尴尬，但还是转了文字复制到手机备忘录，开始毫无灵魂地背诵全文。

来洗手间的同事都听到她在隔间里叽里咕噜不知在说什么，但也都同情她的遭遇，想着让她一个人静静也好，并不去打扰她。反正隔间充裕，也不差那一个间。

就这样，直到午饭时间，夏小桃确定自己把稿子背得像和尚念经似的那么滚瓜烂熟后，才摸了摸有些饿的肚子推门出来。她决定直接去总部附近找家馆子，午休一结束就杀去公司为梦想奋力一搏!

2

Fogging 的总部坐落在江海西区的一片高级写字楼群中，从最初那个租在单元房里的几人小型创业公司，到如今即将上市拥有独立办公楼的领头企业，只过去了短短五年。这五年里，时雾和他的 Fogging 见证并也参与了密室逃脱走出小众圈子，进入大众视野，再大规模发展，最终融入整个主流文娱产业的每一步。也是在这每一步中，Fogging 都把握住了风口，才造就出今日引领行业的顶尖密室品牌。

这其中固然得益于时雾的眼光独到，善于决断，但他为人冷淡寡言，Fogging 之所以能左右逢源，还有一人功不可没——那就是目前任职 Fogging 总裁特助的谢诚。

中午十二点整，谢诚拎着外卖，吹着不成调的口哨，准时推开了顶楼总裁办公室的门。

“老妈子给你送午饭来了。”他走到办公桌前，把袋子往时雾手边一放。

“那个夏小桃——”时雾从不是会准时吃饭的人，视线也不从电脑屏幕上移开。不过他一开口，谢诚就知道他要问什么了。

“放心吧，已经通知到位了，人下午就来。”谢诚探头瞥了眼屏幕，直接上手把笔记本抱走，跷了二郎腿坐到一旁的沙发上，“让我看看是什么样的主题设计方案能入了我们时大总裁的眼，还催我要人要得这么急。”

谢诚和时雾两人的性子可以说是截然相反。他热络健谈，擅长应酬交际，Fogging 创立之初，时雾只出资金和脑子，剩下的嘴皮子和跑腿活儿都归谢诚。但这两人又并非单纯的上下司关系，时雾出国之前，谢诚就是他的邻居加玩伴。因此用谢诚的话说，自己就是做着助理的事，操着老妈子的心。

可这一看，倒是把这位八面玲珑的谢特助给看傻眼了，直接把文档拉回第一页确认了一遍上面的署名，赫然写着：夏小桃（小桃子）。

自己没眼花，那就是时雾的脑子出问题了！他急忙一脸关切地回头望向时雾：“你最近……没受什么刺激吧？”

“你这是想让我给你找点刺激？”时雾眉一扬。

“不是——这份竞稿方案也太稚嫩了吧，一看就是新手！”谢诚抱起笔记本又跑回去，往桌面上一放，指着文档问，“你确定你看中的是《双面》这个主题？没弄错？”

他随意一指，倒正好指在标题下方那一行简短的主题简介上：“每个人都是双生两面，不逃出来，怎么认识另一个自己？”

时雾眼底莫名闪过了一道光，却只淡淡地答了他两个字：“没有。”

“时大总裁，你和我还要卖关子，玩高冷呢？你到底看上这方案什么了？”谢诚实在好奇，便想逗他说出原因，“你不会认识这个夏小桃吧？看上的不是方案而是人？色令智——”

话音戛然而止，倒不是谢诚不敢这么调侃老板，而是不管现在他说什么，时雾恐怕都听不进去，也不会回应。

总部里的所有人都知道，总裁办公桌上有个特制的相框是绝不能碰的。那里头没有照片，只放了把看起来颇有些年代的老旧钥匙。

而此刻，时雾正抿唇盯着那钥匙，默然出神。

也不知是紧张，还是这八月下午两点的太阳太毒，夏小桃只是穿过一条街来到Fogging总部大楼前，额间就已经沁出了汗来。她低头，又看了眼备忘录中的那段话，在心中默念了一遍，才长出一口气进了楼。

楼内冷气充足，舒服得让人精神一振。夏小桃环视一圈，陆陆续续有人经过她身边刷门禁，进电梯，上楼。她看清了其中一人胸前挂着的工作牌，上边写了一串职位名：Fogging设计部，独立设计师。

她多希望有一天，自己身前也能挂上这块工牌。

也许是她的目光太灼热了些，那个栗色齐耳短发的女设计师注意到了，便在电梯前停住了脚步，扭头朝夏小桃的方向望来，礼貌地一颔首。

这是个典型的职场精英女性，二十六七岁的模样，一身时尚的白领套装，脸上挂着恰到好处的得体微笑，淡紫色眼影却又给她平添了一丝妩媚。

夏小桃这才意识到自己一直盯着对方看，对方还这么好脾气地朝自己点头致意，急忙垂眼，歉意地低下脑袋。

见她局促的模样，女设计师只是温柔地抿唇一笑，收回了视线。正巧这时电梯门打开，谢诚从里面走出来，两人打了个照面："吴霏？你中午出去了啊。"

"嗯，去见个朋友。"吴霏笑着点点头，没有多说，与他擦肩而过进了电梯。

随后电梯门合上，谢诚撇嘴嘟囔了句"果然只对阿时上心"，就将一份快递交到了前台："帮我把这个寄出去。"

"你好，我是万悦广场门店的员工夏小桃，被通知来总部……"

这边谢诚交代完转身就要往回走，听到身后话音就又折回前台问："你就是夏小桃？"

"……嗯，我是。"夏小桃突然被打断，犹豫地答了句，却在发现他的工牌上写着总裁特助后双眼一亮，"您就是谢助理吗？店长说就是您通知让我来总部的，我、我想见见时总，您能带我去吗？"

谢诚瞧着这也就是个刚出大学的小姑娘，特别礼貌，一口一个"您"的，觉得有趣，笑着冲她一招手："走，带你上去。"

"谢谢！"

没想到他这么容易就答应了，夏小桃立刻就在心中给谢诚贴了个"为人随和"的标签，小碎步跟上去，和他一起进了电梯。

有谢诚在的地方绝对不会冷场，电梯里没有别人，他按了顶层的键后，就很自然地开始与她搭话："我看你大学学的是历史，怎么会来Fogging？你很喜欢密室？"

"嗯，我很喜欢……"夏小桃却显得心不在焉，只是仰着脸，盯着电子屏上不断跳动的数字，忍不住紧张起来。

“放心，时总是没什么耐心，脸也臭，说话还噎人，但也没有传闻中那么糟糕。”谢诚见她这样，只道是时雾“扎心总裁”的名号太响，就半开玩笑道，“不会吃了你的！”

但他会炒了我啊。夏小桃一瘪嘴。

“你……没事吧？来之前发生什么了吗？”谢诚见她反应古古怪怪，又打量她了片刻，发现她的眼睛确实又大又亮，但细看之下，似乎眼圈发红，眼皮还有些肿。

夏小桃觉得谢诚明知故问有点恶劣，可偏偏他表情又十分真诚不像捉弄，一时也不知道该怎么答了。好在这时“叮”一声，顶层到了。

“方向错了，那边是会议室——”谢诚好笑地看她埋着脑袋走出去，想也没想就往左拐，就抬手指了指右边，“跟我来。”

夏小桃大窘，急忙应一声，调头亦步亦趋地跟到他身后，穿过走廊，停在了一间办公室门前。

“时总，夏小桃到了。”谢诚敲门。

“进来。”

里头传来时雾清冷的话音，夏小桃辨不出其中带有何种情绪，莫非这就是暴风雨来临之前的平静？

她还在胡思乱想，谢诚已经推开门进去了，见她还杵在原地，就回头催她：“发什么呆？快进来啊。”

被谢诚拽进来的夏小桃习惯性回身去关了门，才转回来慢吞吞走到办公桌前。

时雾正低头翻阅一份文件，头也没抬：“坐。”

而夏小桃此刻心里正盘算着是要先发制人，还是先听听对方怎么说，他这一个字就很自然地被忽略了。“你要一直站着等吗？我不喜欢总是浪费时间重复自己的——”时雾见半晌没回应，皱眉抬眼看去，目光落在她脸上后话音突然一顿，却对谢诚说，“给她倒杯水。”

“哦……好。”

谢诚有自己的办公间，就在隔壁，但他觉得一个人闲着无聊，所以经常跑到时雾这间的沙发上办公。两人各干各的，偶尔交流几句也方便。这会儿时雾没头没尾的一句，他差点儿没反应过来是在叫自己，纳闷时雾这家伙什么时候这么有人情味了，还懂得请人喝杯水。

“你还是坐下等吧，他手里报告没那么快能看完。”谢诚接了水递给夏小桃，见她特别像是杵在班主任桌边罚站的学生，手脚都不知道放哪儿，就笑呵呵地低声提议，“要是觉得坐在他对面紧张，跟我到沙发那边？”

“不、不用了……”谁知小桃瞥了瞥他，又瞧了眼已经重新低头工作的时雾，最终居然就着旁边的椅子坐下了。

是他的亲和力下降了？被拒绝的谢诚讪讪地摸了摸鼻子，有些郁闷地坐回自己的地盘。

办公室里重新安静下来。夏小桃本以为自己会等得很焦虑，可事实上却是她捧着那杯热水，隔着氤氲的雾气望着时雾发起了呆。

他面部轮廓深邃，微抿着唇，眼里的光比一般人都更沉更暗，看起来冷峻疏离，难以接近。不过真正让夏小桃出神的，是此刻时雾身上那种极具感染力的专注，让她的心也跟着莫名平静了下来……

“夏小桃。”

直到听见自己的名字，小桃猛地一激灵，才发现时雾已经合上文件，正看向她：“我看了你上周提交的那份主题设计方案《双面》。”

夏小桃双眼睁大，张了张嘴，却没发出声来，心中无数个问号和感叹号飞快闪过：看了？什么时候看的？居然这么快就看过了！也不知道他觉得怎么样？可是偏偏又在这个节骨眼上！

时雾也没打算等她开口，语调淡淡地继续说：“从故事背景到逻辑环节设计都经不起推敲。这样粗糙的主题作品，是不可能落地的。”

“哗啦”一声，夏小桃听到了自己心碎的声音。

其实夏小桃设想过很多次如何在人前阐述自己的主题设计理念与得失，沟通改进办法，但时雾这毫不委婉的直白评价还是成功让她的大脑变得一片空白，嗫嚅半天也没说出什么有营养的话来：“是，我确实没有什么经验……第一次写……写得不太好……”

“不是不太好，是相当糟。”时雾纠正她。最后一角还勉强粘在一处的玻璃心也被彻底扎碎了，夏小桃不知道为什么就特别想问一句：“你看我还有机会吗？”

当然了，夏小桃哪里敢这么玩梗挑衅时雾，心碎了不要紧，关键是饭碗不能碎。

见她看着自己的眼神变了又变，仿佛在做什么思想斗争，最后又像是不得不向恶势力妥协般低下了头，时雾不由眉梢轻挑，问：“立意是你自己想的？”

为免自取其辱，这次夏小桃也不太敢轻易接话了，就小鸡啄米似的点了点头。

“但一个立意就算再好，也不能支撑起整个作品。”时雾直视她，屈指在桌上轻叩了一下，“现在你觉得，这个作品还有让公司投入成本来运作的价值吗？”

“……也许在时总看来很糟，但我不会放弃。”这一问，夏小桃倒是突然把腰板挺直了，抬眼坚定地迎上他的目光。

“好。你明天不用去门店了。”

说了这么多最后还是要开除啊？！夏小桃急了，手中杯子往桌上重重一放，像只被踩了尾巴的猫咪，一下从位置上腾地弹起来。

“等等！时总，我有话要说！”

3

从 Fogging 创立至今，敢用这种气势打断时雾说话的可没几个人。从刚才起就一直埋头忙自己工作的谢诚也饶有兴趣地抬起了头，朝夏小桃投去一个“敬你是条女汉子”的目光，等看好戏。

对此，时雾则是不动声色地身子往后一仰，靠在椅背上，做了个“请”的手势。

“时总，我知道，我不是一个合格的NPC。因为我工作的失误，害您失去了初吻，我在这里正式向您道歉！”夏小桃回忆着纪然然紧跟在台词后的殷殷叮嘱，调整了一下呼吸和表情，开始卖惨，“但是您知道我失去了什么吗？”

“什么？！”这回轮到谢诚从沙发上一下蹦起来了。但他可不是在顺着夏小桃的话问，而是单纯在表达内心的震惊！时雾什么时候失去的初吻，他这个“老妈子”怎么不知道？

然而就怕忘词的夏小桃哪里管得了他是什么语气，就顺势往下背：“我失去的是和我长跑了十年的男朋友，是我的初恋啊！他听说了这件事以后就要和我分——”

“十年？早恋挺严重啊。”绕是时雾也忍不住眼角一抽。

仿佛是冷不丁被抓住了盲点，加上身后谢诚“噗”一声闷笑，夏小桃居然也忍不住停下做了算题：她今天二十二，十年长跑的初恋……十二岁，好像是比早恋还早了那么一点点。

小桃在心中暗骂纪然然编也不编得严谨些，也怪自己做贼心虚，光顾着背词儿，这么明显的逻辑问题都没发现！但开弓没有回头箭，她只能生硬地跳过这个点不处理，咬牙继续：“时总，如果您是因为平白无故就失去初吻而感到懊恼不快，才想要开除我，那您应该更能明白我为此失去了男友是一种怎样的心情！”

时雾简直怀疑，那天在密室里临场改词都能入戏的夏小桃，和现在这个根本不是同一个人。眼前的夏小桃眼神四处乱飞，完全不敢和他接触，心虚到就差把“我在背稿子”五个字写在脑门上了。

“这几天，我真的非常痛苦，非常难过，只能用工作来麻痹自己，我真的不能再失去工作了。”

夏小桃话音落下后是漫长的冷场，办公桌后的时雾闭眼按着眉心，她再扭头观察沙发边的谢诚，也是一脸见了鬼的表情看着自己这边。

搞砸了。她心里咯噔一声。

但其实谢诚只是在打量和她同方向的时雾。以谢诚对时雾脾气的了解，早在第一次打断夏小桃后，就不会再接着听她胡诌废话了。谁承想他也不知出于什么心态，居然又耐着性子把整段话都给听完了。

“对不起——”这回丢人丢到家了，夏小桃只想挖个地洞把自己埋进去，转身就要跑，却被时雾喊住：“等等。”

脚步应声一顿，小桃握在身侧手攥成了拳头，使劲把想哭的冲动压回去，就听到他问：“乱七八糟的话都说完了？”

“……嗯。”夏小桃慢吞吞转回身，也认可时雾这次的评价，遂老老实实地垂下脑袋。

“不是，你刚才说什么开除？”这时谢诚也回过神来了，就问她，“谁告诉你，你要被开除的？”

不是开除？夏小桃蒙住，一脸迷茫：“店长说，你让她再招人顶我的空……刚才时总不也让我不用再去门店了吗？”

谢诚听完忍不住乐了，连连摆手：“哎，这事闹的！误会误会，艾米弄错了，也怪我昨晚没说详细，其实时总的意思是——”

“谢诚。”时雾却打断了他的解释，从右边手那摞文件的面上取了一份，起身走到夏小桃跟前，“你在 NPC 的工作岗位上确实存在失误，所以明天就转岗吧。手续办完后去设计部报到。至少未来两个月，你都有足够忙碌的工作可以麻痹自己。”

“我……我去设计部？！”夏小桃不敢相信自己的耳朵。

“试用期内完善你提交的主题方案，通过季度评估会，否则走人。”时雾单手插兜，把那份打印出来的《双面》往她怀里一拍。

这是怎样的反转剧情？夏小桃呆呆地捧着文件夹，感慨艺术果然源自生活。

“有问题？”时雾见她低着头也不说话，蹙眉。

“没有没有！”夏小桃只觉得因祸得福，连声答应了，仰脸望他，觉得他的下颌线真好看，“谢谢时总，我会加倍努力的！”

两人站得近了，她就得很努力地扬起脖子才能和时雾对视。也不知时雾是否察觉，他很随意地往旁边退开了一步，才颔首道：“嗯，一会儿让谢助理给你一张门卡，明天你自己去人事处办手续吧。”

“走吧，我带你去后勤领一张门卡。”谢诚闻言，就走去开门，站在门边招呼她。

“时总放心，两个月后我一定会让《双面》成为你眼里值得投资的作品！”

而夏小桃则是双手把文件夹紧紧抱在身前，眸光清亮地冲时雾鞠了一躬，才欢欢喜喜地跟着谢诚离开。

从出办公室到领到门卡的一路，夏小桃都步子轻快，满心欢喜。没想到时雾胸襟这么宽广，被占了便宜还能客观地看待她的作品，非但没为难她，还把她调进了设计部！是她和同事们以小人之心度君子之腹了！

可见谣言真是不能都信，等有机会回门店，她要对同事把谢诚之前在电梯里说的那番话重复一遍：时总是没什么耐心，脸也臭，说话还噎人，但也没有传闻中那么糟糕！

直到进电梯，谢诚见这小姑娘还不知情地摸着那门禁卡傻乐，实在于心不忍，就开口问道：“你知道季度评审会的通过率是多少吗？”

闻言，夏小桃愣了愣，终于舍得把视线从门卡上移开：“很低吗？”

“只有百分之十。”谢诚对她投去怜悯的目光。

剧情反转再反转，所以约等于只是晚了两个月被开除而已？这是要让她体会拥有后再失去的痛苦啊！这时雾怎么这么损啊！夏小桃的心态霎时崩了，眼眶也跟着红了。

“不过你别急啊。虽然通过率是很低，但是……”谢诚急忙想要找补，谁知夏小桃居然突然按了最近的楼层，电梯门一开就逃也似的跑了出去，“哎，我话还没说完呢！”

这情形特别容易让人想歪，外边进来的员工纷纷用揶揄或探究的眼神打量谢诚，弄得他尴尬得直挠头，也不敢追出去了，只好讪讪地又回到顶层，抱怨起时雾来。

“公司什么时候规定进设计部的第一个作品通过不了评审会就要走人的？那咱们设计部还有人在？”

“那不妨加一条。”时雾低头在刚送来的财务报表上签着字，不咸不淡地回了句。

“啧，真是铁石心肠。”谢诚不禁咋舌，“这么可爱的小姑娘你真下得去毒手啊？你没看她刚才一听我说评估会的通过率那么低，那眼圈一下子就红了。”

时雾闻言停笔，突然抬了眼皮子扫去一眼，直把谢诚扫得后脖颈发凉：“管不住嘴。”

“那我不是怕她没有足够的危机意识嘛。”谢诚嘟囔着缩缩脖子，伸手接了报表正要退出去，突然“哎呀”一声，自己险些忘了重点啊！

下一秒，谢诚已经不怕死地又折了回去，胳膊肘撑在桌上：“喂，刚小姑娘说的‘夺走了你的初吻’是怎么回事啊？你们之前还真认识啊？和我说说呗？”

扬眉与他对视片刻，时雾哂笑道：“不如你也转个岗吧。后勤部正需要谢特助这样事无巨细的人才。”

“时总谬赞，愧不敢当！我还得跟着您再学两年，先去还报表了。”认㞞的谢诚一溜烟消失在了时雾眼前。

耳根终于清静了，时雾打算关注一下最近一段时间的密室产业动态，边打开网页边下意识伸手往前一够，却发现桌上多了个马克杯。是夏小桃刚才捧着喝了好久的那只杯子。

夕阳在窗外偏斜，或许只是光影变换的错觉，竟似有星点明亮的笑意缀进了时雾漆黑如墨的眼底。

希望她别再写出刚刚那种糟心的台词拉低公司的平均水平吧。时总裁这么想着，把杯子重新收好放在柜里。

第三章

亡羊补牢

1

翌日下午，挂着属于自己的设计部助理设计师工牌，夏小桃抱着厚厚一摞文件进了电梯，艰难地按下“B1”。她等着电梯门关上，才把手里的文件往轿厢扶手上一靠，有些沮丧地吐出口气来。

这些都是要拿去文印室复印的材料，复印完后还要在明天部门会议之前，按顺序整理装订，发到每个人手里。这就是她进入 Fogging 设计部后被分配的第一份差事。

夏小桃一早踏进设计部时，就试图和部门里的大家打招呼，结果就是每个人都在自己的工位上盯着自己的电脑屏幕忙碌，把她当成透明人一样忽略了。后来她讪讪地在自己工位上坐了一会儿，又寻思着想找两边的同事请教些问题，或是要点资料来学习，也都被冷淡地敷衍了事。

直到中午，才有一个和她同为助理设计师的女同事主动走过来，却是往自己桌上砸了一大摞资料，用极快的语速交代她该怎么做后，就头也不回地走了。小桃只来得及看清她工牌上写着的名字，叫薇琪。

真是万分想念门店里充满友爱和欢笑的工作氛围啊。电梯门打开，夏小桃又重重一叹，抱起资料走出去。好在文印室里的文员曾姐是个热心的，见她机器用得不是太熟练，捣鼓了几下也没成，又是生面孔，就给她示范："新来的吧？学会了吗？"

"嗯，我会了。麻烦您了，谢谢。"夏小桃记性好，学得快，看过一遍就懂了。

"不客气。"曾姐四十多岁，面容和善，一双手有些粗糙，拍了拍后又转回她自己那张堆满了文件盒的桌上，"多亏了总有你们这些新人被使唤，我这儿才能清闲，只要把这些资料归归档，排好就行了。"

夏小桃觉得她倒是爽快又直白，就是一时不知道该怎么回应，只得"噢"了一声。

"不过你也别在意，一开始进来都得干点杂活儿，过两个月就好了。"曾姐随手分拣着文件盒，一脸"我见得多了"的神色。

过两个月也许是不用在意了，毕竟已经走人了。夏小桃苦笑。

之后二人无话，只有机器运作的响动和文件盒被翻动、打开的声音。夏小桃看出曾姐大概是在清理多余或是过期无用的资料，她脚边几个纸箱里的废纸已经快满出来了。复印的量大，需要时间，夏小桃在机器边也是干等，索性走过去问："这些不要的，我帮您拿去隔壁处理掉吧？"

"好啊。"曾姐从一堆盒子里抬起头，还夸了句，"小姑娘不错，比之前的都懂事！"

"您也帮了我嘛。"浅浅的梨涡在夏小桃唇边现出来，她蹲下正要把箱子抱起来，却见被丢在最上边的竟然是好几份主题设计方案，心中一喜，仰脸问，"曾姐，这里面的资料我可以拿走一些吗？我想拿去学习学习。"

曾姐闻言探头顺着她所指的定睛瞧了眼："啊，你要就拿去吧，看完之后别乱丢，用碎纸机碎掉就行。不过这几份都是没过评估会的方案，废掉的，没什么可看的。"

"没事！我刚进设计部，什么都想看看！"夏小桃不以为意，从几个纸箱里扒拉出好几份方案来，如获至宝般拍了拍灰尘，压平后放到一旁，就开始一趟趟地抱了纸箱去隔壁间用碎纸机处理掉，再将空纸箱放回远原处。满满四五箱都搞定后，她才把方案并着复印好的资料一块收了抱好。

“那我先走了，曾姐，有空再来帮您。”这回资料更厚了，直接就把小桃的小半长脸都给挡住了，只露出一对眸光透亮的杏眼。

“成。”曾姐爽利一笑，“回头我要看到什么和设计部有关的，就给你留着。”

“好，那我一定常来！谢谢曾姐！”

出了文印室，夏小桃心情明朗不少，想着赶紧回工位把事情做完，就可以去研究自己淘到的“宝贝”了。可当她兴冲冲地走出电梯，路过茶水间时，却是脚步一顿。

她好像听到了自己的名字。

“今天那个空降的夏小桃是什么情况？谁的亲戚？”

要真是谁的亲戚就好了。夏小桃无力。

“不能吧，你在 Fogging 里见过哪个走关系的？时总眼里可容不得沙子……”

这么说来，时雾“扎心”是一视同仁的，只看实力，还挺有原则。夏小桃听着，忍不住点了点头。

“别瞎猜了，可靠消息，她原来是门店里的一个 NPC。公司去年不是设了个主题设计竞选制度吗？她递了个主题，被时总筛出来，就钦点进了设计部。”

“竞选制度？一年多了时总都没挑出一个来，我还以为就是个摆设……况且咱们内部想破脑子讨论出的方案，时总都不一定看得上，她是写了什么啊？这么厉害？”

原来她是第一个被挑中的？

夏小桃受宠若惊，然而心中隐隐生出的丁点窃喜，却被之后传入耳中的嗤笑声无情地践踏了。

“嗤，她今早想找我帮她看看的，完全外行，连基本的模式都不对！”

“对啊，我在旁边也瞄了眼。听说她还在试用期内，这个作品要是过不了季度评估会，就要走人了，我看她也就待这两月了。”

“不管怎么样，我先轻松两个月，会议资料都可以让她去准备了，我回去看看她弄得怎么样了。”

最后一个说话的是薇琪，她说着就放下茶杯往外走，走到门口时，脸色却变得有些不自然。

她和夏小桃面对面碰上了。

夏小桃是在一个极好的家庭环境中长大的，校园生活也称得上单纯美好，初入社会就是在门店里当 NPC，店里的大家都很喜欢她。因此当乍一听新同事原来是在背后这样议论自己时，难免会手足无措，甚至没有意识到如果这种时候她不想和几人挑明了，那么该趁薇琪出来前先避开，就当没听见，装糊涂。

“怎么了？”茶水间里几人见薇琪突然站在门边不走了，奇怪地跟上来，也瞧见了杵在外边走道上的夏小桃。

几人见状，彼此对视一眼，有的面露尴尬，略感歉意，有的却也只是用并不怎么客气的目光打量她。

“……资料我已经复印完了，明天开会之前一定会做好，你放心吧。”夏小桃沉默了半晌，才低声对薇琪说。她现在无比庆幸资料够厚，能替自己挡去些狼狈的神情。

“啊，知道了。你准备仔细，别出差错啊。回头要是吴总监不满意，你自己负责，别怪我没提醒你。”薇琪倒也心虚，不敢看她，没什么气势地丢下这句话就从她身边走了。

其他人见她走了，也不多说，纷纷跟上去离开。

一个人在原地站了很久，夏小桃不知道自己刚才的处理会不会很糟糕，但总算也明白了为什么设计部的同事都对自己十分冷淡。在她们看来，自己进设计部纯属意外，是不知踩了什么狗屎运，两个月之后必然走人，所以也没必要深交。

说到底，她们其实只是不想与没本事的外行共事罢了。

想通了这一层，夏小桃心里头反而释然不少。她确实是个不折不扣的新人，前辈们也没有义务格外照顾她。这两个月里，她能做的只有用所有能用的办法努力提升自己，才能在季度评估会上用作品说话。相信如果她的作品真的通过了评估，设计部里的大多数同事都会乐于接纳成为合格密室设计师的她。

“为了能进设计部，你在时总面前都敢豁出去鬼扯。那现在好不容易进来了，还有什么是一张厚脸皮不能解决的呢？”左右无人，夏小桃自己给自己打气，末了还把自己给逗乐了。

于是五分钟后，回到工位的夏小桃若无其事地埋头准备会议资料，薇琪几人观察着她，似乎并不打算发作，也没有要去经理办公室打小报告的意思，心中其实也松了一口气，觉得多一事不如少一事，也不想闹僵。双方就这样达成了某种奇怪的默契，茶水间里的一幕至此揭过，无人再提。

晚上七点半，时雾刚结束了一个视频会议，准备取车回家，一出电梯就看到文印室里还亮着灯，就走进去问：“曾姨，还在忙？”

“瞎忙而已。对了，你得和大家一起叫我曾姐啊，不然这都差辈儿了！”曾姐还继续着整理过期资料的工作，在一堆堆文件盒里挑挑拣拣，像是很熟悉时雾的声音，连头都没抬就笑应道。

“小时候叫习惯了，改不了口。有外人在的时候再改吧。”这会儿若是有公司的其他员工在场，定会被时雾的温和语气吓到，“时候不早了，我送您回去吧。资料都在这儿也跑不了，明天再整理也来得及。”

“家里没人，也没事可干，倒不如在这儿，楼上还有小年轻们陪着一起加班。你累一天了，赶紧回去吧！”曾姐余光瞥见他还往里走，忙对时雾挥手，反倒催起他来了。

时雾闻言蹙眉，神色一黯：“抱歉，当年要不是因为我——”

“可不许这么说啊！”曾姐才听了话头就连忙打断他，起身认认真真地对他说，“当年的事就是个意外，不是因为谁！真要怪，那也是怪货车上那个酒驾的司机！老何走后，先生就补偿了我们家一大笔钱。我家小清能一直安心读书，现在又考研去了外地，其实多亏你爸爸。”

听到父亲，时雾抿唇，幽邃的眼底翻覆着难以名状的情绪。

“只不过我没什么文化，前几年身体不好，很多体力活儿也做不动了，想为小清再攒点钱又力不从心，心里多少有些发愁。没想到，你这孩子居然还惦记着我，回国以后花了那么大工夫找我，就为了把我招进文印室里轻轻松松拿着钱享福……”

“薪酬是您应得的。文印室有您打理，我很放心。”时雾十分耐心地听完曾姐的感慨，目光随意往桌上一扫，停在了一摞纸上，看起来应该是专门归类过。

“这些……不都是设计部那边作废的材料吗？是特意挑出来的？”他问。

曾姐也看过去，乐呵呵道：“哦，对啊。今天下午有个新进设计部的小姑娘，来复印资料，帮了我不少忙。她好像对设计部的这些东西很感兴趣，从准备处理掉的几箱子东西里找了几份设计方案说要拿回去看看。所以我就想整理的时候顺手帮她挑出来，下次她再来，就给她。”

“夏小桃？”时雾拨弄资料的手顿了顿，眼前闪过一双异常澄亮的眸子。

曾姐看过工牌，眯着眼一回忆就想起来了：“对！就是这个名字——每个员工你都记得啊？”

“……正好对她有点儿印象。”时雾略看了眼那些纸上的内容，收回手。

“是该有印象！那小姑娘长得挺讨喜的，那眼睛大得哟，跟会说话似的！”曾姐笑得眼角有道道细纹，语带羡慕，“要是我家小清的眼睛能有她那么大就好喽，是不是呀？”

时雾远远见过几回曾姐的女儿，好像是个单眼皮，被她这么一问，竟不自觉就在脑海中把夏小桃的眼睛给换到了小清那张脸上……

“摇头是不好呀？”曾姐笑脸登时一板。

“不是——”时雾也没反应过来自己居然下意识地摇了摇头，连忙矢口否认，“就是我有些想象不出。其实小清也挺好的。”

作为一个眼光挑剔的人，时雾认为夏小桃的眼睛就是夏小桃的眼睛，硬要长到别人脸上去，别扭。

“好了，就是同你说说笑。你小时候，可比你现在笑得多，心思别那么重，过去的就让它过去吧。”曾姐笑着叹了一声，慈爱地伸手去握住时雾的手，像是哄孩子一样轻轻拍了拍。

停留在年少记忆里的温暖仿佛随着这一握逆流了光阴，时雾的脊背僵住片刻，而后怔怔地低头凝视这双长着薄茧、有些粗粝的手。

他并不记得母亲的手掌是否更加柔软，她很早就病逝了，父亲工作也忙，很少着家。但时雾并不羡慕那些被爸爸妈妈一左一右牵着手的孩子。因为从记事起，他的两只小手，也总有人牵着。一边是家里的保姆曾姨，那双手像极了妈妈的手，紧紧地裹着他的，什么都得管一管。而另一边手牵着的，却只是一双稍显单薄的少年的手——那双手喜欢牵着他往前冲，往前跑，牵着他一起笑，一起闹，还要等他长大，然后再牵着他去看更有趣的世界，更美好的风景。

那年的时雾从未想过，在他长大之前，那双手会松开自己，消失不见……

2

“《半日江湖》的项目资料大家都已经看过了，还有什么疑问吗？”

翌日，设计部会议室内，总监吴霏把视线从投影屏幕上收回，边环视一周边问，仿佛不经意地目光来回两次，都扫过了坐在最角落位置的夏小桃。

夏小桃的心思显然没有放在这次开会的重点议题上，和纷纷表示没有问题的众人一起点了点头，也不知在神游何处。

“好。大家也都知道，这两年密室逃脱品牌林立，市场竞争激烈。做好原创自研产品固然重要，但也需要开拓新的业态思路。除去配合上市的大型主题公园建造项目，Fogging 未来几年的战略重点之一就是打造属于自己的 IP 矩阵时代。将‘影游漫’的优秀 IP 通过密室逃脱这种实景游戏的形式落地，能带来更广领域的体验消费的市场，增加每个主题获得的关注度、用户黏性以及市场收益。”得到众人回应，吴霏又进一步说明，“所以把《半日江湖》这个影视 IP 落地的项目做出成绩，不管对公司，还是对各位个人的发展而言，都意义重大。”

说到这儿，吴霏顿了顿，眸光微转，再次不动声色地观察了几个部门里资深设计师的神色后，才公布道：“我们设计部参与此次项目的名额是六个，包括两名独立设计师和四名助理设计师，有兴趣的可以提交改编思路，我们会在这个月底与《半日江湖》的 IP 方共同评估决定人选。有异议的，现在可以提出。”

“没有。”夏小桃再次跟只应声虫似的，随大流又摇了摇头。

“嗯，那没有其他问题，我们就先散会。”吴霏满意地合上文件夹，“小桃，你留一下。”

冷不防被点名，夏小桃心头一个激灵，从座位上弹起来应了一声：“我在！”

“扑哧——”

陆续退出会议室的人中，有几个没忍住笑出了声，夏小桃也才意识到自己的反应太大了，活像上课偷看漫画书被老师发现的熊孩子，不免有些发窘地低下头，挠了挠腮帮子。

好在大家也各有各忙，没看热闹的兴趣，很快人就都走光了。

“这次开会的材料，是你准备的？”小桃听到吴霏问。

“……是有什么做得不对的地方吗？”当时薇琪说得太快了，也很含糊，所以一些要求模糊的地方，夏小桃是照自己的理解来准备的。

吴霏摆摆手：“不，之前薇琪每次都只是单纯地复印大份大份的资料，装订在一起，你却按逻辑和主次做了筛选和整理，大家看起来更一目了然，会议效率更高。你做得很好。”

“谢、谢谢。”小桃松了一口气。

“你要一直站得那么远和我说话吗？”吴霏好笑地问她。

于是夏小桃应了声，走到吴霏跟前，稍显局促地站着，心里揣着几分尴尬。她可还记得，昨天自己在一楼是怎么盯着人家工牌瞧到被发现的，但那个工牌明明……

“我们昨天在一楼见过的。”吴霏微微扬起脸看她，笑意温婉，还透着亲近。

小桃点头，又忍不住偷偷看了一眼吴霏的工牌。这次距离很近，她绝对不会再看错，确实只是一个独立设计师的工牌而已。

吴霏像是看穿了她的想法：“觉得奇怪？为什么我明明是总监，却挂着普通设计师的工牌？”

“嗯。其实我很羡慕能在 Fogging 当设计师的人，昨天也是因为工牌上写的岗位，所以多看了几眼，结果今天开会才知道……”夏小桃正自个儿琢磨着，被吴霏直接说了出来，索性大方承认了。

“我是有一块写着总监职务的工牌，这块是以前的。”吴霏闻言笑了，用两指拈起身前的工牌一晃道，“只不过我更喜欢挂着以前这块，比起总监这个身份，我更喜欢设计师，也更希望部门里的大家叫我 Rainy，而不是吴总监。”

“你——你是 Rainy？那个初代全机械密室《星辰之外》的设计师？！”夏小桃捂嘴，又惊又喜。

吴霏挑眉：“怎么？很意外吗？我看起来不像？”

“不是不是！就是我没想到还能见到本人——当时那个密室我还二刷

了！真的好酷！”夏小桃忙不迭摆手，“Rainy 的作品我都关注了，就是后来似乎越来越少看见她的作品……我还以为她是改行了，挺遗憾的。”

“最初 Fogging 就那么几个人，租在单元房里，环境虽然不如现在，但胜在有时间专注于自己的创作。那时候，我就只要想着，多写几个叫好又叫座的密室主题，好让谢诚出去和人谈合作时更有底气，这样 Fogging 才能坚持下去，发展起来。后来公司规模渐渐大了，我有设计部里几十号人要顾着，各种项目方案要审着，反而没了时间，更静不下心来。于是 Rainy 这个名字也就淡出了密室设计师的圈子……算不上改行，但也差不多了。”末了，吴霏轻笑着耸耸肩。

原来是从 Fogging 创业之初就加入了的元老啊。夏小桃暗自羡慕，却也听出吴霏语气中似感慨也似遗憾，就认真安慰：“其实当上总监，哪怕不再自己亲自操刀设计了，也并不意味着就是淡出密室设计圈了啊。相反，你关照着设计部里的大家，让越来越多的密室设计师能将自己的创意落地，这也是一种实现价值的方式，甚至对整个圈子来说贡献更大。”

“这单看着，还真看不出你这么能说会道。就算只是拍马屁，我听着也很受用。”吴霏听后不禁莞尔。

“不是拍马屁，我是真心这么想！”夏小桃双眼定定地和她对视，强调道。

“我大概知道时总为什么钦点你了。你和当年的我还真是挺像……”吴霏的嗓音还是那般轻轻柔柔的，语速不快不慢，听来如和风拂过，可却莫名让小桃皱了一下眉头。

连夏小桃意识到自己这个反应时，也是愣了愣，不明所以，直到吴霏挑开了话题。

“对了，听说时总给你定了个挺苛刻的条件，如果修改过后的方案过不了季度评估会，就要走人？有思路了吗？”一提到“季度评审会”这五个字，夏小桃就愁得什么都忘了！方才她在会上神游，还不是为了修改方案绞尽脑汁吗？！

“没有……”

这回答显然在吴霏意料之中，她抬手优雅地将垂落的发丝绾回耳后，浅浅一笑：“要是你愿意，就拿来给我看看吧。”

“当然愿意！”夏小桃耷拉下去的脑袋登时抬起，问得急了，连珠炮似的，“您是习惯看电子版，还是纸质版？什么时候方便？看的时候需要我在旁边解释思路吗？被我耽误的时间，我能帮忙做点什么事来补上吗？”

吴霏见状，失笑着伸手在半空中一按，示意她少安毋躁：“这些都是小问题，一会儿你打印一份来我办公室，我就当开完会，放松一下，咱们边看边聊，只当交流。其实我第一眼看你，就觉得和你投缘，更何况多为公司培养新人，也是总监工作范畴的一部分。”

“好！那我这就去。”

像Rainy这样的资深设计师，能不摆总监的架子，主动提出要指点自己，对夏小桃来说实在是意外之喜。

她一路小跑着取来方案，忐忑地等着吴霏看完，发现对方的脸色有些复杂，犹疑着没有立刻开口，小桃急忙表态：“不管有多严重的问题，您尽管说！我不是玻璃心的！”

“倒也没那么严重。”吴霏闻言抿唇一笑，手里合上方案的动作却让小桃感到不妙，“只不过，一个密室主题要想成功落地，设计只是起点，营销才是终点。你的设计概念感很强，故事看起来也很棒，但你考虑过什么样的作品才能在投放市场时创造出足够的商业价值吗？怎样才能在营销上有所加分？如果到不了你想要的终点，那么起点就失去意义了。”

“我……我是想过，但……”小桃下意识地蹙眉，咬了咬唇，心里头的想法模模糊糊的，一时间说不明白。

“这很正常，新人设计师大多都会这样——往往把自己这个环节看得太重。”吴霏并没有等她说完，而是兀自点点头，仿佛能体会这个阶段的设计师正在面对怎样的迷茫，甚至她自己就曾经历过，“慢慢就会找到方向的。”

见吴霏眼中尽是理解之色，夏小桃便也不再纠结，只是有点儿不好意思地挠挠腮帮子：“那我也得能先留下来，才有机会慢慢学习更多……”

“我知道。所以这次我会给你提一点具体可行的修改方案，你参考着改改。”吴霏拨一缕发到耳后，也借着这动作重新垂眸将方案打开，招呼了小桃挨近些坐下，“你来看。其实整个故事的悬念感很强，是有基础的，那你就可以适当改动背景与情节，顺势加入恐怖元素，再通过这几个环节的处理，把最直接的刺激感提升上去。现在恐怖密室在各个类型里很占优势，往这上面靠拢，后期营销就有了比较高效的切入点，你觉得呢？”

夏小桃启唇，想说自己设计这个密室的初衷就并非如此，何必把每个密室都跟风整成鬼屋。可一对上吴霏投来的充满征询的亲切目光，她话到嘴边又咽了回去，低低地“嗯”了一声。

得到认同的吴霏眼中笑意更浓了，便继续指着方案道：“还有这个故事的主题很深，虽然是亮点，但也给宣传增加了难度。玩家付出的理解成本不能太高，不妨在环节中多拆碎了揉一揉，处理得再直白些。或者把主题直接定得浅一些，比如这里……”

“是，我会试试的。”

“当然了，这都只是我的个人看法。如果你觉得不合适，就还是按你自己的想法为主，不要受我的影响。”

“嗯！谢谢吴总监！”

就这样，夏小桃心里头怀着那股时有时无、说不上来的不得劲儿，听完了吴霏给出的修改意见。但她想着毕竟是前辈，或许这就是不同眼界带来的不同思路，所以还是开始按着建议完善设计方案。白天里部门杂事多，处处都要帮忙跑腿，还有各种小会，很难有整段时间能好好坐在自己的工位上潜心琢磨，夏小桃索性等同事都下班了，一个人留在设计部加班。

设计部位于写字楼的十二层，穿过拐角处的茶水间再向外走，有一处不大不小的露台，在电脑前坐得僵了，夏小桃就会拿杯咖啡去露台远眺放松，正好能望见墨澜江那灯火辉煌的江景，视野极好。

偶尔她也会抬头练练颈椎，视线便会被顶层唯一的一处灯光吸引，是总裁办公室的位置。

毕竟是总部，尽管时雾多数时候都待在顶层，除了开会外极少露面，十件事里大约有八件都是谢特助出面，但同事们在茶水间闲聊的话题却总离不了这个 Fogging 的灵魂人物。只不过夏小桃听来听去，颠来倒去也无非就是“工作狂”“说话扎心”“铁面无情”“眼光挑剔令人发指”之类的评价语，且常伴有大段的自诉苦水，多听几日也就无甚新鲜了。

倒是纪然然听说了夏小桃“前途无亮”的现状，深感自己也有责任，也表示绝不能让时雾这厮把山上的笋都给夺完了，遂自告奋勇，要为小桃分忧，收集时雾资料，攻心为上，投其所好，从而保住事业。至于夏小桃自己是怎么想的呢？她觉得还是很有必要再找个机会和时雾单独谈谈，该道歉的道歉，该表态的表态，只是绝不能再像上次那样用昏招了。她也研究过，公司手册里可从来没有一条规定实习的助理设计师必须在实习期内有一部独立创作的作品通过季度评审会才能留下。吴霏也让她不必太有压力，还举例了薇琪，薇琪就是年初进的 Fogging，到现在为止也没一部通过评估，不还照样留在设计部吗？

“不管怎样，他没计较上次我胡说八道那么一通，但我自己不能就装糊涂混过去，也该正式道歉一下，说明白没那回事……”盯着手里的咖啡嘟囔了句，夏小桃终于鼓起勇气，准备借送咖啡的名义再去顶层一趟。

说干就干，她才走回茶水间，兜里手机就响了，翻出一看，是纪然然来电。

“你现在在公司还是家里？方便说话吗？”

“方便啊。我在公司茶水间里等咖啡呢，你说吧。”夏小桃歪头把手机夹住，腾出手来操作咖啡机，“不会真被你查到了时雾的什么把柄吧？”

才问出口，夏小桃就听到了那头纪然然的一声长叹，充满挫败：“别提了，我发动了我所有的八卦关系网，都查不出什么猛料来，连面上的东西都不齐。作为密室逃脱这种新兴娱乐产业的大老板，时雾未免也太低调了。”

“有多低调？”左右也是等咖啡，小桃就顺着问她。

“他几乎不应酬，不社交，不接受任何综艺邀约和露脸采访，连在每年的产业联盟大会上也不参与任何公开合影——网上连张像样的照片都没有，全是远拍的，模模糊糊都看不清脸。”纪然然几乎是在用一种数落人年纪大还不洗澡的嫌弃口吻给夏小桃科普，把后者给逗乐了，“你怎么还笑得出来啊？这种人最可怕了，简直是刀枪不入，油盐不进！”

夏小桃倒是一脸满不在乎：“他是不是刀枪不入，油盐不进，我是不知道。但我知道，他曾经是知名大学的金融高才生，却拒绝了国外投行的橄榄枝，毅然回国创立 Fogging，并且在短短五年就打造出了国内密室品牌之最，还牵头成立了 TAK 产业联盟——他是一个在认真做密室的人。”

“……你老实说，他是不是很帅？”纪然然沉默片刻，突然话锋一转。

“嗯？为什么突然问这个？”

“我怀疑你色令智昏。刚才说那段话时候，是不是做捧脸崇拜状？”

否认的话都冲到嘴边了又被咽回去，夏小桃默默把捧在脸颊边上的左手放下去，心虚地一清嗓子：“咖啡好了，我要给人送去，先挂了啊。”

“等等！你给谁——”没给纪然然问完的机会，夏小桃飞快挂断了电话，咖啡也确实是好了，就端了往电梯去，一路上到顶层。走出电梯，她扭头望向左边，深呼吸，发现自己也并不如想象中那么紧张。

毕竟时雾既不会吃了她，也暂时不会炒了她。

但当她走到总裁办公室外，对着虚掩的门敲了几下，才发现时雾似乎并不在。

“时总？”夏小桃犹疑片刻，还是推了门，决定进去等。

她边往办公桌前走，边环顾一圈。那日夏小桃虽然在这间办公室里待了将近半小时，但全程都心慌慌的，也没顾上观察这办公间的装修与陈设。室内被灯光的明亮与饱和度巧妙地区分出两个区域，办公桌在一侧，沙发与落地窗在另一侧，后者很合适让人在办公的余暇稍作放松，偷闲半刻。不过整体走的是黑白灰风格，倒是和时雾给人的感觉很像，静默下敛藏锐意锋芒。

要是换谢诚坐在办公桌后的那张椅上，小桃想想那别扭的画面不自觉就笑了。

夏小桃走到办公桌前，将手里的咖啡放下，视线也就随之落到了桌上。桌上的办公用品与文件资料摆放得整整齐齐，但可以看出时雾应该只是暂时离开，笔记本的屏幕还是亮着的，停留在某个文档界面。她并无意去窥探上边的内容，倒是被桌上一个木质相框吸引了。倒不是因为这相框款式有多新奇有趣或是繁复精致，恰恰相反，这是一个再普通不过的相框，只是夹层似乎是特地增加了点儿厚度，才能将一把钥匙收在框内。

未经允许，夏小桃也不敢将整个相框都拿起来打量，只得撑着桌沿，把身子又往前探了些，看得更清楚了——那是一把老式钥匙，金属光泽黯淡，上边还有些接近黑色的暗红痕迹，该是曾经用过些年头，之后才被放进相框里保存起来的。

她确定自己上次来时，因为忐忑和角度的原因，并没有瞧见相框里的这把钥匙。可夏小桃才看了第一眼就莫名觉得眼熟。

“应该是过去留下的那种老宅的钥匙吧？估计都差不多一个样……”她蹙眉嘟囔着，打算绕过桌子，换个角度凑近再仔细看看。

“丁零零——”

整层楼都是静的，桌上的办公电话猛地这么一响，着实是把夏小桃给惊了一跳。她也顾不上去研究那把钥匙了，踱到办公室门边向电梯间的方向张望，身后的座机一直在响，足足响了一分钟后，只停顿几秒，又开始响第二遍。

也许是对方有什么急事，夏小桃左右等不来时雾，索性又走回去接了电话，想着往办公室座机打来的肯定是公事，她作为公司的员工先代为接听解释一下，请对方稍后再联系也不为过。

哪知对方一开口就是一句“臭小子”，那声音语调还有几分熟悉。

“我这才回来多久你就不肯接我电话了？手机不接是吧？你跑得了和尚你跑得了庙吗？”

感受到对方的火气，夏小桃下意识把话筒拿远了些：“不好意思，请问……”

“嗯？！我没打错号码吧？！”

“这里是Fogging密室逃脱总裁办公室。”

对方音调拔高，夏小桃是越听越觉得在哪里听到过这女人的声音，而且就在不久前——答案正呼之欲出，又被对方的惊叹打断了：“现在居然还有女孩子肯陪他一起加班的吗？难怪不接我电话，原来是有情况啊！”

“不是，不是，您误会了！”夏小桃忙不迭解释，“我是公司的设计师，留下来加班，正好有事上来找时总，看他暂时走开了不在，就先帮忙接了电话。”

“噢——不过我听你声音，怎么有些耳熟？”

夏小桃嘴角微抽，正想回一句她也有同感，就听电话那头的人倒抽了一口气：“咝！你、你不是门店里那个夺走了我家小雾初吻的‘女鬼’吗？！”

这下小桃也回过味来了，这熟悉的女声不正是时雾的姐姐吗？出事后夏小桃也曾痛定思痛，几次琢磨整个失误过程，自然也就记起了那天在密室里时雾叫过他姐姐的名字——韩洛娜，并不同姓，也不晓得这家庭是怎么个情况……

不光是夏小桃这边思路跑得有些远了，电话那头的韩洛娜此刻也是浮想联翩，越想越偏。

“你们不会是……就一吻定情了吧？啧，我就说他那天反应有点儿不寻常。不过他是这种会一见钟情的感性类型吗？虽然看着不像，嗯……但也说不准！”

听韩洛娜居然一本正经地研究起来了，夏小桃哪儿还敢走神想些有的没的，三言两句就把自己会出现在时雾办公室的原因说了遍："就是这样，和感情无关。"毕竟他要是真对自己一见钟情，她也就不必为如何保住事业而发愁了。

"这样啊。"韩洛娜听完，话音带笑地沉吟片刻，突然开口，"不如，我教你个讨那小子开心的诀窍吧。"

一份好心情确实能使沟通顺畅不少。夏小桃心下一喜，急忙追问："什么诀窍？"

"很简单。你别看他那个人啊，面上正经严肃，暗地里其实可喜欢听'彩虹屁'了！"韩洛娜话里笑意更浓。

"'彩虹屁'？"时雾那张不苟言笑的冷峻面容在脑海中一闪而过，夏小桃怀疑自己耳朵出问题了。

"是啊，你就想办法可劲夸他。他要是脸上没什么明显的表情，也不要气馁，没准儿是在心里偷着乐呢。"韩洛娜还怕她不信，又补充道，"他十几岁那会儿对我也是一张臭脸，后来我就是用这招搞定他的！"

闻言，夏小桃不禁又回忆了一番那天在门店里的情形，时雾不还是用一张臭脸对韩洛娜的吗？搞定前后，有什么区别吗？

"你在听没有啊，小桃子？小雾脾气虽然不行，但长相方面可夸的地方还是很多的嘛，不违心，也不难夸，你说是吧？"

"这倒是……"忽略了"小桃子"这个昵称，夏小桃只是下意识地表示赞同，又发觉韩洛娜这句着实算不得夸，立刻做错事般捂住嘴，还做贼心虚地扭头往门口处一瞥。

门口当然没人，耳边则是传来了韩洛娜"咯咯"的笑声："那就好办了嘛。教你的法子记下了就千万要记得用上啊。"

"嗯……我会试试的。"夏小桃觉得她也是一片好心，当即便乖乖应下。

"那我就先去敷面膜了，马到成功——挂了。"

于是时雾推门进来，看到的就是夏小桃背对自己放下电话听筒的一幕。夏小桃也听到身后的动静了，转过身就解释，偏快的语速暴露了她的局促：“时总，我看没人应，门是掩着的，就进来等了。后来电话响，我以为是公司的事儿就接起来……结果是韩小姐的。我和她说你暂时离开了，不在办公室。”

像是意料之中，时雾也没问她韩洛娜打来做什么，只随意地一颔首，走近桌边，才注意到多出来的那杯咖啡，眉梢微挑。

同样的，夏小桃也注意到了，时雾手里正拿着杯现磨咖啡。大约刚才离开这段时间是去了楼下茶水间，和自己前后脚刚好错过。

视线在两杯冒着热气的咖啡间打转了两圈，夏小桃心中哀叹，这殷勤没献成，还略多余……

“我就是去茶水间之前，看灯亮着，就想不然顺手送一杯上来，没想到巧了……”她讪笑着，犹豫要不要伸手把桌上那杯原路再拿回去。

“与其浪费时间做这种把咖啡端来端去的无用功，不如顺手把设计修改稿拿来，”时雾瞧她那手要伸不伸的样子，又皱了皱眉，“还对得起电梯上下一趟的耗损。”

尽管时雾后边补的那半句话着实不太中听，可夏小桃一愣后会意，却是大喜过望。这是愿意打眼过目一下她的方案修改稿啊，如果能先过了时雾这关，还怕什么评估会？“我马上就去取！保证不让电梯白‘跑’一趟！”

没再去管那杯咖啡，夏小桃碎步小跑就出了办公室，没多久就身前抱着个文件夹推开了门，还有些小喘地几步走近，把夹子打开递给已经坐到办公桌后的时雾。

“虽然还不是最终的修改稿，”她也没等时雾招呼，自己直接往对面那张椅子上坐了就说，唇边梨涡浅浅，眼里也闪着期待，“但雏形已经改出来了，就是布局和细节我还没来得及调整。”

时雾才放下咖啡，伸手去接方案，见她这次倒是挺不客气的，心中好笑，想着这还真诠释了什么叫作“一回生二回熟”。只是他才垂眼扫了几页手中方案，原本稍勾起的嘴角就失去了弧度。

“为什么这么改？”时雾抬眼问她。

夏小桃见他脸色冷了，心里顿时也咯噔一声：“是修改稿的问题很大吗？”

3

“是我在问你，为什么要这么改？”时雾合上文件夹，放回桌上，只又强调了一遍他的问题。

“因为……因为……”夏小桃张了张唇，却忽然发现自己说不出来。因为思路全是吴霏灌输给她的，自己并未全然认同消化，就依样画葫芦般做改动，这才会在真到了要阐述创作意图时，惊觉脑海里其实一片空白，写下的都是别人的东西。

意识到这一点的夏小桃也很是懊恼。在她看来，吴霏提的思路应该是没问题的，大概是自己能力有限，或是哪里没领会到位，改出来的东西才会反而更糟。吴霏是一番好意，她可不能照实说，万一平白连累人家在老板面前掉了印象分，甚至被怀疑专业技能呢？

随口糊弄过去？可被时雾揪出“严重早恋”的前车之鉴还历历在目，夏小桃觉得自己没这个在他眼皮子底下扯谎的能力，还是老老实实闭嘴吧。

见她一脸纠结地皱眉半晌，最终低头咬唇，一副坚决不打算开口的模样，时雾心中反倒有了数。了然间，他又莫名想起谢诚打趣自己那句“对这么可爱的小姑娘也舍得下毒手”，鬼使神差地就着意将脸色一缓，正要开口，却被霍地站起身的夏小桃抢断了。

“对不起，时总，又浪费你时间了！包括上次那件事，什么十年长跑，初恋男友，都是我怕被开除，胡诌的——至于方案，我这就去再改！”

夏小桃埋着脑袋，硬着头皮一口气说完，准备拿了桌上文件夹就溜，结果竟一下手滑没拿住，抽了个空！原来是一只修长有力，骨节分明的手比自己先了一步，按在上边。“说不出就说不出，坐下吧。”

见她用一种几乎是慢动作镜头般的方式顺着自己的手抬头往上看，时雾想发笑，又本能地压平嘴角，吐出几个字。

“哦……”于是小桃低应着，把手一缩，又乖乖坐了回去，不解和不安都写在脸上，但后者的成分明显更多点儿。

她坐下后也不说话，主要是不敢说什么，而时雾这人则是寡言惯了，大多数时候是不想说什么。一时间，办公室内一片默然，时雾倒不觉得冷场，正巧咖啡还没喝多少，就打算起身走到窗边远眺放松一阵，既给了夏小桃整理思绪的时间，自己也能顺道想想该怎么点拨几句她。

但他这一番用心，当事人却浑然不知，只兀自忐忑不明。不让她走，又不说话，如今又站起来，究竟是想怎么样嘛？夏小桃怨念。

原本时雾起身时，是要去拿自己那杯咖啡的，可伸出的手忽地一顿，随即竟转而去够了更远处，夏小桃之前端上来的那杯。

别看夏小桃一直垂着头，实则都在偷偷瞧他一举一动，见他居然选了自己那杯，心中不由微喜，再悄悄转了椅子方向，细看走到落地窗前的时雾。或许是今夜拂进室内的月色格外柔软，他侧脸的轮廓也褪去了几分冷峻，引得人望着，就迷离般入了神。

“小雾脾气虽然不行，但长相方面可夸的地方还是很多的嘛，不违心，也不难夸，你说是吧……”没由来地，韩洛娜的话闯入脑海，夏小桃忙一甩头，又眨了眨眼，食指支着下颌，凝视落地窗的方向，抿着嘴，认真思考起了拍马屁的可行性。

窗前那片是灯光最暗，月光最明的交界处，时雾单腿微屈，随性地半倚沙发而立，一手插兜，一手端着咖啡，偶尔低头啜上几口，侧脸上的光影轮廓也随之产生极其细微的变动，错落之间，像每一帧都被精修过的质感大片。

毕竟“彩虹屁”如果真的管用，那可不比扯谎好多了？毕竟人家确实是男神的身材和长相，话说出口也不亏心。韩洛娜应该也没那么闲，存心坑她，顶多就是不起作用，其余也没什么损失。

“一直盯着我看莫非是能找到什么思路？”夏小桃才拿定主意，还没想好说辞，时雾却已先开了口，一侧头，挑着眉瞥她。

“那倒不是……”来不及打腹稿了，夏小桃硬着头皮赶紧接话，“就是忽然想起我有个朋友是当摄影师的，对模特身材很挑剔，但要是时总去，她一定会很满意！”

“你这是劝我转行？”时雾听得眼皮直跳，简直不知所谓。

“不不！当然不是！我就是看你……看你……”夏小桃急急摆手，暗道自己是不是太含蓄了，不够直白露骨，可要专挑那些肉麻的来，又觉得有些烫嘴。

时雾索性站直了，转向她：“看我什么？你到底想表达什么？”

“我……我……”夏小桃连着“我”了好几声，最终在时雾的注视下几乎自暴自弃地蹦出句，“我就是看你身材好！特别羡慕！”

杯里的咖啡晃了晃，是时雾拿杯的手有点不稳：“你确定？你没有搞错羡慕对象的性别？”他开始担忧自己怕不是看人看走眼了。这种脑回路写出来的剧本能看吗？

“那身高也包括在身材里，又不分性别！我就想再长高几厘米不行吗？！”

不知道这算不算恼羞成怒，总之出师不利的夏小桃也是急了，脱口而出才发现自己居然敢用反问句吼自家老板！当下她双手一捂脸，几乎只剩下一双清亮的眼露在外边，睁得圆溜溜的，小心观察时雾——倒也不见明显怒意，这人只是一言不发地朝自己这边一步步走近。

眼见弄巧成拙，可也是箭在弦上，不得不发，夏小桃这才豁了出去，开始不停地往五官上找补，也不挑词儿了，想到什么就说什么，边说边抖鸡皮疙瘩！

“其实我最羡慕的还是你的眼睛，又黑又深邃，一看就是不太——啊不对，非常聪明的样子！

“时总你鼻梁也相当优越！

“你不知道，其实那天你一进门店，我一眼就注意到你了！

“还有，还有——”

此刻时雾已经走到她跟前，不置可否倒还罢了，目光沉沉的，实在看不出半点儿偷着乐的可能，八成是没夸到心坎上。小桃就无奈了，从前只觉得吹捧别人实在没什么技术含量，想不到实际操作起来居然这么难，这莫非就是传说中的“一听都会，一说就废”？

站着的时候尚且还要练颈椎，如今坐着，夏小桃更是得费劲地把身子都往后仰仰才能看清他的神色。

却不料站定的时雾只低头瞧了她一眼，就弯了背脊，俯下身来与她平视，整个阴影近乎将她全部罩住。

“还有什么？”他单手越过夏小桃肩头，把咖啡杯往她身后的桌上一放，顺势撑住桌沿，挑眉问。

这算“桌咚”吗？夏小桃一边佩服自己这时候还能胡思乱想，一边目光不由得落在了时雾止张合的唇上。

再次近在咫尺，幽黑密室中的那一刹触感骤然涌入心头，竟是异常清晰，令夏小桃呼吸一滞。

尽管她极不愿提及，毕竟这么多事端都起于那个意外的贴脸杀之吻，但似乎也就剩这唇还没夸过了。她想起之前刷娱乐新闻，碰巧就刷见过采访男星最满意自己身体的哪个部位，还真有不少回答嘴唇的——会不会，时雾也是？

一种胜败在此一举的斗志油然而生，夏小桃脑子一热，福至心灵：“还有你以后的女朋友一定很喜欢你的嘴唇！”

“……呵。”听完这句，时雾确定她这绝非什么言语暗示，更无弦外之音，纯粹就是把马屁拍得清奇了些。想到这儿，他竟又莫名有几分不爽，遂起了逗弄之心，微眯起眼，挑唇，似笑非笑地又往前贴近三分，低声道："夏小桃，有句话你应该明白，再花哨的奉承之辞都不如实际行动更有说服力。既然这么想留在设计部——"

他说得很慢，温热的气息就喷洒在夏小桃的耳畔，惹得她本就极大、极亮的杏眼瞪得无限接近一个圆。

要她拿出实际行动？他的意思难道是……这情形任凭谁都会当即想歪，夏小桃咽了咽唾沫，而后猛地闭眼不停暗念"事业诚可贵，节操价更高"，以此坚定心智——她要勇敢地对职场潜规则说"不"！

夏小桃刚把心一横，正要推开时雾，睁眼却见有什么东西疾速靠近，心下一惊，额上一凉，却是愣住了，只下意识地伸手托住了那个东西，僵着没动。

"那就认真动动脑子，拿出实际行动来完善方案，别成天胡思乱想，整些乱七八糟的，让我怀疑自己的看人眼光。"

眼前还是什么都看不见，时雾嫌弃的话音却是远了许多，夏小桃这才把脑门上的东西拿下来，略显茫然地低头盯着手里的文件夹，里头还夹着她的修改稿呢。

所以，时雾方才忽然靠近，只是为了探身从她身后的桌上拿这东西，再毫不留情地把它拍到她脑门上？

耳根处旖旎的热度瞬间散去，夏小桃暗骂自己小人之心度君子之腹，万分羞愧地又把文件夹挡回脑门上，默默站起身，接着一点点往旁边挪啊挪，不切实际地幻想能就这么在时雾的眼皮子底下挪出屋去，当作自己什么都没误会过。

"又想就这么溜了？"

"就是已经占用太多时间了……怕打扰时总工作。"夏小桃挤出个比哭还难看的笑，就让她像个空气人一样消失吧。

时雾抱臂，转身倚了桌沿，好整以暇地看她："所以我更喜欢自己被占用的这些时间能产生价值。”

“是……我会回去再好好想想的。”

“怎么想？再被别人的想法牵着鼻子走？”时雾轻嗤一声，反问。

他是猜到了什么吗？夏小桃诧异地放下文件夹，露出脸来，检讨自己：“是我自己一知半解……”

“你确实一知半解。”时雾打断她，“一个密室主题的贯彻需要四个层面，设计、工程、运营和营销。设计先行，工程落地，运营在于稳，营销则负责触达，四者不仅缺一不可，甚至还需要相互协调磨合。”

他低而不沉的嗓音充满磁性，尽管与吴霏的温软轻细全然不同，此刻却说着几乎相同的话。两种声线交叠重合，夏小桃正恍惚间，却听得时雾突然发问。

“夏小桃，这四个层面，哪一个最重要？”

不，还是不同的，吴霏当日没有问她，只是将这一席话说完，便开始教她怎样从考虑剩下三者，尤其是营销效果方面出发，修改方案了。因此夏小桃怔了几秒，才试探着答道：“应该是……设计吧？”

“作为密室设计师，你要用一个连自己都不确定的答案来回答我？”时雾眉心一拧。

夏小桃闻言，心头猛地一凛：“设计！”这次她直视时雾，短短两字，掷地有声，换来后者一个满意的浅笑。

“很好。如果自己不能坚信设计的重要性，那么如何让其他各方都全力配合来打造出满意的作品？”时雾正色说着，站直了身子走近她一步，眸光深浓，像是要让她把每一个字都刻入脑海，化为信念，“记住，在我眼里，在Fogging的理念里，一个主题的上限，永远取决于设计，而非其他。”

分明还是那双似沉了一条暗河的眼，却在这一秒让夏小桃没由来地心口咚咚，像是已溺毙在湍流中，启唇却无声。

见她微张着唇，只怔然与自己对视，时雾以为是自己方才释放出的压迫感太强，便稍微调整了脸色，才又问：“知道我为什么选中你的方案吗？你的方案可以说是所有竞稿里最稚嫩、最不成熟的。”

“不知道……”又被强调一次，夏小桃觉得有点伤自尊，不太开心地一瘪嘴。

时雾注意到了她的小表情，就放心地继续往下说了：“走得越远越容易偏离初衷。Fogging设计部里都是经验丰富的设计师，也正因如此，他们或多或少都为了某些原因，走得太远了些。这也是为什么我要在Fogging设立全员竞稿制度。”

“走得……太远了？”夏小桃歪着脑袋琢磨。

见她的眼神由迷茫渐渐转为清明，时雾眼底竟也闪过星点笑意：“现在你知道自己应该为什么而改了吗？”

这是今夜时雾第三次问她为什么改，前两次夏小桃都是云里雾里，直至这一次，才如同拨云见日！

“我好像知道该怎么做了。”夏小桃恍然大悟，生怕抓不住这一刻的豁然开朗，正想抱着文件夹冲出门去，脚步又忽地顿住，咬咬唇内心斗争了一下，才问道，“时总，我可不可以也问你一个问题？”

“什么？”时雾有些诧异地挑眉。

“你为什么会选中我的方案啊？应该有很多比我的更优秀吧？”

听完这个问题，时雾眼中的光微微跳了一下，才沉声道：“因为你的方案让我想起了一个人。那种感觉很像。”

“……是吴总监吗？”夏小桃耳边响起吴霏说过的那句，自己和当年的她很像。

“怎么会觉得是她？”

时雾觉得莫名其妙，就反问了一句，得到夏小桃笑得没心没肺的回答：“没有没有，我就是瞎猜的！”

也不知道在想什么。时雾的眉头扬得更高了。

夏小桃才不管这些，已经挪到了门边，只剩半个身子探进来“嘻嘻”

一笑，觉得今晚的吹捧简直超值：“谢谢时总让我占用这么多时间！我保证物超所值！”

话毕，她半歪的身子往后一正，便不见了踪影，走廊里她“噔噔噔”小跑的脚步渐远，最后几不可闻。

回过神来的时雾不禁摇头失笑，夏小桃最后那半句话的用词着实歧义满满，倒像是自己这一晚上的时间被她花钱买了似的……

设计部的灯光沉寂后不久，写字楼顶层的光也暗了。夜里十点，江海市南洄别墅区，时雾望了眼，一楼的灯还亮着，果然一推门就见韩洛娜正毫无形象地窝在沙发里，茶几上各种饮料和零食东倒西歪地散着，电视里正播着某档综艺节目，热闹得很。

但韩洛娜显然也没专心在看，纯粹就是放在那儿听个响儿，抱着手机，也不知在看什么，笑得十分瘆人。等时雾关上门，朝这边走近了些，才不紧不慢地收了手机坐起来，随手捞过抱枕靠在腰后，指着茶几抱怨，很是委屈：“你看吧，是不是都吃光了？愣是不接我电话，就是想让你早点回来，顺手帮我买些零食而已，害我嘴馋了一晚上！”

“超市有外送服务，我记得你回来第一天，我就帮你下载过 APP 了。”时雾单手松了松领带，边走向吧台边提醒她。

“弟弟买来孝顺我的，和我自己点外送的怎么能一样？”韩洛娜翻了个大大的白眼，她这么高情商的人，怎么带出个这么不近人情的弟弟。

时雾早习惯了她这没事找事的性子，给自己倒了杯水后，只突然问了句：“你是不是对夏小桃说了什么奇怪的话？”

闻言，韩洛娜先是一愣，随即凭借其敏锐的八卦嗅觉，闻到了不同寻常的气息，连拖鞋都顾不上去趿，蹦下沙发赤着脚就凑过去，紧盯他神色，不放过任何一个微表情：“我能说什么奇怪的话啊？你为什么这么问？”

当时韩洛娜不过是气他不接自己的电话，便恶趣味地想借夏小桃之手硌硬一下时雾，才灵机一动，瞎编了个喜欢被吹捧的设定。以她对时雾的了解，至多当下暗断一句“八成有病”，过后是决计不会放在心上与夏小桃计较的，更别提回家后还特地有此一问了。

“难不成，是有什么奇怪的事发生了？是不是你们两个又……哎！”一脸促狭的韩洛娜两手拇指还没对上，还盛着水的玻璃杯就被时雾往身前塞过来，忙临时改换手势接住杯子，这才没洒了一身！

“喂！”韩洛娜抬眼就瞪他，顺手把杯子用力放到吧台面儿上，发出清脆的磕碰声，如同抗议，“你这不讲理啊！我就问你一句，至于吗？”

时雾冷眼斜睨她：“你背地里编排我，就光明正大了？”不用韩洛娜承认，他也能猜到七八分，在家里作怪还不够，还专门挑夏小桃那种天真的骗。

“那不就一句玩笑吗？我看她对你紧张得很，就缓解一下气氛。”韩洛娜自知理亏，又干笑着把那杯子给自家弟弟递回去。

“她那是为自己能不能留在 Fogging 而紧张。”时雾听她这么说，接了杯子把剩下的水喝完后，心头那点被编排的不满也消了，只是放下杯子时，又随口补了句，“夏小桃有点认死理，什么都容易当真，你以后少开玩笑。”

韩洛娜将话音拖得老长：“哦——”见她又起了揶揄之意，时雾无语地摇头起身，快步就上了楼。

而吧台边的韩洛娜也不恼，又翻出手机，解锁，往台面上一摆——那屏幕上的视频恰好就定格在夏小桃跌向时雾的那一秒。

两手拇指轻轻一碰，韩洛娜终于还是一脸姨母笑地完成了刚刚被时雾打断的动作。

第四章

兢兢业业搞设计

1

“哎……”

周日的傍晚，窗外霞光正好，推翻了几日的修改从头再来的夏小桃抱着笔记本，仰面把自己摔到床上，而后发出一声长长的哀叹。这回她总算深刻体悟到了“知易行难”这四个字的真谛。道理她都懂，可要达到剧情逻辑与环节逻辑的完美协调统一，真是挺不容易的。改来改去，她总觉得流程设计还不够流畅。

“哎呀，你这孩子怎么还躺在床上呢？约的时间差不多了，快去换衣服。”正又想得出了神，房门却被猛地推开，探进半边身子的夏母见她还穿着睡裙赖床，连声催促道。

“啊！”闻言，夏小桃愣了半秒，紧接着懊恼地低呼一声，鲤鱼打挺坐起来，丢了笔记本就奔向衣柜：“马上马上，我给忘了！”

“别急别急，也还有时间的。好好打扮一下，挑件好看的裙子。”夏母见她火急火燎的，还以为是迫不及待了，笑着叮嘱一句便退出去了。

被夏小桃忘记的是半月前就定好的饭局，夏父夏母做东，请的是世交云家夫妇和他们的儿子云择青。云夏两家在前几辈人那儿是常走动的，到了这一代因生意关系，云家一家三口早早就出了国。虽然云择青毕业后选择了回国发展，但云家夫妇长期定居国外，偶尔才回来一趟看儿子。

趁着这次云家夫妇难得回国，两家就约好带孩子一起吃饭见个面，联络一下感情，多少有些给两家孩子相亲的意思。这事儿定下后不久，夏母还专程去做了个新发型，反观夏小桃，一门心思都扑在准备竞稿方案上，转眼就给忘了。不过，没兴趣相亲是一回事，基本的尊重和礼仪还是要有的，从小受到的教育可不允许夏小桃在见长辈的时候迟到。

考虑到场合相对正式，夏小桃也没多犹豫，迅速从衣柜里取出一条湖蓝色过膝长裙，将平时扎起的头发放下来简单打理一番，搭了个同色系的发边夹，也不戴其余首饰，化上淡妆就穿着一年都穿不了几次的高跟鞋出门了。

为此，在车里的一路她都是在夏母的“这么大个姑娘了还不懂得打扮”“早知道这样就该带你一起去做个发型”等一系列念叨中度过的。

好不容易挨到酒店门口，夏小桃也没能松上一口气，云家的车和他们几乎是前后脚到的。两家人在门口就寒暄上了，她被夏母拉着问了云伯父、伯母的好，而后两家长辈就一块走在了前边，热络地交谈着，夏小桃“顺势”就被安排到了云择青的身边，跟在后头往里走。

穿过酒店大门时，夏小桃突然脚步一停，转回头，望着外边略显迷茫地眨了眨眼。

“怎么了？”云择青也跟着停下。

“嗯……”外头没什么特别的，夏小桃觉得一定是自己最近改方案改得神神道道的，才会觉得有人在看自己。于是她很快收回视线，冲云择青笑着摇了摇头：“没什么，我们进去吧。”

“好。”云择青也不追问，狭长的双眼在镜片后微微弯起一个斯文的弧度，继续保持着得体的距离和夏小桃并行向里。

从穿过大厅，到进电梯，再到从电梯出来，顺着走道往包厢走的一路，两人都没有再说话，不过气氛倒没有夏小桃想象中的那么尴尬。除却两家长辈的话音总在耳边，不至于太静外，主要还是得益于云择青周身上下散发出的一种平和气质。走在他身边，会让人感到自己被一种充满包容与理解的静谧萦绕，很放松。

也许和他的职业有关吧。夏小桃的目光落在他的金丝边框眼镜上，这才想起之前母上大人好像特别满意地给自己介绍过云择青从事心理咨询，在国内有一家高级的私人咨询所。

夏小桃这一眼也没刻意掩饰，云择青自然察觉到了，偏过头投以一个询问的眼神。他身形挺拔，长相儒雅，还带着些许书卷气，这垂眼含笑的模样照理来说怎么也足够让不瞎的异性在心里直呼一声养眼了。

但夏小桃脑海里冒出的念头是：有点眼熟？

她这么想，也就这么说了，云择青闻言却露出了颇为意外的神情："出国前，我最后一次见你，你也才三四岁，还不到这半点儿高。你应该不可能对我有什么印象吧？"他说的时候，几人已经被服务员引进了包厢，就顺手对着椅背比了比高度。"对，对，小云小时候还帮忙带过你几天呢。"夏母听了，也想起这档子事来，"咯咯"直笑，"你三四岁的时候可胖了，还非嚷嚷着要小云抱，害得人家好几天都抬不起胳膊。"

"妈！哪有那么夸张！"夏小桃顿时羞愤了，她见过自己小时候的照片，确实团子了点儿。

"阿姨说笑的，我那会儿也十岁了，力气可没那么小。"云择青嘴角一挑，替夏小桃拉开椅子，"再说了，胖娃娃才会女大十八变啊。"

这算是在撩？又可能只是单纯想帮她化解尴尬吧。夏小桃也怕自作多情，只是笑着道谢，然后坐下，样子却明显是比之前局促了。

之后双方长辈又彼此客气了一番才落座，而作为相亲局主角的两个人肯定是要挨在一起坐的，接下来才是双方父母各坐一侧。

"其实当初哪里是择青帮忙带小桃啊，是你们帮忙照顾择青才是。"

“这话就见外了，你们那会儿决定出国也很仓促，在外边还没安定下来，带着孩子肯定不方便。况且我是很喜欢小云这孩子的，从小就懂事！”

“那是你没看到他调皮的时候，我也是头疼坏了。”

“男孩子嘛，太安静也不行，小云现在不挺好的吗？做心理咨询师得和人打交道的，性子吃得开些才好……”

都说丈母娘看女婿，越看越满意，这八字还没一撇呢，夏母就已经沉浸式地扮演了起来，总能找到角度夸上两句。夏小桃在旁听得有些瞠目结舌，不由好笑地想着自己之所以能成为门店优秀 NPC，说不定大半是来自于基因遗传。

“对了，小云平时工作忙不忙啊？你那个心理咨询所，在哪儿啊？”

“咨询一般都是提前预约好的，只要安排好，我这工作时间其实还挺自由。”

“您要是有兴趣去参观，改天我可以开车接您和伯父过去看看。”

“好啊，回头找个方便的周末吧……”

起先夏小桃还担心饭局上要各种尬聊，没想到夏母一人承包了全场话题，不是和云家夫妇聊点儿无关痛痒的生意近况，就是关心云择青的工作与生活，因此夏父和夏小桃基本上是可以“退出聊天群”的状态。小桃自然也乐得轻松，没多久就彻底放飞自我，一边拿埋头吃饭做掩护，一边瞥起存进手机里的方案继续琢磨环节设计上的问题。

一心二用之下，难免就忘了动筷子，好在夏母聊得再起劲也没忘记给自己女儿夹夹菜，时不时地就有吃的送进碗里，夏小桃也不挑，是碗里的就吃，眼睛都不离手机屏幕的。

就这么吃了十几分钟，那双筷子居然夹了一只虾仁进小桃碗里，她眼角余光瞥见了，无奈地在心里翻了白眼，这是得聊得多么忘乎所以啊。于是夏小桃想都没想把虾仁原路夹回左手边碗里。

“妈，我吃虾仁过敏，别乱夹给我了，浪——”话音戛然而止，她有些傻住地望着云择青，这才想起，今天坐在自己左边的不是她妈。

她真不是在骂脏话，从小到大都没骂过，尽管此时此刻她很想学着骂一句。

原本小桃是控制了音量的，如果饭桌上的说笑声没有偏偏在那一刻短暂地停顿了几秒，只会有云择青听见。可现在，剩下的四个长辈也都听到了，都拿一副想笑又还可以勉强忍住的神情瞧过来。

“咳咳……这孩子真是的。”夏父率先清了清嗓子出声，对云家夫妇笑道，“平时在家里她妈妈都坐在她左边，看她不专心吃饭了，就给她夹菜，习惯了一时没反应过来。”

“可不是吗？现在的年轻人都这样，就爱看手机。”云伯父和云伯母连连点头，一脸理解。

夏母却是很在意这一点，急忙解释：“她也不是玩手机，就是最近整天琢磨什么方案修改，都快走火入魔了。她刚开始工作，还不懂得调节压力，平衡生活。”说罢，她还瞪了小桃一眼，眼神里写满了“恨铁不成钢”。

“不好意思，我……我去下洗手间！”闹了这么个笑话，夏小桃当下也顾不得许多，索性找借口溜出包厢，觉得社会性死亡的尴尬也不过如此了。

快步走出半条过道，夏小桃才长出了一口气，拍拍自己的脸颊，觉得没那么烫了，才边掏出手机边继续往走廊尽头走。她打算顺着走道转一圈，正好可以把刚才的优化灵感记录下来再回去，备忘。

走路看手机是当代许多年轻人怎么也戒不掉的危险动作，夏小桃也是其中之一，还是没吃过亏的那种，自觉艺高人胆大。更何况这是在高档酒店里，不用担心什么路边井盖，来来往往的人也肯定没有莽撞的。

只见她捧着手机，双手拇指在二十六键输入飞快，然后愣生生不带拐弯地在拐角处直接撞上一个本来只是要从她面前径直经过的男人。

没想到，莽撞的竟是她自己。

“抱歉，抱歉！”夏小桃忙不迭道歉，抬眼看清转过身的男人，一愣，“时总？”

“嗯。”时雾淡淡地应着，也没下文，更没有打算就此离开的意思。

老板不发话，夏小桃也不敢轻举妄动，只能干笑着一起杵在那儿：“好巧啊。时总也来吃饭？”

“陪人应酬。”时雾严谨地答完，像是回忆起什么，顿了顿才问，“你来相亲？”

他是被洛娜拉来作陪请客户边谈生意边吃饭的，车才开到酒店外，余光就瞥见门口有个很像夏小桃的背影，那一群长辈外加俩年轻人的架势，怎么看怎么像是来相亲的。当时还觉得哪有这么巧，多半是看走了眼，没料到自己中途找个理由出来透气，居然就遇上了。

“嗯……算是吧。”夏小桃内心煎熬，不明白他为什么居然有心情在这里八卦她的私生活，平时分明是“我是大佬，时间宝贵”的人设啊。

走道两旁琉璃灯盏的莹亮光屑映照在两人身上，时雾低头打量她，不同于往日扎着丸子头时的俏皮可爱，今晚这袭湖蓝色的长裙衬得她双眸更加清澈恬静。结合之前精灵 NPC 的扮相，他发现不论衣服款式，夏小桃很合适这类贴近自然的色系，唯独锁骨处空空荡荡，少了点儿什么。

他不自觉地拧了下眉，夏小桃心头却是警铃大作，想到了之前门店同事根据传言，半开玩笑地整理过一本《论如何在扎心总裁手下生存》，其中有一条就是：如果时总皱眉，那一定是你的汇报方向错了！

夏小桃旋即露出一个“原来如此”的表情，搞了半天，人家老板是勉强耐着性子，等她主动表决心呢！是她弄错方向了，重来——“时总你放心！我绝对还在沉迷工作，没有相亲的心思！”夏小桃一手高高举起手机，一手指着屏幕上的备忘录给时雾看。

她卖力仰着脖子的模样惹得时雾嘴角动了动，随即伸手覆在她高举起的那只手腕上，缓缓往下按：“我很欣赏有脑子又上进的员工，但可从没要求过员工废寝忘食。”

夏小桃盯着手机的高度一点点降低，一脸茫然。时雾无奈，只得说得更直白些：“吃饭就好好吃。别让人以为Fogging剥削员工。”

“没有，没有！ Fogging的员工待遇很好！”夏小桃求生欲爆棚地连忙摇头。

“自己走路小心，先回去了。”

就这样，夏小桃目送时雾的背影走远，心中开始为他抱不平，也没有传说中那么难说话啊。

2

五分钟后，补了妆的夏小桃重新回到包厢，果然暂时放下了琢磨方案的事儿，开始专心吃饭。旁人或许不会注意到，但对于云择青这样的心理咨询专家来说，小桃的情绪状态转变却是非常明显的。

只是出去了一趟，就从之前略显焦虑，变成现在的全然放松，这中间究竟发生了什么？还是她遇到了什么人？

云择青觉得自己八成是职业病又犯了，见夏小桃若有所感地扭头望过来，就主动挑开话头与她聊了两句国内国外生活的不同，又或是就菜色做做点评，落在两家长辈眼里，倒也有些两人很是投缘的意味。但他们忘了，云择青的日常工作之一，就是不断和各种各样的陌生人进行有效沟通，从而进行心理疏导。夏小桃自认内心阳光、积极向上，两人对谈起来当然不会有任何障碍，和投缘不投缘，连五分钱的关系都没有。

不过，她越是瞧云择青，就越觉得眼熟——绝对不是那种小时候见过一面的模糊印象，而是确确实实，就在最近，就在哪儿见过。可偏偏又想不起来。

于是小桃就瞧啊想啊，直到饭局结束，直到两家长辈不知怎的就都挤到了夏家开来的那辆车里，迅速扬长而去，只留夏小桃和云择青两人在原地，又好气又好笑。

“上车吧，我送你回去。”云择青推了推眼镜，就要去替她拉开车门。

“我坐后头就行了。”夏小桃却是几乎动作同步地自己钻进了后座，就当没看见。

云择青见状，收回手无奈地摸着鼻梁一笑，就随她去了。他把车开得很稳，夏小桃舒舒服服地窝在后座里，边打开手机微信，边暗赞自己当机立断反应快，这可比坐在副驾驶位要自在多了。

这几年国内包含密室逃脱在内的实景游戏行业发展迅速，随之应运而生的，就是更加规范化与专业化的实景游戏测评。这些独立测评人或是成团体的测评组织，每月都会挑选一些新推出的实景游戏主题试玩并整理测评文章发布。

当然了，也不是所有的测评都是高质量的，任何行业在某一发展阶段的参差不齐是正常现象，于是很多实景游戏品牌都会主动邀约圈内测评权威度高的测评人为自己的新品进行测评，如果获得了肯定，那推广效果可不亚于任何商业广告。尤其是像“病侠客”这种圈内粉丝众多的独立知名测评人，也不是随便什么品牌都能请得动的，加上每月限量接测评的规矩，连大品牌的重点作品都得提前半年预约，排着队等。

夏小桃就是“病侠客”的忠实粉丝，每次他一在自己的公众号发布新测评文章，哪怕不是针对密室逃脱的，她都会第一时间拜读。实景游戏到底在某些层面是原理相通的，一篇好的测评，往往能给设计者带来更多维度与更大深度的思考。尤其是像小桃现在这样遭遇瓶颈的情况下，没准会有意料不到的收获。

但这次出乎意料地，并非什么灵感的突然造访，而是……测评才看到一半，夏小桃猛地一激灵，退出文章在搜索栏输入了“病侠客”三个字，网页中为数不多的采访照片就跃入了她的眼帘。

“停车！”

夏小桃也没料到自己激动之下，居然破了音，前座的云择青不明就里，以为出了什么事当下将方向盘打偏，一踩刹车，就近停在了路边。

“怎么了？！”云择青紧张地转过身，却见夏小桃除了神情微妙地死盯着自己外，并没看出有哪里不妥，“……我脸上有什么东西吗？”

小桃不理他的询问，眯起眼，又把身子往前探了探，凑得更近些，一边手里还握着手机，视线来回在屏幕与云择青脸上扫了三四回，才一脸严肃地问：“你是不是‘病侠客’？”

诧异过后，云择青点了点头：“你怎么知道这个圈名？”

“那一定是我爸妈没有告诉你爸妈，”夏小桃说绕口令似的，一口气说完，接着郑重其事地直起身坐回去，双手撑在膝盖上，“我是做什么的。”

云择青倒没被她的严肃影响，轻笑道：“你大学才刚毕业没俩月，所以他们也没特地问吧。再说了，我爸妈对这些方面很开明，只要不是干非法勾当的就行。”

“哎呀，这不是重点！”夏小桃手一挥，拒绝和他讨论云家夫妇在儿子择偶标准方面的宽容度，接着朝前一伸，摆出个标准的握手姿势，“重新自我介绍一下。夏小桃，笔名‘小桃子’，密室逃脱行业从业人员，现任 Fogging 设计部实习助理设计师。”

敢情这是相亲遇上同行了。云择青挑眉低头，看向朝自己伸来的手，倒是真没想到。

“那我也正式再介绍一下自己的另外一层身份，实景游戏测评人，圈名‘病侠客’。”他笑着与她握了手，自认为分寸把握得很好，几乎只轻轻握了一下她的手指就要收回，谁知反被夏小桃一把握住了！

“等等！我……我话还没说完！”夏小桃一脸的急切又好像难以启齿似的，在冷气充足的车厢里愣是把自己的脸颊憋得微微发红。

云择青也不着急抽出手，只是习惯性地用上了职业化的安抚语气：“你别急，慢慢说，我在听。”

“我知道你挑作品，档期也很难约，而且靠关系开后门这种事也不应该做……但是……”小桃说到这儿，又深呼吸了几下，也不敢抬眼看他，就垂眼硬着头皮提出了请求，“但是我还是要试试！我一直都希望自己创作出的密室主题有一天可以被‘病侠客’测评，得到肯定！”

“噢，原来是为这个。”云择青另一手扶着眼镜笑了，还当是什么大不了的事儿。

夏小桃这才注意到自己还死死抓着对方的手，连忙放开，改成在自己身前局促地绞动：“我现在虽然连个正式的密室设计师都算不上，但我也在为季度评估会努力修改自己的第一个主题作品方案，万一能通过……”

“如果通过，我可以当你那个主题的第一个测评人。”夏小桃还没彻底笑咧出八颗牙齿，云择青又话锋一转，“不过是有条件的。”

“什么条件？”小桃追问。

“之后可能需要你帮我一个忙。”云择青见她犹疑，又轻笑着补充道，“放心，也不会是什么非法勾当，而且我觉得你应该会有兴趣。”

他都这么保证了，夏小桃也没什么好顾虑的了，这样公平交易也比欠人情要强，于是当即应下：“没问题！成交！”

“好了，现在可以送你回家了吗？”

“等等！”夏小桃又喊住他，在手机上操作了几下，调出自己的微信二维码朝向他，嘿嘿一笑，“还有一件事……”

另一边，时雾也结束了“被迫应酬”的阶段，开始“被迫逛街”。作陪的对象当然不变，还是他那真不是亲生的姐姐——韩洛娜。

把时雾拉进商场的时候，韩洛娜还美其名曰帮他提前熟悉一下陪女友逛街的基本操作，掌握些许技巧。他左右是不太明白拎包加刷卡有什么难度，不过最令时雾头疼的还是韩洛娜那句贯穿全程的“小雾你觉得怎么样”。

从挑衣服，到挑包，再到挑鞋子……每一次时雾给的评价都是十分中肯的三个字——可以买。在明知答案相同的情况下，也亏得韩洛娜还能不死心地坚持一直问。人类的本质或许真的是复读机吧。时雾两手拎满东西，站在首饰专柜边，面无表情地想着。

柜员大概也从没见过这么沉着脸来给女伴挑首饰的男人，给韩洛娜推荐时总带着点小心翼翼，还忍不住要偷瞥几眼时雾——不耐烦全写在脸上了。

“小雾，你觉得这镯子怎么样？”韩洛娜套了个细金镯在腕上，冲他晃晃。

时雾看都不看：“可以买。”

“嗯……不好不好。”韩洛娜也没指望他能说出什么别的答案，纯粹就是坏心思地烦他，才问完就又自顾自地摘下了镯子，摇摇头，“还是年纪再大点儿再戴金饰吧，现在就戴平白显老。”两人间的沟通模式实在太过诡异，柜员努力保持职业化的笑容继续推荐，把韩洛娜引得离时雾远了些：“那不喜欢纯金饰的话，不如看看这边？都是高级珠宝系列。”

“这个拿来我看看。”韩洛娜从善如流，走过去打量几眼，抬手在玻璃柜面上的一处轻点了一下。

柜员一瞧标价立刻眉开眼笑地取出来，介绍道：“您眼光真好，这款项链是新推出的繁花系列中最受欢迎的，以葡萄风信子为创作灵感设计的，镶嵌蓝宝石与钻石，展现了自然界繁花盛开的垂坠流丽之美。”

“小雾，你看这条项链怎么样？”韩洛娜双手接过，对着镜子衬在自己的脖颈前，继续随口问道。

谁知这次“可以买”三个字居然没有如期传来，她暗道这小子不可能不耐烦到直接丢下自己就走了吧？可韩洛娜转身一看，时雾分明还在原地，而且视线就笔直地落在她颈间的项链上。

没有任何预兆地，酒店走道里的那一幕闪过脑海，琉璃灯光静谧地跳跃着，时雾只要垂下眼，就能看到夏小桃莹白的脖颈与纤细的锁骨。他这会儿恍然间才意识到，原来当时觉得少了的，是一条合适点缀在那段颈间的项链。

时雾喉结滑动了一下，终于给出了不同的答案：“这条不合适你。”

“不合适？哪里不合适了？”韩洛娜疑惑地又看了一眼镜里的自己，挺好的啊。

“气质不配。”仿佛只是一条小鱼在茫茫深海里扭动了一下渺小的身躯，一簇水纹散去，时雾眼底又恢复了无波的淡漠。

“不、配？！”韩洛娜咬牙切齿地重复出这两个字，时雾却无动于衷，还为表确认地懒懒点了点下颌。柜员在旁边，心惊胆战地盯着还在韩洛娜手里的项链，生怕冲突爆发会殃及这昂贵的“池鱼”。那她没准就得丢工作了！

好在韩洛娜也是被时雾给气惯了，尚且能保存一丝理智，将项链还回去以后，才大步上前把他手里的大包小袋抢过来，连说了三个“滚”字撵人：“回你的窝去！我自己逛！”

“这些还是我先帮你带回车里吧。”时雾不理她的跳脚行径，心平气和地又把东西都从她手里接回来，“我在车里等你。”

“谁稀罕你仅剩的这点良心。”韩洛娜嗤一声，嫌弃地推走他，扭头又去别的柜台扫货了。

3

“吃饱喝足，又完成了一个大心愿，继续改稿。”

回到家洗完澡，夏小桃给自己泡了杯咖啡和笔记本一起摆拍后发了朋友圈，一副准备鏖战的架势。

她才把手机里的备忘录打开，对着修改了几个已经想好的环节，“叮咚”一声，微信就弹出一条消息。

“今晚我也加班分析病患案例，要是思路卡壳，欢迎随时找我聊聊。”是云择青给她朋友圈的点赞加评论。这下抱到大腿了。

大约是两家世交的关系，加上小时候还带过她几天，虽然她没印象了……但云择青能这么热情主动，夏小桃自然也不会放过这个机会，乐得请教地立刻回了个“嘿哈”的表情，然后迅速打开电脑微信，准备给他发文档。

“方案有点长，希望不会耽误你的时间。尽管提意见，绝不玻璃心！”她点开云择青的头像，刚编辑好这段话，手机又响了，这次是微信电话。

夏小桃还在审视对话框里的措辞是否合适，也没看是谁，随手一划接通就放到耳边：“喂——”

奇怪的是，电话那头一片安静。

信号不好？夏小桃一连又“喂”了几声，这才纳闷地把手机拉远些，定睛一看，愣住了。

通话对象显示：“时·爱听彩虹屁·雾”。

这当然是小桃给他改的备注，原来时雾的微信 ID 就只有一个“雾”字，而且是个“三无”账号，无个人简介，无头像，无朋友圈，活像一个在列表里“躺尸”的废弃账号。

所以加上时雾这么久，之前不知道他身份，就觉得这从人到账号都是“生人勿近”的气场，不敢贸然去戳，之后知道了，就更不可能去找他闲聊了。以至于时间长了，夏小桃都忘记自己加过这号人物了，还是那天晚上在韩洛娜的指导下拍完马屁，才想起当初两人加过微信，心血来潮给了时雾一个充满人情味的备注名后，就再次忘到脑后了。

这会儿这个备注在她毫无心理准备之下跳出来，夏小桃在唏嘘自己胆儿挺肥之余，也不禁有些脑壳疼……

毕竟这么晚能劳驾时大总裁专门来一通语音的事儿，应该不会是小事儿吧？

电话那头的时雾此刻也正揉着眉心，颇头疼地盯着手机屏幕，抿唇陷入了一段不算漫长的沉默中。时雾这个人不喜欢社交，自然对社交软件也没多大兴趣，除了在微信上维持必要的基本沟通外，他对朋友圈的态度就是不发不看，敬而远之。所以一年都点不开一次朋友圈的人，为什么会在车里等韩洛娜时，忽然想起清理一下微信列表里的闲杂人等，为什么会在划过夏小桃的账号头像时，随手点开了她的朋友圈，又为什么，会好巧不巧，看到了云择青那条扎眼的评论……

为什么扎眼呢？因为他又划了划，夏小桃的近十条朋友圈里，就这一条回复。

时雾压根没想过朋友圈里的留言只有共同好友能看到，而他和夏小桃的共同好友，在今晚之前为零。

所以现在时雾面临的问题就是，他只是皱了一下眉的工夫，就拨了语音出去，来不及挂断，就被夏小桃秒接了。

“时总？您找我有事？”

听筒里再次传来夏小桃试探性的问话，时雾定了定神，保持着惯常的语调：“没什么，不小心按错了。”

“噢。”夏小桃应了声，像是如释重负，可等了几秒见他没有挂断的意思，只得又揣摩着递了个台阶，“那您现在是……正好忽然想起有什么事要交代我吗？”

时雾闻言无声地笑了笑，勾着嘴角道：“今晚看你修改方案似乎不是很顺利，估计会想找人讨论。不过要提醒你，《双面》现在算是公司项目，聊思路要注意对象，不能泄露给外部人员。”

话音一落，就听到夏小桃低低“啊”了一声，时雾挑眉：“怎么？”

“没事没事！您放心，没外传呢！”准确来说，是“还没来得及外传”，电话这头的夏小桃后怕地拍拍心口，庆幸时雾这提醒来得太及时了。

但马上她又沮丧地垮下了脸，发愁到头来还是只能靠自己绞尽脑汁。

“嗯。”时雾的低沉嗓音传来，夏小桃以为这就该挂了，却没料到他随即又没什么语气地补了句，“以后再留下加班，记得都顺手送一杯咖啡上来给我。”

这回倒是不等小桃反应，屏幕上就显示语音通话结束了。

“啧。”夏小桃愣了半晌，不禁撇嘴腹诽，自己下楼去茶水间弄一杯，不是正好能走动走动吗？真看不出时雾在这方面这么懒。

小桃有些烦躁地胡乱抓了抓头发，把原本在与云择青对话框里输好的那句话又一个字一个字删掉了，越删心里越不爽，她找时雾又没事儿，每次都要特地跑去顶层一趟只为了送一杯咖啡，哪里顺手了？

对啊——

哪里顺手？时雾可是连她随口寒暄的“吃饭”，都要纠正成“应酬”的人，用词绝对不可能这么随便，不符合客观事实。

那要怎样做才能符合“顺手”呢？夏小桃按着删除键的手猛地一顿，豁然开朗！

找他聊方案修改的同时带一杯咖啡上去，可不就是顺手了吗？这是在暗示自己可以找他聊思路啊！

但这也太含蓄了吧？会不会是她过度解读了？夏小桃很快又转念一想，盯着手机上还没退出的聊天界面发了一会儿呆，突然就掩嘴“咯咯”贼笑两声，随即“啪”地合上笔电，倒进了松软的枕被之间。

管他是不是这个意思呢，先直接干了再说！

反正没脸没皮，天下无敌。

之后一周，夏小桃每晚都会为百忙之中的时总献上一杯热咖啡，然后在他喝完一杯咖啡的时间里，乖乖接受“扎心”式启发教学。虽然过程并不像吴霏指导她时那么愉快轻松，但小桃打心底里认可时雾提出的每一处问题，可以说是痛并快乐着的奇妙体验。

时间一晃来到周五，晚上七点半，方案与咖啡杯并没有一起出现在时雾的办公桌上。他有些诧异地把目光从电脑屏幕上移向夏小桃，对面的人冲他挤出一个忐忑的笑容。

“我昨晚回去又修改了几处，现在这份应该可以算是《双面》的方案主体定稿了……您看看？”夏小桃把桌面上的文件夹又往时雾的方向推了推，推到相对最适宜阅读的位置，末了还服务到位地替他翻开来，就像他自己没手似的。

时雾叹气，捏了捏眉心，偏就把文件夹拿了起来，架起腿，往后靠在椅背上过目，姿势特别大佬。

被这气场震慑到的夏小桃放轻了呼吸，导致进气少出气多，时间一久就觉得有点儿窒息……

好在这时候时雾动了，他把文件一合放回了桌上，然后淡淡地吐出两个字："不差。"

"那……不差的方案，能通过季度评估会吗？"夏小桃不敢高兴得太早。

"这还只是方案主体，后续本子如果不行，一样过不了。"

"所以就是至少这一阶段通过了？！"

相比起小桃的兴奋，时雾只是懒懒地撩起眼皮，下颌轻点了一下，算是把这颗定心丸给她吃下了。

"你等我一下——"

夏小桃丢下这句话，就拿回方案"噔噔"跑出了办公室。今晚她之所以没把咖啡一起端上来，可不是要过河拆桥，而是有特别的额外准备用来答谢时雾。

下楼后，夏小桃先去了工位，把一早带来的便当盒取了带去一趟茶水间，里头是她昨晚提前在家做好的手工小蛋糕、用来摆盘点缀的樱桃和一小袋巧克力粉。等现磨咖啡的工夫，她已经在茶水间里找来了合适大小的托盘，将蛋糕和两颗樱桃摆好，咖啡一好，再用巧克力粉在上头弄出笑脸拉花，就搞定了！

六分钟后，电梯门在顶层打开，夏小桃稳稳地端着托盘从里头走出来，心情愉悦地微仰着下巴。可下一瞬，电梯门在她身后合上，却收拢了眼前的全部光线！

停电了？今晚刚下过一场雷阵雨，没有月光透进来，整层楼陷入一片漆黑，夏小桃站在原地适应了好几秒，才总算能看清走廊的大体轮廓。

拉花是昨晚她看着网上视频现学现卖的，技艺不精，就怕咖啡在杯里摇晃幅度大了，会变形得不成样子。所以她也不敢折腾去摸手机来照明，索性一点点摸索着朝走廊一侧的墙壁挪去，就这么小心翼翼地靠着边儿，低头看着脚下一步步慢慢走。

可才没走出几步，口袋里的手机忽然振动起来，夏小桃就想稍稍加快脚步，早点进办公室把东西放下接电话。

“嘶——”

就是这么一心急，一个不留神，脑袋就和什么硬邦邦的东西撞了一下，她当即倒抽一口凉气，控制住了要抽手去揉的条件反射，脸皱成一团抬眼瞧去。原来是纯黑色的装饰壁灯，这一停电可不就和隐形了似的！

哎，也怪她平日上来都是目标明确，直奔总裁办公室，从没观察过这条走廊的摆设。

有了这个教训，夏小桃就学乖了，往外挪了半步，只拿胳膊肘触着墙壁重新放慢步子走，沉下心，不再理会持续振动的手机。

“嘟嘟嘟——”忙音不断传来，办公室里的时雾打不通夏小桃电话，以为她是被关在了电梯里，笔记本电脑的屏幕亮光打在他脸上，把眉头皱出的“川”字照得清清楚楚。

时雾很快找出了放在角落搁灰的电筒，一边打电话通知物业，一边出了办公室往电梯间方向大跨步赶去。

走廊虽长，可说到底就那么点儿宽。这一束亮光直接晃到了已经摸过半条走廊的夏小桃眼上。她被晃得闭上了眼，却也听到了时雾的话音，好像是在说什么“可能困在电梯”。

“时总！我在这儿呢！”

“不用了，人没事。你们尽快处理，恢复供电就行了。”听到夏小桃带着笑音的喊话，时雾一顿，语调又恢复了无感情、无起伏的状态，说完就挂断了。

“为什么不接电话？手机没带？”时雾走到她跟前，在黑暗中黑着脸。

夏小桃当然看不见，加上他平时说话语气也都不见得多和善，所以她也没察觉哪里不对，只把托盘举高了些，笑得不以为意："带了，就是腾不出手。反正也没几步路，你不出来我也很快就到了。"

腾不出手，难道还没嘴出声了吗？时雾愈发觉得自己当初严重走眼，怎么会觉得这女人应变能力强？分明是个一根筋。还是说他看起来就这么不近人情？她在走廊里喊一声，他难道会不出来帮她吗？

如果此刻谢诚在场，就一定会阻止时雾继续自我怀疑——他本人就是"不近人情"最好的注脚。

走在时雾身后的夏小桃全然不知自己老板在想什么，只是亦步亦趋地跟着，直到进了办公室，把托盘往办公桌上一放，这才松了劲似的一下坐到了桌对面的椅上。

时雾也坐回自己的办公椅，并不去动托盘里的东西，像是在等她开口介绍。

于是夏小桃很不客气地从他手里接过电筒，对准咖啡上那个可爱的笑脸拉花一照："前几天都是普通咖啡，今天是我特制的！我看你总喜欢皱眉头，所以送你一张笑脸。"

也许是黑暗淡化了人与人之间那些后天才被赋予的种种身份差异，拉近了因此产生的距离。此刻的夏小桃一手拿着电筒，一手半着托腮，很自然地用一双盈满笑意的眸子与时雾对望，电筒暖黄色的光在她的脸上温柔地晕开，连脸颊上的细绒都变得清晰可见。

话音落地后，谁都没有再开口。

时雾没有去管咖啡上的笑脸，只是定定地注视着她，眸色不明。夏小桃发现他的睫毛又长又密，打下一片令人迷炫的阴影。只是她还来不及细看，电筒的光突然闪动了两下，就彻底暗了，应该是原本装在里头的旧电池正好耗尽。

室内更加昏暗，只剩下电脑屏幕那一点模糊的光源。

很奇怪的，谁也都没有要用手机照明的意思。

时雾微抿的薄唇在黯淡的光影中变得弧度柔和，这样的氛围莫名让夏小桃想起了密室里那个意外的吻，那时她与他对视，宛如沉入一片死寂的深海，而今夜的这片海，却似乎有什么暗潮在无声无息处涌动，并不平静。

也许是屏幕亮光闪烁带来的错觉吧。她这么想着，视线却移不开。她甚至还萌生了离谱的疑惑，自己贪恋美色也就罢了，他为什么也一直盯着她看呢？“啪”的一声，四周骤亮，惊醒了黑暗，也惊醒了沉浸在无端旖旎中的夏小桃。她发现自己还傻傻地握着电筒，于是借着放电筒的动作垂眼，掩饰尴尬与窘迫。

物业来电，时雾没什么表情地接起来，简短地应了几句，就结束了通话。对方嗓门很大，时雾又没避着她接，所以隐约能听到“短路跳闸”“应急灯故障”之类的字眼，总之是该检修了。

“嗯……那这咖啡和蛋糕？”为了不再次陷入尴尬的沉默，夏小桃沉吟着主动开口，指了指托盘里的两样东西补充，“蛋糕也是我自己做的。”

“我对奶油过敏。”时雾淡淡瞥一眼蛋糕上那层厚厚的奶油。

得，这下更尴尬了。

时雾见她垮着个小脸，挑眉拿起咖啡呷了一口，才问：“饿不饿？”

“还行吧。”夏小桃蔫蔫地答了句，把盘子往自己面前一扒拉，拿起叉子就下嘴了，“不吃浪费了。”

一个喝咖啡，一个吃蛋糕，两人就这么相安无事了大约十分钟，时雾率先把空杯放回桌上，接着是夏小桃放下叉子，然后习惯性地拨了拨扫到睫毛的刘海。

“刚才撞到的？”时雾皱眉，注意到她额上原本被刘海遮住的一块微微发红。

“嗯？”夏小桃愣了一下，才回忆起来，不在意地摆摆手，“哦，就是刚刚没看清壁灯撞了一下。我头铁，没——啊！”

只听她话音陡转，拔高成一声痛呼。万万没想到时雾连招呼都不打，直接伸手突袭，按在那块撞到的地方使劲儿一揉，疼得夏小桃“嗷嗷”叫。

出于本能避痛，夏小桃身子往后一仰，猛地打开那只魔爪，双手护住脑门。

被大力拍开手的时雾也不恼，见对面的人龇牙咧嘴，一脸怨念地瞪自己，还仿佛心情不错地将眉梢一抬，合上笔记本，起身一本正经道：“鉴定了一下，勉强算工伤，但还没严重到要赔偿医药费的程度，所以折中，送你回家。”

夏小桃无语，没想到这人居然还有几分冷幽默。

第五章

桃子可不是柿子（上）

1

“好了，好了，停这里就行了。我家就在里面，走进去就到了。”晚上九点，弄口外，一辆黑色越野停在了路边。副驾驶座的车窗落下来，夏小桃伸手指了指弄子尽头，时雾侧头顺着方向望去，眸光跳了一下，竟是江海市的独栋老宅。

不知想起了什么，时雾神色似有些恍惚地微眯起眼，甚至都没注意到夏小桃什么时候就自己下了车，直到驾驶室的车窗被拍了两下。

“那我回去了，谢谢你送我回来。”夏小桃绕到驾驶室的一侧，冲他挥手，“你路上小心。”

时雾没有第一时间按下车窗去听她说什么，只是看着她天生含笑的唇一张一合，以及唇边笑出的梨涡。

夏小桃被他盯得有些莫名其妙，觉得他像是在发呆，又像是在想什么旁的事。

总之，应该没她的事儿了。

“夏小桃——”

可她才转身走出两步，又听到身后时雾叫她的名字。于是夏小桃第一反应是低头检查自己的包，确定没有东西落在车里，才抬眼问：“怎么了？”

“你家这附近有没有……”时雾开口，嗓音压得比平时更低，瞳色也变得更深了。

弄口外的马路还是一片喧嚣，正巧一辆不知载着什么货的大卡车正“哐锵”着呼啸而过，夏小桃离得远了，一时没有听见，急忙走回两步，挨近了双手扒在车窗沿儿上，问：“你刚才说什么？”

时雾皱眉，有意再重复一遍，却被另一个声音打断了。

“小桃啊！今天怎么这么晚才回家啊？年轻人加班可不要太拼哦。小姑娘一个人走夜路也不安全的。”小桃转眼，路灯下一对散步回来的老头儿、老太太的影子被拉得很长，两人上了年纪，腿脚不便，就相互搀扶着往里走。

“谢谢刘奶奶，我以后都争取早点回家！”

这对夫妻是小桃家的邻居，二老是江海本地人，子女都在外地打拼，一年见不了几次，便把看着从小长到大的夏小桃当作了自己的孙辈来关切，每日进进出出遇见了，就都会叮嘱几句。虽然因为年纪大了，记性不好，他们每次说的几乎都是那几句话，但是小桃总会不厌其烦地连连应是。

“哎！你这么大一辆车看不到喽，人家小桃有男朋友送回来的！”老头儿拍了老伴儿搀着自己的手背一下，接着又自来熟地对车里的时雾竖了个大拇指，乐呵呵地夸了起来，“小伙子好眼光，小桃那真是好孩子，简简单单的，从小又懂事又开朗，附近这些邻居没一个不当自家闺女孙女儿的。”车厢里的光线比车外暗，看不清时雾的表情，夏小桃只知道自个儿想找个地洞钻了：“爷爷您误会了！他就是我公司老板！”

“啊？小桃你什么时候都工作了啊。”老头儿一怔。

“还说我的眼神，你这老糊涂！”老太太嗔怒地瞪他一眼，“不好意思啊，小桃，我们先走了，你早点儿回家啊。”

“嗯，好……你们慢点儿。”

直到老太太拽着还有些不服气的老头子走远了，夏小桃却转回身，谨慎地瞄着时雾，问：“你没生气吧？”

“我很容易生气吗？”时雾反问。

整天不是皱眉头就是沉着一张脸，谁知道你什么时候开心什么时候生气啊。夏小桃当然不敢公然吐槽，于是被噎住了。

没料到她会以沉默作答，热风吹进车窗，时雾盯着她发顶上那个柔软的旋儿，心头却莫名生出些烦躁来，语速也比平时快了三分：“没什么事的话，就快点回去。”

“哦，那我先——”话还没说完，越野就从她面前疾驰而去了。

“还说没生气……”夏小桃撇撇嘴，小声嘟囔着转身，走进了弄子。

夏小桃家在城北，南洄别墅区则位于墨澜江以南，等时雾开着车穿城而过，回到家时，已经将近夜里十点了。

正是韩洛娜保养皮肤的时间。

“回来啦？”客厅沙发上，韩洛娜把两腿跷在茶几上，姿态悠闲地敷着面膜，上扬的尾音燃烧着八卦之魂，“今天是一个人忙到这么晚，还是有人陪呀？”

对此，时雾连一个眼神都没给她，就径直上了楼。

“哟，这情绪状态不对啊。前几天回来可不是这样的……难道和小桃子吵架了？”韩洛娜敏锐地察觉到了不对劲，瞬间坐直，嘀咕着又摇了摇头，“不可能，小桃子那么萌软，又一门心思要留在Fogging设计部，怎么可能去招惹他？”

“大家好，欢迎观看《晚间新闻》，今天是……”正纳闷，电视机里忽然传来晚间新闻主持人播报时间的声音，韩洛娜听完猛地回神，暗骂自己回国休假这段时间过得太逍遥了，居然忘了日子！也顾不上面膜才敷到一半，她从沙发起身，关了电视，去洗手间迅速处理完就跟着上了楼。

二楼书房的门半掩着，里头没有灯光，但韩洛娜知道，时雾就在里面。

此刻的天空比几小时前要明净许多，书房里侧的那面白墙毫无装饰，只孤零零地挂着一大张江海市的详细地图，在依旧昏淡的月色中，显出仿佛褪色般的老旧。

时雾就站在那面墙前，眸光晦暗不明，垂在身侧的手紧攥，青筋浮现。突然，他身子向前狠狠一倾，双手用力撑到那幅地图上，素来笔挺的背脊像是被什么压垮一般，又似是承受着难以形容的痛处，整个弓了起来。他紧紧闭起眼，把头埋在双臂之间，五官锋利的侧脸笼上一层寒霜，比平日的淡漠更多了几分偏执的冷冽。

韩洛娜在门外静静看着，暗暗叹了口气，略一迟疑后，才推门走进去。

她把步子放得很轻，可这么静的房间里，必然是能听见的，但时雾并没有动，也没有回头。记得他刚到她家的那一年，他闹过一次“失踪”，两个大人找了一圈都没有找到，已经打算报警时，是韩洛娜在衣柜里发现了他。

十三岁的时雾比一般孩子都高，要想缩进衣柜里，就必须把整个脊背都弓起来，死死抱住膝盖。那时候他神情阴郁执拗，抬眸那一眼里刺出来的暗光，惊得她有那么一瞬开口却忘了出声把爸妈喊来。

嗤，现在想起来还真有些丢人，一个高中生居然被一个刚升初中的小屁孩的一个眼神吓到了。只是短短几步的距离，韩洛娜却回忆起了很多往事，包括她后来一直缠着他，烦着他，直到慢慢地，那种令人心惊的暗光越来越少在时雾眼底出现……

可是韩洛娜明白，成人和孩子最大的区别就是懂得隐藏。时雾只是把内心的泥沼藏了起来，却从未真正从中挣脱出来。那里森冷阴暗，不见天日，埋着太多时间也没能瓦解掉的愧罪。

脚步声在时雾身后停住，韩洛娜还想和小时候一样去拍拍他的脑袋，揉乱他的头发，他如果因她这姐姐恼了，便也暂时不会再去想其他的事儿。可时雾却再也不是矮她一头的小屁孩了，韩洛娜慨叹着时间之快，转而拍了拍他的肩头：“过去十四年了，还要找下去吗？”

话音落地后，又是良久的沉寂。

就在韩洛娜以为他不会回答时，时雾却自嘲地笑了一声：“你是不是觉得我这么做很可笑？明知道找不到，却还是在做这些根本没意义的事情。”

说到底，他只是得到了一个完美的借口，回到江海，看似是在面对，实则却是在不断地逃避。因为只要一直找，就一直不需要去面对那个令人失望的结果。

回国这五年里，他逃进了一个安全的死胡同。他看着胡同外的那些人来来往往，如何过着平静的生活，就觉得自己仿佛也没有差别。可今晚不知怎么了，时雾盯着夏小桃那双纯粹明亮的眸子，听着老头儿用来形容她的字眼，竟对自己心生厌弃。

当林间的精灵意外途经幽暗的沼泽时，会愿意把一束简简单单的光撒下吗？那些泥沼之下所藏匿的，有资格被照亮吗？

“三天后，需要我陪你一起吗？”韩洛娜静了几秒，才又问。

“不需要。”这次时雾答得很快。

就知道会是这个答案。韩洛娜无奈地摇摇头，转身离开了。

不知在她走后多久，时雾才发狠地捏了一下眉心，再次睁开眼，默然地转身将背脊抵在地图旁冰冷苍白的墙面上，溢出无声的一叹。

2

周一是全公司各部门的碰面例会，一般只有各部门的主管以及认可的副手参加。

一大早，夏小桃就被吴霏叫去了办公室，拿回一摞资料准备半小时后的例会。小桃觉得受宠若惊，想推拒，可转念又觉得这种做法小家子气，好歹也是被总裁专门送回家过的人，参加个例会怎么了？

于是半小时后，夏小桃抱起资料，摸了摸自己已经好全的那块额角壮胆，在同事们或是探究或是嫉妒的目光中，跟着吴霏走进了电梯。她已经能想象到，今日的茶水间里又会展开一场“夏小桃是否为关系户”的探讨会了。

“最近都在忙《半日江湖》的项目，好久没问过你了，方案修改得怎么样？”电梯里恰好没有旁人，吴霏用关心的语气开口问道。

“主体已经定稿了，准备填充剧本台词。”夏小桃心思简单，却并非没有头脑，自然不会把时雾亲自指导自己的事说出来，只笑着答道，“谢谢总监，之前给了我很大的鼓励和启发。”

吴霏闻言点点头，一副过来人的口吻：“嗯，人多的地方就是这样，谁与谁走得近了，就容易在背后被传些风言风语。从前她们也看不惯我和时雾——时总走得近。”

“走得近？”不知是不是错觉，夏小桃看到电梯镜面里自己的笑容消失了一瞬。

吴霏像是勾起了什么美好的回忆，浅浅勾唇：“早先公司也没有独立的设计部门，都是我和他在一起讨论主题设计。之后尽管公司规模变大了，但人就是这样，很长一段时间都改不了这个习惯，所以总会被人在背后指指点点的。”

“那后来呢？”夏小桃问得有些心不在焉。

“后来他察觉到了，大概是不希望我被人非议，就开始避嫌了。”

随着吴霏无奈地叹出一口气，电梯在顶楼停下，门缓缓打开。走出电梯之前，吴霏回头又对小桃笑了笑："不过话又说回来，公司里每个人，每个岗位都不是独立存在的，总归是要和人接触合作的。所以多一事不如少一事，该避的嫌还是要避的，你说是吗？"

吴霏做着精致美甲的手指轻轻搭在自己肩头，电光石火间，一个被忽略的画面跃入夏小桃的脑海。周五那晚时雾的黑色越野刚驶离公司时，与一辆白色轿车交汇而过。对方的车速很快，她只看清了搭在方向盘上的那只手。

那是一只女人的手，一模一样的美甲。夏小桃听到自己的心跳声扑通扑通地在加快。

"小桃，怎么了？"

"没、没什么，我知道了。谢谢吴总监提醒，我会和同事们处好关系的。"夏小桃努力挤出一个笑容。

"那就好。不管怎么样，我都希望你能留下来。"吴霏于是露出欣慰的表情，收回了手，走出电梯，"我们走吧。"

吴霏身后，跟着走出来的夏小桃心虚地吐了吐舌头，有种做贼被撞见的感觉。她这才明白，原来吴霏根本不是和自己闲聊，而是一早就想好了要提醒自己。虽然这种旁敲侧击的隐晦方式，让夏小桃直觉里生出一股不适，但总归不太可能是别有用心——她也想不出自己有什么值得吴霏算计的地方。

一言一行都是思量好的。这或许就是职场女精英和她这个小菜鸟的区别吧。夏小桃望着吴霏那双酒红色高跟鞋，听着鞋跟一下下触击地板发出的"哒哒"轻响，心中肃然起敬。

会议室里，众人陆续就座，夏小桃把各部门的大佬都悄悄观察了一遍后，就开始眼观鼻鼻观心，等待长桌主位上的人出现。

很快，玻璃门被推开，走进来的却只有面带微笑的总裁特助谢诚。

"各位久等了，不好意思，时总临时有行程安排，无法参会，交代我来过一下基本的会议内容。”

原先夏小桃被吴霏那么一提点，还对转头又要面对时雾而感到别扭，听谢诚这么一说，倒是松了口气。她还没想好该怎么“避嫌”呢。

到底只是普通例会，谢诚只是简单组织了一下流程，各部门间的大佬们沟通了一下进度，就大致完事儿了。至于哪些需要时雾来决策的部分，本就要提交书面文件审核，并不急于在这场会上立刻讨论出结果。

“那没什么事，我们就先散会吧。辛苦各位了。”

今天算夏小桃赚到了，没有“扎心总裁”在场，大佬间的交流是在一派和谐友爱的氛围中结束的。除了偶尔记几条相关事宜带回部门，她也没什么可忙的，就是用耳朵旁听，接受一下行业顶尖人才的熏陶。

按理她是要和吴霏一起回去的，但营销部的主管喊住了吴霏，似乎有什么事儿要留下继续商量一会儿，于是夏小桃就先被遣走了。

出来时，正巧碰上一趟电梯下去，谢诚站在那儿，应该是在等着要下楼一趟。夏小桃见四下无人，忍不住就打听了句：“谢助理，时总今天什么时候会回公司啊？”她想着，总得把被撞见他送自己回家的事儿告诉时雾一声。

“他今天应该都不会来了吧。”谢诚答的时候迟疑了半秒，随即才反应过来什么似的，扭头看她的目光带了些许八卦意味，“你找他有事吗？需要的话，我可以找个合适的时间代为转达。”

“没事没事！就随口问问……主要是我难得被带来参加一次例会，却没能瞻仰时总的风采，觉得有些可惜而已。”夏小桃对上谢诚的视线就是一个激灵，急忙矢口否认，再随口胡诌。

谢诚混迹社交场多年，这种低段位的工业谄媚根本不可能在他面前蒙混过关，当下也只是意味深长地一笑，没再说话。

这种笑而不语对心理素质还有待提高的夏小桃来说更要命了，好在电梯门及时发出“叮”的一声，两人走进去，按下不同楼层，很快就分开了。

回到工位，喝了杯水压惊，夏小桃才咂摸起谢诚最初答时雾不会来时的神色，古古怪怪的，怎么看都不像是临时有工作上的行程安排，否则肯定就直说了。

莫非涉及什么商业机密？或者就是有私事吧……夏小桃不禁甩了甩头，心想自己怎么也变得这么八卦了。

压在桌上的手机在这时候振动起来，小桃低头一看，是一串陌生的号码。

“你好？”

“是夏小桃吗？”电话那头传来韩洛娜的声音。

夏小桃一惊，差点儿没握住手机：“韩小姐？你怎么知道我手机号的？”

“你微信号码和手机号是同号的啊。翻翻小雾的手机就知道喽。”韩洛娜“咯咯”一笑。

“对哦，我一时没想到……”夏小桃发窘地拨拨刘海，想到那天晚上她教自己的法子，就咧了嘴角又道，“那天谢谢你教我，很管用。”

电话那头的韩洛娜露出了姨母笑：“管用就好，管用就好。既然这样，介不介意今天来帮我个忙？”

“没问题啊！”小桃想都没想就应了。

“今天是小雾生日，我一个人准备生日晚餐忙不过来，所以想请你帮忙。嗯，可能下午就需要你和公司请个假。”

难道时雾今天是因为生日要给自己放个假才没来公司的？尽管夏小桃觉得这不太符合人设，还是随口问道：“是有生日宴会吗？”

韩洛娜发现这小姑娘关注的点还挺细，就解释道：“不办宴会，就在家过。也没别人，就我和小雾，你不用紧张，也不用特地准备什么。”

“那这……不好吧？”夏小桃蹙眉，“我去不是很奇怪吗？”

“有什么奇怪的？现在小雾在国内就我一个亲人，我又是常年待在国外的，在国内也没朋友，就认识谢诚和你。那小雾不在公司，大小事情得靠谢诚盯着啊，所以只能是你来帮忙了，你说对不对？”

小桃发现，每次韩洛娜问她“你说对不对”的时候，往往听起来都很对。

“哎，行吧。你要是实在不愿意就算了，我一个人忙时间太紧，就先不和你说了。”见她没回应，韩洛娜重重地叹了一口气，像是准备挂断了。

“等等！”夏小桃闻言，急忙出声喊住她，接着静了几秒，才不确定地道，“如果你觉得没问题的话，那我去？”

“这就对了！我一会儿就给你发店名和地址，你下午先帮我去店里取下生日蛋糕，再来家里帮忙。”韩洛娜得逞。

“可时——他不是对奶油过敏吗？”一个不小心，险些脱口而出，夏小桃忙往四周瞟了瞟，发现同事都在各忙各的，没察觉异样，但想到吴霏那句“避嫌”，还是做贼心虚地把声音压低了问。

“你连这都知道了啊？他还告诉你什么了？”听筒里立刻传来韩洛娜惊讶中包含八卦之魂的话音。

“也没有，就是那天正好……”夏小桃支吾着，偷眼一瞥旁边的同事，还是不放心地溜出工位到了楼梯口。

像是怕小姑娘害羞似的，韩洛娜终止了话题：“好了，好了，我不问了。是专门定做的无奶油蛋糕，我交代过了，取的时候再确认一下就好。你既然知道，我就更放心了。”

“好，我会的。”夏小桃认真地点点头，转念想着这倒也巧了，上周没能请他吃成蛋糕，今天也算借花献佛补回来了。正好，被吴霏撞见的事儿也能顺便和他说一声。

虽然这原本在她心里算不上什么大事，不就是坐了趟顺风车，也没干什么见不得人的事儿，但被吴霏那么一番讳莫如深似的提点过后，夏小桃心里反而生了个疙瘩。

“那就这么说定了，下午见。”

通话才结束不到十秒，一条短信就进来了。夏小桃打开一看，韩洛娜把她要做的事交代得非常清楚，这么一长串字，她怀疑对方是早就编辑好了。

也就是说，韩洛娜一开始就吃定她会答应。

夏小桃瘪瘪嘴，可嘴角还是不自觉扬起了一点儿……

3

就这么莫名其妙地答应了和自己大老板的姐姐一起，给大老板准备生日晚餐，夏小桃回到工位后很久才觉得不太真实，于是整个上午都显得心不在焉，总算熬到午休，非常心虚地编了个“家里有事”的理由，就早早出发乘地铁去取蛋糕了。

那家蛋糕店夏小桃听过，是比较高端的那一种，不批量制作，主要承接高级订制的活儿。她到店的时间比预计提前了半小时，好在蛋糕也已经备好了，夏小桃再三向店员确认过没有加任何奶油后才放心取走。

至于时雾家所在的别墅区，她没什么概念，怕找地方耽误了时间，索性直接按着地址打了车。这才发现原来他住在城南，和自己家相隔了几乎大半座城市。

这样说来，她的工伤赔偿挺费油啊。

夏小桃好笑地想着，再次核对了一遍门牌，按下铃。

“你怎么这么早就来了啊？”铃才响过两声，韩洛娜就出现在了缓缓打开的铁门后，热络地牵过她的手，把她迎进去，“外边晒，快进来吧。”

其实夏小桃第一眼差点儿没认出她来，不同于在门店初见那日成熟性感的气场，韩洛娜素着一张脸，长发随意绾着，一身休闲家居装，显得十分慵懒随性，而且身前还系着围裙，一看就是直接从厨房奔出来的。

“我其实没有正经做过饭……平时偶尔做些小点心还过得去，怕时间紧，手忙脚乱的。”

小桃来之前想象过时雾家会是个什么样子，来了以后发现完全不出意料，和他办公室的装修风格很像，少了点人情味。韩洛娜一听，满不在意地摆摆手："就我们三个人吃，也没那么讲究，对付着做点西餐就行了——"说罢，她又朝厨房方向抬了抬下巴："喏，食材也不多，而且都是半现成的。"

闻言的夏小桃顺势往里一望，嘴角不禁一抽。台面都堆满了，敞着没来得及关上的冰箱里也有不少，怕不是要做标准的七道菜式，她甚至觉得自己来晚了。

"你先坐下歇会儿吧，不着急。"韩洛娜招呼她在客厅沙发上坐下，接过蛋糕随手放在吧台，顺道倒了杯水给她，"大热天的跑一趟取蛋糕，辛苦你了。主要我这一身，也懒得再打扮了出门，浪费时间。"

"时总在工作上帮了我很多，一直没找到机会感谢他，只是帮忙跑跑腿而已，没什么的。"夏小桃接过水，很真诚地摇摇头，说道。

韩洛娜尽量让自己显得不那么八卦地顺势往她旁边一坐，仿佛随口感叹道："小雾这人说话做事都别扭，对人好和对人差都一个态度似的，所以有时候就算是在帮人家，事后也讨不着好。还难得有想感谢他的人，你不嫌他脸臭啊？"

"嗯……"夏小桃沉吟着咬咬唇，眼神犹疑，脸上写满了值得思考的问题：她该不该说实话。

"这又不是公司，我也不是他员工，和我吐槽几句怕什么？"韩洛娜于是用一副"同道中人"的神色，冲她挑挑眉，"哪个员工对老板没意见？我也经常骂我老板。"

她都这么说了，夏小桃也忍不住扑哧一笑，而后清清嗓子说："其实也还好。而且我觉得同样都是臭着一张脸，也还是有不同的……待不待见谁，其实是能看得出来的。"

韩洛娜微微睁大眼，发现新大陆似的："什么不同？"

"大概就是——"夏小桃歪着脑袋想了片刻，才道，"我能知道自己是欠了他一百万，还是一千万的区别！”

话音落地，韩洛娜先是怔住几秒，随即拍着手笑得直接往后仰倒在沙发靠背上：“哈哈哈，你这个形容也太贴切了吧！他就是整天一脸别人欠他钱的样子！”

夏小桃见她笑得这么夸张，反倒有些不好意思起来了，挠了挠脸颊试图找补两句：“也不是整天……有时候也会笑的，笑起来还挺好看的。”

然而她这两句底气不足的嘀咕完全被韩洛娜嚣张的笑声掩盖了。笑够了，韩洛娜又想起什么似的，直起身子，指着自己饶有兴趣地问：“那你觉得，我欠他多少？”

保守估计的夏小桃伸出五根手指，折了个中。

“五百万？哎，我果然是在被嫌弃的边缘试探……”韩洛娜摸了摸下巴，嘟囔一句后才又笑眯眯地瞅向小桃，问道，“那你呢？”

“我？”小桃一愣，这个问题，她还真没刻意去衡量过。

见夏小桃想了会儿后，神情就变得又疑惑又纠结，韩洛娜更好奇了：“怎么样？应该不多吧？”

被催促的夏小桃“唔”了一声，蹙着眉，还是努力做了形容：“好像是，时欠时不欠的感觉？”

这次话音落地后的情况不同，韩洛娜静了两秒后，只是掩嘴嚯嚯地笑了两声，神秘莫测地说了一句：“男人嘛，总会在一些特定的时期里表现得阴晴不定，正常正常。”

可这话听着怎么那么像女人每月都有那么几天呢……夏小桃只能扯出一个尴尬而不失礼貌的微笑，起身转移话题：“我看时间不早了，不然我们还是开始吧？”

“是差不多了，你不用担心，帮我打打下手，摆摆盘就好。”韩洛娜见好就收，也不耽误，起身和她一道进了厨房。

摆盘倒是难不倒夏小桃，她学的是室内设计，虽然从小到大的成绩都属于不上不下的那一拨，但基本审美还是有的。

两人在厨房里忙活着，一时间无话，夏小桃的思绪就开始从眼前的食材飘到了其他事上。

比如，是因为时雾不爱热闹，所以才不办生日聚会的吗？比如，他这会儿既不在家，也不在公司，会是去做什么了呢？假使前面的设想成立，那他很显然不可能是约了朋友一起到外边休闲娱乐。

又比如，她记得时雾在密室里喊过他姐姐的名字，韩洛娜。两人并不同姓。

夏小桃自问不是一个热衷挖掘八卦的人，可现在的情况是问题摆在眼前，她忍不住就要好奇。

“对了，给小雾庆生是我自己的主意，他到时候可能会不领情。如果让你白忙活了，你多担待啊，就当我欠你一个人情。我回去之前，一定还你。”正想着，夏小桃又听到韩洛娜的话音传来，但也没多想所谓的“不领情”，只道时雾说不定会觉得吃生日蛋糕幼稚，反而是更在意最后一句。

“回去？”

“我是休了年假回国来看看小雾，顺便帮国内的分公司谈几个客户。谈完就回去了。”韩洛娜点点头，往锅里放了两勺黄油准备煎牛排。

“那……你不在这儿的时候，只有时总一个人吗？”像是早看出夏小桃不好问出口的疑问，韩洛娜一点儿也不避讳地解释道：“是啊。他妈妈很早就不在了，后来他爸带他出了国，就和我妈结婚了。重组家庭里，只有他选择回国发展，其他人都在外边，只有我每年一休假就来骚扰他。”

“抱歉……韩小姐，我不是想……”夏小桃有种在探听别人隐私的犯罪感。

韩洛娜从她手里接过装牛排的盘子，用手背亲切地碰了碰她的胳膊，笑道：“哎呀，见什么外？叫我姐就行了。再说，是我请你来帮忙，总不能让你完全糊里糊涂的吧。”

“嗯，那我不告诉时总你告诉我了。”

“可行。”

韩洛娜低头将牛排放入锅中，没看到一旁的小桃长长地舒出了一口气。

毕竟知道老板太多秘密的员工做不久，这是从历史中总结出的经验教训。

之后两人聊天的内容就不再围绕时雾了，有关于密室的，有关于夏小桃自己的，也有关于韩洛娜的，两个女人之间总不会缺乏话题。

一切准备就绪时，夏天的暮色才刚刚四合，时针正好指向七点。

原本夏小桃是打算“功成身退”的，毕竟人家姐弟两个一起过生日，她一个外人在还是觉得奇怪。奈何韩洛娜指着餐桌上三人的量，不允许她浪费食物。

于是两人把蛋糕上的蜡烛点了，关上灯，挨着坐在餐桌一侧。没等多久，就听到别墅外有人按动密码的声音。

夏小桃莫名有些紧张，又借着烛光检查了一遍桌上菜式的摆盘，确认没有问题的同时，“咔嚓”一声，时雾进了门。

“小雾，生日快乐——”她听到韩洛娜含笑的祝福，之后别墅里就陷入了一片沉寂。

时雾没有回应，甚至也没有继续往里走，就那么站在门前，轮廓被身后暮色所融，和隐在烛火摇曳下的神情一样，变得晦暗不清。

漫长的沉默裹挟着一种压抑感，夏小桃皱起眉，看了看身边的韩洛娜，不知道自己此时该做些什么，却终于想起了下午她所说的“不领情”。

“啪。”终于，随着一声轻响，时雾修长的手指按上了开关。也许是光线骤然刺激带来的视觉错觉，小桃觉得他的指节比平时要苍白许多。“夏小桃，你怎么在这里？”她听到他问，不带任何语气。

“我……”

“她是我请来帮忙的。我们做了这一桌子晚餐，就等你回来吃了。”韩洛娜抢断夏小桃踌躇的话语，挤出看似平常的灿烂笑容来，“你先把蜡烛吹了，许个愿，我们再一起吃。”

“起来，我送你回去。”时雾没有理会她，兀自看向夏小桃。这一眼，让夏小桃心里一颤，暴风雨来临之前的海上总是特别平静。

“时雾，你对我这态度也就算了，人家特意请假忙活一下午，一来就赶人走？”韩洛娜彻底笑不出来了。

“我给她销假。”时雾眼皮都没抬，冷冷地吐出几个字。

“那不然我还是先——”

这边夏小桃还没站起来，韩洛娜已经按住她肩膀又给按了回去，态度十分强硬道：“现在不是工作时间，小桃是我请来的客人，不是你的员工。她走不走，你不能决定。”

“韩洛娜，你非要这样吗！”时雾厉声。

“是你非要这样吗！”韩洛娜与他针锋相对。

“好，那你的客人，你自己招待好。”像是突然冷静了下来，时雾也不想与她再纠缠似的，将身后门一关，丢下话就大步上了楼。

“我又不是为我自己请的小桃，你有本事别走，咱们把话说清楚！”韩洛娜冲到楼梯口，对着他背影拔高音量。

但那道黑色的背影不为所动，很快就消失在了二楼拐角。

见状，韩洛娜却也没不依不饶地追上去，只是撇着嘴角踱回桌边，重新坐下，然后死死地盯着桌上的蛋糕一言不发，肉眼可见是“吵架没发挥好”的状态。

夏小桃也是被这阵仗给蒙住了好一阵，才回过神来，去吧台倒了杯水递过去：“洛娜姐，你别生气，先喝口水吧。”

“哎……”韩洛娜感谢地冲她一笑，喝了小半杯，才叹气道，“别看我像是在和他吵，其实并不是生他的气，就是有些心疼他。”

“时总好像，很厌恶过生日？”夏小桃表示疑惑。

韩洛娜放下水杯，转头朝楼上的方向望了眼，声音很低：“因为有一个对他很重要的人，从很多年前的这一天起就再也不能陪在他身边了。”

再也不能吗？夏小桃的眉头也皱了起来。

“我本来以为这么多年了，该有些改变了。自己的生日总不能永远都……”韩洛娜摇摇头，终究是没能说下去，只是歉意地拍了拍小桃的肩头，“不好意思啊，把你给吓到了吧？你就把你那份晚餐先吃了，一会儿我叫车送你回去。

“那你呢？”夏小桃问。

“我就在这里等他。他肯定还没吃过，人是铁饭是钢，不信他不下来。”韩洛娜故作轻松地扬眉一笑。

夏小桃闻言，垂眸掩唇片刻，再抬头已是一脸坚定：“那我陪你。”

“好。谢谢。”韩洛娜一怔，没有拒绝。她发现这小姑娘打定主意的模样，竟和时雾那说一不二的气势有几分相似。

就这样，除了吊灯通明外，别墅一楼又恢复了十分钟以前的情形。

两人坐在桌边等啊等，等到饮料里的冰块化了大半，牛排彻底失去香气，蛋糕上的蜡烛也只剩下短短一小截……时雾还是没有下楼。

不仅如此，夏小桃从小自诩耳力不错，支棱着耳朵听了半天，最开始还有几声脚步，后来二楼是连半点儿响动都没了。

该不会就晾着她们自己去睡了吧？她瞥了眼身边仿佛老僧入定的韩洛娜，猜想或许这姐弟俩从小就没少打过这样的对抗消耗战。

于是她又耐着性子，直到分针在表上再次走过半圈。

“小桃？！”身边人霍地一下从椅子上弹起来，韩洛娜一惊，来不及阻拦就见夏小桃气势汹汹地“杀”上楼梯。

当老板的晾着她这个小员工也就算了，可当弟弟的对自家姐姐又是欠人情又是忙活一下午准备的蛋糕和晚餐完全不领情，也太过分了吧！不管出于什么理由，也该有句谢谢吧？

“你别……”韩洛娜下意识地跟着起身，想喊住她，可转念一想，又噤了声。每年都是这样，她想和他吵，想他把情绪爆发出来，宣泄出来。可时雾却总会在临界之际以一种对自己近乎残忍的冷静，重新退回压抑的深渊。或许有个局外人大闹一场也好。更何况，夏小桃也未必会一直是局外人。

4

二楼走道两侧都是房间，夏小桃冲动之下“噔噔噔”上了楼后，才发现一个问题。她不知道时雾在哪间房里，总不能一间一间敲过去吧？他在里头也可以选择“装死”不应啊。但都上来了，没有无功而返的道理。韩洛娜说得对，人是铁饭是钢，夏小桃打定了主意要把人拽下楼吃点东西，于是攥攥拳暗暗给自己打了气，开始一间间贴着门板听动静。

听到其中一间门外时，她手才搭上门板，门就开了。原来是虚掩着的。好在她没把全身的重量一下子都靠上去，否则非得直接跌进屋里不可——那真是“出师未捷糗大了”！

可能是屋里很静的原因，夏小桃也下意识放松了动作把门推开，里头没开灯，今晚月光却是亮的，透过落地窗照进来，内部陈设一览无余，很明显是书房。

空气里弥漫着酒味，隐隐还夹杂着辛辣与橡木带来的烟熏味。时雾就趴在书桌上，手边的酒杯是空的，再往边上酒瓶里的威士忌也浅了大半。

难怪没动静，是因为喝醉睡着了？夏小桃蹑手蹑脚地走近，转到书桌另一侧，睡着的时雾眉头紧锁，与清醒时的锋利冷傲不同，此刻的他被月光笼着，显得苍白而脆弱。

夏小桃感到自己之前攒了将近两小时的火气一下子都被击散了。

但空腹喝酒伤胃，小桃正犹豫要不要叫醒他，视线却不自觉地被对面墙上挂着的那一大幅地图给吸引去了。

她从书桌边走过去，凑近那面墙借着月色打量。这地图上边有不少用红色记号笔圈画的痕迹，圆圈、打叉、问号，都代表着不同的含义。

“难道是研究密室门店选址的？”夏小桃第一反应就和密室有关，可细看之下，却是纳闷了。

这分明是一张十年前江海市城市规划大改前的地图，很多老城区都被改造得天翻地覆，CBD 地段也因此有过几番变迁，根本没有参考价值啊。

Fogging成立至今不过五六年，就算是最初的门店定址，也远远晚于那次改造。

正琢磨得入神，夏小桃下意识地伸手想去摸摸那地图上的记号笔痕迹新旧，却在指尖触及前的一刻，被人狠狠攥住了手腕！

“啊！”冷不防低呼一声，夏小桃整个人都被拽着转过了身，背隔着地图重重抵在了墙面上。惊慌之下抬眼，她就撞进了时雾宛如深海的眼底。那海面上依旧无波，却有冰霜在一点点凝结、覆盖。

冷，是夏小桃的第一感受，身后墙壁是冷的，眼前人的目光也是冷的。可时雾又离得那么近，浓烈的酒气混合着男人身上特有的侵略性气息，让她面颊发热。

“时总……我是夏小桃……”她小心翼翼地瞄他，觉得他变得莫名危险和具有攻击性。时雾冷冷地开口：“我还没有醉到不认人。”

“噢。”夏小桃挣了挣手腕，发现时雾没有松开的意思，只能硬着头皮打商量，完全没了上楼时的底气，“那你既然醒了，要不要下去吃点蛋糕？空腹喝酒对胃不好。”

“谁允许你进来的？”时雾问她。

“对不起，洛娜姐等了一晚上了，我看门也没关……我也才进来，刚看了这地图几眼！”夏小桃急忙道歉又解释，心想摆在明面上的东西总不至于涉及什么商业机密吧。

话音落下，时雾果然松开了她的手。被吓了一跳的夏小桃总算松了一口气，同时也听到他叫她名字。

“夏小桃。”

“嗯？”她扬起唇，抬眼看他。

“我说过，我欣赏有头脑且上进的员工，但这类人往往爱自作聪明。”时雾低头注视着她，没有任何多余的表情，“我不喜欢多管闲事甚至别有用心的下属，希望你做好自己的本分。”

血色迅速从夏小桃的脸颊上褪去，梨涡消失不见。

她不敢置信地望着他，心口仿佛也像手腕一样，被人狠狠拽了一下，却比刚才要疼得多。疼到她眼圈发红，她使劲把挡在身前的人一推，就冲下了楼。

“小桃？这是怎么了？！”韩洛娜就在楼下守着，见她是抹着眼泪跑下来的，赶忙上前。

夏小桃却避开了她的手，拎起包，哑着嗓子说了句“对不起先走了”，就夺门而出了。

“时雾你个臭小子，疯了啊？”见状，韩洛娜气急败坏地朝楼上大骂一声，就也追出门去。

这一声骂，时雾当然听见了。

时雾从没这么认同过自己这个姐姐，她骂得对。他一手抄起书桌上的酒瓶，直接灌了一大口，然后踉跄着到了落地窗边，一手撑着玻璃往下看。别墅院外，小姑娘显然是哭了，埋着脑袋，肩膀一抽一抽的。追出去的韩洛娜正给她递纸巾。

是啊，哪个不谙世事的小姑娘被他这种醉鬼一吓一凶，不会哭的？

他又想起在自己出口伤人前，夏小桃含笑望向自己的眸子。他可以从这双眼里想象到她从小到大的生活经历，家境殷实，父母恩爱，邻里和睦。她不笨，但可能迷迷糊糊的，没什么胜负心，所以在学校里一定不是那个成绩最好的。可在单纯温馨的家庭中长大的她，心里和眼里都有无拘无束的光，会在她自己都没有察觉的情况下感染着身边的人，因此她一定是最受其他同学欢迎的。

甚至，夏小桃还可能运气很不错，事事顺遂，没有经过什么风浪。

遇到他，进而在今晚走进这间书房，大概就是她二十几年人生里，碰见的最大“灾难”了。

院里只点着两盏昏黄的壁灯，勉强照亮铁门外的一片空地，夏小桃本就娇小的身影显得更加可怜无助。

事实上，她也觉得这一刻的自己可怜极了，好心好意，却换来一句别有用心。她又想起白日里吴霏说的那句“避嫌”，暗骂自己自作自受。

“我回去就帮你教训他！”韩洛娜看她哭得伤心，义愤填膺，不用问发生了什么，肯定就是时雾的错。

“不用，是我自己不该随便进屋。”那阵委屈劲儿过了，夏小桃勉强止住啜泣，挤出一个笑来，“我没事儿了，你先回去吧。我叫辆车，等会儿就到了……”

“这都快九点了，大晚上的这里这么偏，我不放心。我看你上车了再回去。”

“可是……”夏小桃忍不住仰头往别墅二楼窗户处望去。

时雾察觉到她的动作，在她看过来之前，就往旁边避开了。他拿出手机扫了眼时间，皱眉，用力按着眉心，拨通了谢诚的电话。

“开车来我家一趟，送个人回家。”

“你和你姐又闹翻啦？”那边的谢诚刚从浴室出来，擦着头发，转念一想又不对，“可你姐在国内哪来什么家？不就住你家吗？”

“送夏小桃回家。地址你自己到时候问她。”

“这么晚了她在你家？！”谢诚直接就把毛巾给摔床上了。

时雾才不惯他八卦的毛病：“少废话。你来的时候就说，有文件要送给我，碰见了顺路捎她回去。”

“时大总裁，你不能仗着我和你住得近，就随便延长工时吧？你不知道，今天你不在公司，我一个人有多忙多累……”

“年假加三天。”

“但不管再累，我还是您随叫随到的总裁特助！”谢诚话锋一转，立刻成交。

挂了电话没多久，做事高效率的谢诚就开车出现在了别墅院外，拉下车门和就站在路边的两人打招呼：“韩小姐，夏小姐。这么晚了，你们在这儿等车啊？”

韩洛娜诧异：“你怎么来了？”

“噢。想起来有个文件挺急的，给时总送过来。”做戏做全套，谢诚还真从家里带了份文件来，从车窗递出去，“我就不进去了，你帮我转交一下吧。”

“没问题。”韩洛娜接过，还是狐疑，总觉得他早不来晚不来，这也太巧了。

谢诚交代完，又笑呵呵地看向一旁的夏小桃，装作没看见她略显红肿的眼圈，问道：“要不要我载你一程？我回家和你顺路。”

“不用了，我叫了顺风车……”夏小桃摆摆手。

“夏小姐你这就是安全意识淡薄了。”谢诚摆出一副深感忧心的模样，“前几天新闻不还推送了一则深夜女子乘坐顺风车出事的消息吗？还是坐我的车吧。”

“有吗？”她怎么没看到。

“是啊是啊，我刚才也一直不放心。还是让谢诚送你吧。”韩洛娜隐约猜到了点什么，帮腔着，直接打开了后车门把小桃往里塞。

夏小桃被谢诚一说，心里其实有点发毛，于是也没再推辞，坐进去后赔偿了点红包就把车约取消了。

落地窗后，时雾目送谢诚的车驶离，却没有收回视线，只是就地屈腿靠坐在窗边，望着远处夜色，继续一口一口地灌酒，像是不把自己灌倒决不罢休。

而另一边，谢诚将车子开出了别墅区，才非常自然地问道：“对了，夏小姐你家住哪儿来着？我忘了。”

所以顺的是哪门子路？短暂的无语过后，夏小桃报出一串地址。

之后就换成谢诚无语了，穿城而过啊，只拿三天年假来换？奸商！

第六章

桃子可不是柿子（下）

1

江海市的老宅院里，一到夏夜便能在屋内欣赏窗外似交响乐般的阵阵虫鸣。夏小桃盘腿坐在床边，面前的折叠小桌上摆着笔记本电脑，手里则抱着一大包青瓜味的薯片正吃得“咔嚓”响。空调吹着，手边饮料冰镇着，自从入职 Fogging 设计部，她还是第一次在工作日的夜晚过得如此惬意悠哉，这还全是托时大总裁的福。

虽然也许是单方面的自作多情，但夏小桃还是决定和时雾“冷战”！

她一个小员工，之前唯一能在总裁面前刷存在感的方式，就是在加班之时献上一杯咖啡。因此夏小桃第二天下班时间一到就早早回了家，让时雾到时候自个儿下楼弄咖啡去！她要让时雾知道，桃子可不是柿子，不是那么好捏的！

不过在家归在家，夏小桃还是很有事业心和责任感的，和时雾赌气是一回事，《双面》剧本的进度可不能耽误。她放下薯片，擦了擦油乎乎的手，把电脑上打开的页面又往下拉了一截，继续研究 Time 的剧本作品。

这是进入 Fogging 设计部后小桃最爱的一大福利。

知名密室设计师 Time 是她的偶像，也可以说是她的梦想之源。最初密室逃脱其实只是一种网页游戏，后来才渐渐发展成真人实景模式。在密室逃脱作为页游都还比较小众的那几年里，这个 ID 就已经是密室逃脱贴吧的解谜大神了，留下过不少谈论密室设计雏形思路的经典帖子。只是不知怎么回事，Time 没有任何预兆地销声匿迹多年，直到五年前才终于以全新的身份——密室设计师重出江湖，正式推出了他的第一部成名作《无出路密室》。那也是 Fogging 品牌在业内的奠基之作，可以说是一次非常成功的合作。大约也正因如此，之后 Time 的每一部作品都是由 Fogging 打造推出的，几乎每一部都是类型中的经典之作。

听说也有很多密室品牌向 Time 抛出过橄榄枝，甚至天价求购主题设计，却都石沉大海，连个面儿都无缘得见。Time 这个人相当神秘，Fogging 的保密工作也做得很好，圈里人甚至连其是男是女这种基本信息都掌握不到。所以，与其说 Time 是 Fogging 的御用设计师，倒是不如说后者相当于他的半个经纪公司更贴切。

为此，夏小桃还私下和谢诚打听过。

“谢特助，你见过 Time 大神吗？是男是女啊？”

“不知道。”

“那他是个什么样的人？艺术气质特强的？还是相处起来特亲切的那种？”

“不知道。”

“那他几岁总能说吧！”

“不知道。”

当时谢诚一问三不知，直接把夏小桃给气乐了：“算他高中开始混贴吧，我推测他现在起码也该有三十多岁了。再年轻……我觉得就不太可能了。”

“你还知道他混过贴吧？做过挺多功课啊。”

“那是当然，我小时候可是看他的帖子长大的！”夏小桃一脸自豪，“虽然那会儿我开始混密室逃脱贴吧的时候，他已经暂时隐退了。但比起那些因为《无出路密室》出来后才关注到他，再往前挖历史的粉丝来说，我可是一开始就知道他的。”

“反正 Time 要求对外保密他的全部个人信息，从来只和时总接触，谁都没见过他本人。所以你就自己在这儿慢慢推测吧，福尔摩桃……”

现在想起谢诚那副“就不告诉你”的嘚瑟样子，夏小桃还会忍不住从鼻间哼出一声来，尤其想到连她的偶像都要被时雾臭着一张脸对待，就更来气了。

Time 的每一部作品她都很喜欢，只可惜之前都接触不到那些主题的文字资料，但所幸时雾在这一点上还是相当慷慨的，没有把剧本一起保密，束之高阁，而是作为 Fogging 设计部的内部资料，通过内部账号权限申请就可以在线查阅了。

“怎么什么事儿都绕不开他似的。”时雾的名字时不时就要在脑海里跳出来，夏小桃有些烦躁地甩了甩头。

“叮咚——”

正沉浸在莫名其妙的闷气中，夏小桃被微信提示音惊醒，长出一口气拿起来一瞧，发现是云择青发来的消息。自从上次相亲后，他们也没在微信上聊过。最后一次交流就是朋友圈的那条留言。

“又在加班改本子？”

夏小桃无奈地瞥了一眼床上散落着的剧本稿纸，那上面除去油墨打印出的字迹外，还覆盖了一层密密麻麻的红色记号笔痕迹，于是回道：“算是吧。剧本有点卡壳，在研究偶像的成名作剧本，学习一下。”

“有我可以帮忙的地方吗？”

“嗯……其实之前就想找你帮忙的，但后来有人提醒我现在这个主题设计是属于公司的项目方案，不能随便外传。”消息发出去之后，夏小桃把“有人”这个措辞盯了良久，有仇似的。

“这倒也是。明晚有空吗？一起吃个晚餐。偶尔放松一下，或许反而能找到灵感。”

虽然夏小桃对云择青并不反感，甚至觉得能交个朋友，但总归是刚相过亲，就怕这约饭有什么其他含义。她还没来得及打好婉拒的草稿，云择青又追来一条消息，比之前的都要长：“不过也算有正事要谈，想请你兑现之前的承诺。但这事电话和微信上不方便说，见面聊比较好，总不能干坐着，所以顺便吃个饭，没有别的意思。”

他都这么说了，小桃当然就没必要再推拒了，当即应下：“好，那我们见面聊。明晚几点？在哪儿？”

“明天下班，我去接你吧。”

“不用，你告诉我地址，我自己去就可以了。”输完这句话，夏小桃顺势要按发送键的拇指却是一顿，不知想到什么，转而又把话删了，改发了个卖萌的表情包，上面写着“那就麻烦你了”。

“那好，就这么说定了。我在 Fogging 楼下等你，下班时间，等我消息。”

对话结束，夏小桃却没有退出聊天界面，反而一动不动地盯着屏幕，似乎进入了发呆模式。其实她就是有些搞不明白，自己改主意答应让云择青到公司接她是出于什么心态。

她拇指在屏幕上划动，往回翻看这寥寥几句的对话记录，最终把目光落在了从刚才就让她耿耿于怀的那两个字上。似乎毫无理由，又似乎有迹可循。

次日傍晚，Fogging 设计部内，夏小桃掐着时间点收拾好了工位，只等云择青微信一来，就拎包走人。

身边同事也陆陆续续下班了，那十来分钟里，她一边期待着一会儿下楼时被什么人撞见，一边又为自己产生这种想法而备感荒谬。

“我到了，下楼吧。”

终于，微信弹出消息，于是夏小桃像是学生听到了下课铃似的，不到三分钟就走出了写字楼。

江海市的夏季无疑是炎热的，但室外的空气也终于随着落日余晖的消散而渐渐褪去了些许热度，加上晚风吹拂，反倒让在空调房里待了整日的白领们感到一阵神清气爽。夏小桃远远地望见了云择青，他虽没有时雾那样接近一米九的身高，但在人群中也是格外突出的存在。

此刻他面向写字楼，姿态随意地倚着车身，似乎忽然感到镜片上沾到了什么东西，单手摘下金丝框眼镜，另一只手取了眼镜布慢条斯理地擦拭起来。

云择青做这些动作时，因为都是微垂着眼的，所以并未在第一时间看见夏小桃。

夏小桃也不在意，几步上前正要打招呼，却被一道略耳熟的声音抢了先。

"'病侠客'？你怎么在这儿？来找我家老板啊？他今天可没空。"也不知手里拎着一大袋东西的谢诚是怎么从车身后突然冒出来的，语气还挺熟稔的样子，"这不，买了晚饭，要和他一起加班了。"

与两人隔得不远，夏小桃听清谢诚的话后先是一怔，随即恍然。都在一个圈子，也都是领域里的佼佼者，少不了合作，不可能不认识。

"今天不找他。"重新戴上眼镜的云择青抬眼，自然就瞧见了几步外的小桃，随口答了谢诚一句，便走到她跟前，而后很自然地抬手替她挡住了那正好斜射在眉睫上的最后半抹残晖。

原本一直下意识眯着眼的夏小桃愣了两秒，才意识到发生了什么，心想，同样是国外回来的，怎么某些人就学不到半点儿绅士做派呢？

"抱歉，路上堵车，来晚了些。"云择青歉意一笑。

"这个时间点正好。"夏小桃歪歪头，半是玩笑道，"我还在实习期，总不能踩着点第一个冲出办公室吧？"

谢诚这会儿也回过味来了，将充满了求知欲的目光投过来："你们两个，认识啊？”

云择青介绍得很大方：“小桃家和我家是世交。”

“噢，那你们还挺有缘分的。这么多年以后又都在一个行业里。”谢诚嘴里是这么客套的，可心思却和那没停过的眼珠子似的不知道在转些什么。

这架势瞧得夏小桃心里略发毛，忍不住把他拽到一边，低声解释：“你别瞎想啊！我和他就是普通朋友，今天有点事要谈。”

“哎，我怎么想其实并不重要。”谢诚笑得意味深长。

你怎么想是不重要，但就怕你想了还要到处去说啊！夏小桃嫌弃地白他一眼，并不信任公司里这个公认的“八卦集散地”。

谢诚眼见着她没会意，只得无奈地一耸肩：“放心吧，‘病侠客’在圈里也算个公众人物，我不会瞎传的！”说完，他也不等夏小桃再开口，向云择青点头致意回见后，就给他家老板送饭去了。

“你猜我刚才买饭回来在楼下碰见谁了？”不瞎传，不代表不能有针对性地传啊。

总裁办公室内，谢诚边把盒饭从袋子里取出来放桌上，边对时雾一挤眉。后者显然对八卦缺乏兴趣，提醒道：“抓紧吃饭，七点准时连线会议。”

“我碰到‘病侠客’了。”谢诚也习惯了，自顾自揭晓答案。

时雾闻言皱眉：“他来做什么？之前约好的上市后主题公园测评有问题？”

“谁像你下班了还惦记公事？人家是来接人下班去共进晚餐的。”谢诚恨铁不成钢地将“共进晚餐”这四个字用语气打上了无形的着重号。

谁承想，这回时雾直接没反应了。

“你不想知道他来接谁吗？”本想吊他胃口的谢诚，现在却被时雾噎得全无食欲。

时雾继续充耳不闻。

“你认识的。

“你亲自点名招进来的!

“你前天还让我开车送过的！”

时雾终于停下筷子，冲谢诚眨了眨眼，一副公事公办的冷漠态度，“员工所有符合劳动法规定的休息时间如何安排，公司都无权干涉。”

“呵呵，是我格局小了。”对此，谢诚只能皮笑肉不笑地拆了盒子，开始吃饭。

2

与在办公室里赶时间扒拉盒饭的两人截然不同，环境优雅的日料店卡座中，音乐舒缓，夏小桃正细嚼慢咽地享用着美味。

夏小桃合理怀疑自家母上应该向云择青出卖过她的口味偏好，否则他点的东西怎么可能这么合口味？她想着，抬眼一瞄对面，云择青对上她的视线回以浅淡一笑，又继续吃他自己面前的寿司，似乎没有边吃边聊的打算。

食不言，寝不语，中华民族的优良传统。夏小桃在心里给予肯定，开始更加专注地对待美食。约莫半个小时过后，五脏庙祭拜完成，她便将盘碟等餐具都摆到一边，面前只剩一杯冰镇的饮料，搅着吸管，好奇地问：“你之前说的要我帮忙的事，到底是什么？”

“宁烨卫视这几年在实景娱乐方面的综艺开发上做了不少尝试，我想你应该关注过。基于之前的成功试水，他们今年将与银亿视频联合推出一款真人密室网综《逃脱吧》，区别于邀请明星录制更注重娱乐性，总导演本身是个密室迷，所以虽然有些冒险，但他还是想尝试能将节目打造成‘高玩版’。我和他有些交情，因此不仅会充当常驻嘉宾，也在主创团队之内负责把控策划。”云择青娓娓道来时，话音便如同潺潺的山溪，轻易便能沁入人心。

夏小桃捏着吸管的手也停下了搅动，听得似乎入了神，直到他话音落下好几秒后，才迷茫地眨眨眼，表示字面意思是听懂了，但还是没懂这事和请她帮的忙有什么关系。

“目前节目前期的筹备已经初步完成，正在邀请嘉宾的阶段。”云择青语出惊人，“我认为你很合适，希望你能至少参与三期的录制。”

“我？！”夏小桃双眼登时一溜圆，不敢置信。

宁烨卫视的实力不必说，银亿视频也是国内数一数二的大型网络视频网站，这两者联合推出的综艺自然该请些密室圈内如“病侠客”这种知名大神，哪儿还能轮到她啊？

见她一脸“你没搞错吧”的惊愕之色，云择青单手一推眼镜，笑了：“我没有搞错，也不是开玩笑，否则就算你答应去，主创团队也不会答应。”

“我还是不太明白……”夏小桃一脸纳闷地咬着吸管。

“邀请你是出于两点考虑。第一，嘉宾阵容上的男女比例需要，这个就不多说。第二，嘉宾分布在全国各地，为节目聚在一起，起初都需要相处磨合。但前几期嘉宾之间如果显得太过生疏——你也知道密室拼场有时候会有多尴尬，那么必然影响节目效果。因此节目组在邀请圈内常驻玩家的同时，都会希望他们能带上一名相熟的同伴参与录制。同伴本身不需要有知名度，自身职业还可以多元化，增加节目的可看性，拉一拉综艺效果，全是强势的高能玩家也未必好。

“所以，我希望你当我的同伴。”

“但是……你能邀请的对象应该还有很多吧？”异性，密室爱好者，这种条件的人在圈里一抓一大把啊。他也总该有几个相熟的吧。夏小桃刨根问底的毛病又犯了。

闻言，云择青竟是摸着鼻梁，用一脸被错怪的神色瞧她：“除去做测评，回国这几年我大部分的时间和精力都花在来诊所咨询的患者身上了，我总不能邀请她们吧？作为心理咨询师，要有职业操守，保护患者隐私。”

“啊……这样啊。”夏小桃抽抽嘴角，倒像是她问错了。

“所以我其实之前还在为该邀请谁犯难，没想到就遇见你了。”

玻璃窗外，是一辆亮着前灯的车子飞驰而过，随之一道白色反光也在云择青的镜片上疾速滑过。夏小桃没能看清他那一秒的眼神，但始终有一种“羊入虎口”的被算计感觉。

不过……她咂摸着，喝了一口饮料，暗忖自己也不亏，得了“病侠客”的测评，又能上综艺节目玩玩，结识其他大神，反而是赚到了。但她还是有点担心占用到太多时间，无法在季度评审会之前把《双面》调整到最佳。

“录制什么时候开始？要录多久？”

“嘉宾邀请顺利的话，初步预计下周启动录制。前三期的录制是连续的，算上海报拍摄，来回宁烨一趟一周多就能解决。”云择青知道她是心动了，还帮她做了周全的打算，“如果是请假问题，我可以去和你们时总聊聊，Fogging 在项目里也有投资份额，应该不难批。”

“不用了！我自己去问问就好。”夏小桃一听，连连摆手。

她起先是顾虑自己的 Fogging 员工身份，去参加录制会不会产生什么奇奇怪怪的舆论效应，万一表现不好，会不会给公司丢脸之类的。但经云择青这么一提，光是想想臭着脸的时雾跷着腿坐在办公桌前，审视她在节目里种种表现的画面，就让夏小桃脚趾抠地，抠出三室一厅都不成问题。

“那个……可以给我一天时间再考虑考虑吗？”想到这儿，她歉意地竖起一根食指打商量。

不明白她为什么脸色变了又变，突然犹豫，云择青诧异地摸了摸镜框，却也没追问，只是点头应道：“没问题。这期间有什么顾虑或是难处随时告诉我。”

“你放心，我会尽快答复你。”夏小桃见他连眉头都没皱一下，不禁在心里赞叹他的好脾气，保证道，“绝对不会耽误节目组进度。”

“好，你也不要有太大压力。毕竟不是每个人都愿意暴露在公众的视野中，被舆论关注。无论你是否愿意参加录制，我答应你的测评都不会反悔。”

她一个用来衬托大神的小透明哪来什么存在感？更别说被舆论关注了，估计后期剪辑完播出的时候都不剩几个出镜画面。夏小桃不以为意，又转念想到自己居然让云择青这个心理咨询师也看走了眼，还挺有几分小得意。

“阿嚏！”坐在对面的云择青却是没由来地鼻间猛地一痒，压着动静地打了个喷嚏。

真不知是巧了，还是当面在心里念叨人家的结果。夏小桃暗自吐舌，心虚地捧起饮料杯，垂眼当没瞧见，把剩下的“咕嘟咕嘟”一口气喝完，放回桌上：“我吃好了，该回去写剧本了。”

“好，我送你。”

之后云择青结账送人不提，回到家的夏小桃对着文档心不在焉地写写删删，一个值得深思的问题始终在脑海里盘旋：作为资方之一，节目上线后时雾不听不看不关注的概率是多少？

小桃不知不觉发起了呆，手机接连响起几声清脆的微信提示音，她才回过神来，打开一瞧，是纪然然激动地连文字带表情包把一个好消息分了好几句发来。

“小桃子，我最近接了个新活儿你一定有兴趣——

“是一档密室逃脱综艺的海报拍摄！

“据说会请不少圈内大佬，你要不要把年假用了和我一起去啊？

“到时候你就当我助理，混个脸熟，没准儿还能加个大佬微信带一带呢。”

夏小桃读完信息，有点儿哭笑不得地在输入框里打了一句回复：“你来晚一步，有人先邀我了……”

这一回，纪然然当即来了兴趣，直接一通语音拨来追问邀请人，以提高八卦效率。

于是小桃就把发现相亲对象是圈内知名测评人的前因后果拣着说了一遍，当然倾诉的重点还是落在对有可能引起时大总裁关注的忧心忡忡上。

纪然然这人也不太厚道，满足了自己的八卦之魂后，就对夏小桃那有些杞人忧天的絮叨显得缺乏兴趣了，表示“总裁心海底针”不必太过纠结，大不了就是被扎一下心嘛！

“算了，谁知道怪脾气的家伙心里会想什么。”于是被好友敷衍地开导了几句之后，小桃挂断通话，看着文档里不增反减的字数统计，气闷地把被子往头上一蒙，早早关灯继续到梦里纠结去了！

然而，早睡并没有给夏小桃带来早起的好精神。第二天，她一脸萎靡地扶着腰，过了公司的打卡机器，“迟到三十分钟”的打卡结果格外扎眼。

天知道时雾是怎么折磨了她一整晚的！一开始还是个美梦，小桃梦见自己应邀参加了《逃脱吧》的录制，过程中的表现虽然不算很突出，但大家都玩得很开心。录制之余，她还沾了云择青的光，和许多业内大佬一起吃饭、去景点打卡合照。

但她还没来得及从梦里笑醒，画面陡然一变，场景就转到了 Fogging 公司顶层的大会议室内，时雾居然挪用每周例会宝贵的时间，组织全体高管一起观看《逃脱吧》！更丧心病狂的是，夏小桃发现屏幕上播放的居然还是他不知从哪里搞来的剪辑版，全是她被剪掉的那些画面！

画面以 0.5 倍速慢放着，时雾还会恶劣地在每一个表情包出现的画面按下暂停键，等大家伙儿都笑完再继续播放。这种“公开处刑”的方式，足以让夏小桃那颗原本如同金刚钻一般坚强的心瞬间分解成碳 60 了。

会议室外的夏小桃又急又气，可就是怎么也打不开玻璃门，想打断他们而把门拍得“砰砰”响，里头的笑声能传出来，可会议室里那些人却好像完全听不见她拍门的声音似的！

她知道一切都是梦境，却怎么也醒不过来，最后气得大骂时雾混蛋的同时，拿头狠狠撞向了玻璃门——醒是醒了，就是人也摔下了床，闪着腰了。

电梯门才打开，夏小桃就和正要上楼的薇琪打了个照面。

“夏小桃，你今天怎么才来啊？正好，这是谢特助要的资料，一会儿《半日江湖》项目组有个碰头会，时间有点紧，我还想再准备一会儿。你帮我送去吧。”

“啊，没问题！你去忙吧……”看着已经被塞进怀里的一本资料，夏小桃忽然想到自己可以从谢诚那儿套套话，就笑着应下了。

“谢了！”薇琪见她这么爽快，也乐了，冲她摆摆手就匆匆跑开了，“下午请你喝奶茶！”

这几周相处下来，小桃发现薇琪这人虽然爱偷懒、占新人便宜，但心眼不算坏，偶尔还会在给她分工作任务时，有意无意闲聊几句，关系也就不像最初那么僵了。

于是夏小桃索性也不出电梯，直接去了顶层，一手扶腰，一手抱着资料进了总裁特助办公室。

“谢特助，你要的资料。”

谢诚上下打量她：“你……这腰怎么了？”

“没事儿。”夏小桃摆摆手，也没注意到他的眼神有多复杂，一心只想着如何不着痕迹地切入话题，“昨晚看竞技类综艺，太激动了，不小心闪到的！”

闻言，谢诚也不知信没信，只“哦”一声，收了资料，翻看几页后，发现夏小桃还没走的意思，才又抬头问道：“还有什么事吗？”

果然她和吴霏差的不是一两个段位，夏小桃暗自泄气，放弃了迂回路线，直白地问了：“谢特助，以你对时总的了解，他平时喜欢看哪种类型的综艺啊？”

“你问这个做什么？”这下谢诚来了兴趣，索性把资料往旁边一放。

见他做出一副“可以谈谈”的架势，小桃仿佛看到了希望，连忙道：

"我就是听朋友说，宁烨卫视准备打造一款密室逃脱的真人网综，Fogging好像也占有投资份额。"

"你消息还挺灵通啊，'病侠客'告诉你的吧？"谢诚挑眉。

"嗯……他邀请我去当飞行嘉宾，参加前三期的录制。"夏小桃见也瞒不住他，索性都交代了，"我就是个实习员工，以他朋友的个人名义去录制，应该不会涉及什么公司层面的问题吧？"

"最好还是要通过你的主管上司向公司报备下吧，没准还能批你个公差。"谢诚指指对面的座位，示意她腰不好就坐着聊。

小桃一脸迟疑："那时总也会知道的吧？"

"你不想让他知道？"谢诚幸灾乐祸地摊摊手，"这恐怕不太可能。以我的了解，他是没有看综艺的习惯，但好歹是参与投资的节目，也算是业内动向吧，总会关注的。"

"哎呀，偶像包袱不要太重，到时候播出了，顶多被时总嫌弃脑子不好使，四肢也不协调之类的。"

如果玩狼人杀，谢诚大概率是个预言家身份吧。夏小桃扶额，仿佛已经听到这几句嫌弃从时雾嘴里说出来会是怎样令人"扎心"的语调了。

"但说正经的，这确实是个好机会，至少能让你在这个圈子里结识更多人，寻求更广的出路。也许在录制过程中，还能获得一些创作灵感。"谢诚却忽然一改之前看好戏的笑意，正色道，"总之，在不影响公司利益的情况下，对你个人发展有好处。我认为你就没必要被任何个人、群体的看法或是目光左右。"

果然，总裁特助这个位置也不是靠话痨属性坐稳的啊。夏小桃不禁对其刮目相看，也十分认真地思索了起来。

其实节目一播出，会评论她所作所为的又岂止时雾一个？昨晚的梦大约只是借时雾折射出了她隐藏在内心深处的顾虑。云择青说得没错，暴露在公众视野之后，就意味着被舆论关注。可能每个人获得的关注度不同，但哪怕只是几个不友善的声音对她指指点点，夏小桃扪心自问，自己都会在意，但也都不值得她为此退缩。

至于时雾究竟会不会看……在他那里丢脸就丢脸吧，反正第一次见他就丢了初吻，丢个脸算什么？

从刚才就一直紧皱的眉头总算松开了，想通的夏小桃双眸弯成了月牙：“我明白了！我这就去报备——啊！”她说着就弹起来往外冲，差点一激动又闪了腰。

“我说你慢点儿啊！”

“没事没事！今天多谢了！改天请你喝咖啡。”夏小桃连忙扶住腰，龇牙咧嘴的，却一刻也不想耽误似的跑出了门。

这边夏小桃还扶着老腰在电脑前打说明报告，等着一级一级提交上去，那边谢诚却是“近水楼台先得月”，直接揣着满腹鬼主意，敲开了总裁办公室的门。

“这是几份要签字的文件，我看过了没问题，你过目一下。”时雾“嗯”一声也不看，翻到最后就签，表现出了对谢诚的充分信任。

“对了，昨晚有件事我忘和你提了，《逃脱吧》节目组那边希望邀请你做嘉宾去录制几期节目。”

“不去。”时雾还是一贯的作风，全不考虑，直接拒绝。

“就知道你不会去。”谢诚意料之内地挑挑嘴角，从他手里拿走一份签好的文件，看似平常地请示道，“不过‘病侠客’那边好像邀请了夏小桃，她挺想去的，可能已经去打申请报告了。我是觉得，正好咱们的主题公园上线在即，加上公司筹备上市，需要曝光度，她个人形象不错，代表Fogging出个镜，也能起到宣传作用。你看要不要让人事那边走个加急流程？尽快给她批一周出差，方便参加录制。”

闻言，正在最后一份文件上签字的时雾笔尖一滞，笔画末端立刻留下了一个不太和谐的墨点。

“谢特助。”笔尖稍离的同时，时雾抬起头，冷着眉眼审视对面的人，

“你觉得让一个还在实习期的助理设计师代表公司参加节目录制合适吗？”

仿佛有寒气“咻”一下直蹿到后脑，谢诚摸了摸后脖颈，赔笑：“时总您这么一说……我也突然觉得不太合适。那我这就和人事那边说一声，不批？”说着，谢诚试探性地要把桌上最后一份文件收走，却被时雾屈指抵住。

“上市前增加曝光度确实是有必要的，既然要代表公司，我这个创始人就得出面。至于下面员工要是有这个积极性，就随她去吧，也不影响什么。”他的食指指节隔着几张薄薄的文件纸，在桌面上叩击出三两声闷响。

这回谢诚用一脸“秒懂”的神色，冲时雾打了个 OK 的手势，笑道：“我这就去回复节目组，那边应该会统一安排你们的机票和行程。”

谢诚自以为“你们”这个用词就很有灵性，对此，时雾也只是眉梢微动，并没有发表意见，收手让他抽走了文件，又冲他一摆手，让他该干吗干吗去。

于是半小时后，和节目组沟通完毕的谢诚放下手机，再次将时雾从冷酷拒绝到打脸改口的过程细品了一番，不由啧啧称奇：“啧，原本还以为时雾那家伙会撞上座高傲冷艳的冰山——冷到一处去。没想到最后居然是为一颗又软又甜的小桃子倒了牙……”

不过，没想到的可不止谢诚一个。夏小桃也没想到，自己的申请报告才写好，还没来得及提交，就被告知要和时雾一起出差去宁烨录制节目了！

她只能告诉自己，也好，可以不必担心会被时雾隔着屏幕嫌弃了，毕竟当面吐槽效率更高，效果更佳……

在工位上唉声叹气地做了好一阵子心理建设，夏小桃才缓过劲来，给云择青发了条消息：“我要和我老板一起去录制节目了，公司批了公差。”

“刚才节目组也通知我了。别有压力，节目组里人人平等，我会罩着你的。”

云择青的回复把夏小桃逗笑了，便也顺着他的话，回了个“社会社会”的表情：“那就拜托大神啦。”

对话到此结束得恰到好处，夏小桃边感叹云择青不愧是学心理的，边给纪然然发消息汇报事件进展：“我有一个好消息和一个坏消息，你先听哪个？”

“是不是公司批你去录制节目了，但不止你一个人去，你大老板也去。”纪然然秒回。

“纪然然你什么时候变神婆了？！”夏小桃震惊。

“你忘了昨晚和你说过的？我的摄影工作室就是承接了《逃脱吧》前期的海报拍摄工作，要拍什么人，当然会提前告知我喽。尤其像是时雾那样第一次公开出镜的人物。”

夏小桃恍然大悟，却见纪然然还在继续输入，就等着她的下文。

“不过这太阳打西边出来了啊，其实节目组和我沟通邀请嘉宾名单时，说之前想邀请时雾也就是意思意思，大家都知道他不会来。谁知道他居然就答应了，还有点措手不及。”

“谁知道他心里想的什么……”夏小桃边打字边撇嘴，也觉得自己这运气可以买彩票了。

“不过 Fogging 创始人揭开神秘面纱——有了这噱头，我看这节目到时候收视率不会差，你好好表现，没准儿就一夜爆红了呢。”

“不要一夜爆炸我就谢天谢地了！”

闺密二人就这么在微信上又胡乱聊了几句，才一个抓紧时间写剧本，一个修改海报拍摄方案，各忙各的去了。

3

“宁烨那边口味好像比较重，你吃多了辣嗓子要不舒服的，不准贪嘴啊。

“酒店里冷气足，晚上盖好被子，别着凉了！

“录节目有不懂的地方还是要多问问人家，别给人家添麻烦知道吗？”

“好了，妈，我又不是小孩子了。”

三天后的清晨，夏家老宅院门外。这是小桃第一次离家，夏母很是不放心，仗着手里还把持着行李箱的拉杆，叮嘱个没完。

因为海报拍摄场地要提前布置，纪然然比她早一天飞往宁烨，不能同行。夏小桃只能把帮助尽快脱逃的希望寄托在……

汽车引擎声从身后的弄口处传来，她才如同看到了救星般奋力挥手。

云择青也不负小桃所望，下车走到跟前，笑容得体地向二老打招呼，自然地从夏母手里把行李箱“解救”了出来。

“伯父伯母放心，宁烨我去过几次，比较熟。节目组那边我也是主策划之一，会照顾好小桃的。”云择青用一种令人信服的语调承诺着，镜框在晨曦下反射出耀眼的金属光泽。

“好啊，有小云在，我和你伯母就放心了。”夏父连连点头，并给两个年轻人使眼色。

接收到信号的夏小桃明白这是让他们快撤，当即“哎呀”一声：“我们是八点的班次，一会儿遇到高峰期堵车就该迟了！”

“哎哟，那是不早了，快去吧，别迟到了！”夏母低头看一眼手表，总算不再唠叨，放了二人上车离开。

老宅在视线中逐渐模糊成一个小点儿，夏小桃这才收回目光，找了个舒服的姿势在后座窝好，对云择青笑道：“多亏你来接我，不然还不知道什么时候能走得了呢。”

“你是以我的同伴身份被邀请来的，我当然要全程对你负责到底。”车子在接近早高峰的车流中游刃有余地穿梭着，云择青抬眼从镜里瞥见她懒洋洋的模样，镜片之后笑意更浓。

夏小桃倒浑然不觉这话中有什么别样含义，认同地点了点头，然后没忍住连续打了好几个呵欠。大概是人生第一次出差，还是去录制综艺节目，昨晚她光荣地失眠到了凌晨三点。

“困了就先睡会儿，到了我叫你。”云择青说着，车窗外两旁行道树倒退的速度肉眼可见地变慢了许多。但呵欠连天的夏小桃哪里还能观察到这些，抬手掩着嘴，只来得及低声回了句“那辛苦你开车了”，就眼皮一沉睡去了。

之后到了在机场，小桃也还是没睡醒般，被云择青像带行李似的带着候机、安检、登机……果然是全程负责，毫不含糊。她就恍恍惚惚地惦记着，等一会儿在飞机上坐定了，没准还能再睡个“回笼觉”。反正上了飞机也不用她操心，节目组给她和云择青买的是连座票。

然而商务舱内三座成排，她的位置在中间，左右都会各挨着一个座儿。

左边挨着云择青她是知道的，至于右边挨着的……

那双大长腿迈过来的时候，夏小桃彻底清醒了，张口下意识地要向大老板问个早，转念记起自己还在和时雾赌气冷战，就又一抿唇，面无表情地转而从背包里拿出笔记本电脑，调出文档，做出闷头写剧本的样子。

这也不全是为了无视时雾摆姿态，季度评估会在即，出来参加录制放松之余，她也不敢耽误《双面》的剧本进度。

夏小桃的脑袋这么一矮下去，两个男人的视线就在空中毫无阻碍地交汇上了。

“嗞啦嗞啦——”

塞上耳机的小桃愣了一下，随即轻拍两下身前的笔记本电脑，估计是声卡又犯老毛病了窜电流音。

“节目组没有给时总安排头等舱吗？”云择青仿佛只是给闲聊挑了个话头，随口一问。

“我和夏小桃都是代表公司应邀，我没必要搞特殊。”时雾没什么表情地答着。

“应该是节目组那边没有和时总说清楚，邀请小桃是我个人以常驻嘉宾身份提出的，她不在团队统一出的邀请名单里。”云择青倒真像是在为其考虑般又补充了句，“时总其实也可以邀请相熟的同伴一同参与录制，这样过程中互动起来会更自在些。”

时雾听完，眸色转浓：“云先生和我的员工很熟？”

右边顶上的冷气似乎突然加强了，夏小桃偷眼目测一下自己的臂长够不着，又不想求助时雾，就抽了毯子往身上一搭。

“我们两家关系好，她三四岁的时候，我还在她家住过一阵子。”大概是飞机上也无事可做，云择青淡笑着给出的回答可比那日答谢诚的要详细多了。

“哦，那就是不熟了。”时雾却是一哂。

虽然在夏小桃看来，论了解，论接触，长大后的自己和云择青确实不算特别熟的好友。若非他“病侠客”这一层圈里人的身份在骤然间拉近了距离，那晚“相亲”过后，她实在想不出还能和他产生什么别的交集。

但问题是，他怎么就能从云择青这话里听出不熟来了？选好歌的夏小桃表示这个男人成功引起了自己的注意，于是她没有立刻点击播放，转而给自己拧开瓶水，听听下文。

“时总的意思我不太明白。”云择青神色无异地单指一推眼镜。

“只有长大后关系疏远的儿时玩伴才会企图用回忆童年趣事来联络感情、拉近距离。”时雾眉梢轻挑，用最平淡的语气，说最扎心的话。

刚要咽下一口水的夏小桃直接呛到，又不好咳出声，生憋得小脸通红。

“这么说也有道理。所以我这次才要邀请小桃一起录制，想必录制结束以后，我们之间就能增添不少新的共同回忆了。”云择青却泰然自若，狭长的眸子含笑瞥向夏小桃，“你说是吧，小桃？”

“咳、咳咳……”冷不丁被点名，夏小桃“破功”，压抑地咳了几声后，便摘下耳机假装茫然地看着他，“你刚才是在和我说话吗？我没听清你说什么。”她可不想偷听被发现，更不想无辜卷入这无缘无故的战斗氛围中去。

云择青略显尴尬地摸摸鼻梁，回以一笑：“嗯……也没什么。你继续写剧本吧，我不吵你了。”

于是一声几不可闻的轻笑仿佛宣告胜利般钻进了夏小桃的右边耳朵眼儿里。

啧，幼稚。她暗暗鄙夷了一下这位时大总裁，怀疑他的神秘低调都是在强行立人设，实际上对自己的粉丝群体规模在意得不得了！这次之所以答应参加录制，肯定是怕综艺一旦火了，节目中诸如云择青这样才华与颜值俱全的圈内大神就会彻底把他的风头抢去！夏小桃越想越觉得有理有据，这也和他背地里喜欢听“彩虹屁”的属性对上了——典型的闷骚暗爽型人格。

把时雾一反常态应邀的根源想明白后，夏小桃深深地长舒了一口气。他既然是来捍卫圈内知名度与关注度的，想必也抽不出空来搭理自己。在王者局的战场上，就让她这个小青铜安静地“送人头”吧！

她非常有自我牺牲精神地想着，对云择青眉眼一弯，笑了笑，指了指电脑屏幕，就按他说的把视线落回去，十指开始敲击键盘。

不过夏小桃还是把一对耳机当成了摆设，以看热闹不嫌事大的心态，打算码字之余听他们打点嘴仗纯当解闷儿了，结果这俩男人就和商量好似的没让她得逞，你说气人不气人吧！

下午一点，连鞋都没顾上脱的夏小桃把自己仰面砸在酒店的大床上，义愤填膺地打电话向纪然然谴责两个男人的恶劣行径。

“我倒觉得挺有趣的啊，臭脸总裁的另一面唉。”纪然然在电话那头“咯咯”的笑声混杂在嘈杂的背景音里，显然还在最后确定拍摄场地的布置，“不过你不觉得奇怪吗？他们两个原本在圈子里应该有些交情吧，怎么好端端就较上劲了？”

“是啊，Fogging 每年推出的新密室过半都能约到‘病侠客’的测评，我以为他们关系不错的……”

这话问到点子上了，夏小桃颇为得意地把自己的推论和纪然然阐述了一遍，这期间她还收到了节目组统一发来的时间安排与流程表，发现晚饭之前行程还挺紧的，要完成配合前采工作与海报拍摄，包括集体概念照与单人海报。

“为咖位攀比什么的，你这脑洞也是没谁了……”纪然然无奈地叹了一口气，似乎欲言又止。

“不然你觉得是为什么？”前采两点开始，夏小桃有一个小时休息和拗饬自己的时间。她随口问着，一骨碌又爬起来，走到卫浴室的镜子前。

“要我看，他们说不定是——”纪然然也不知怎么想的，忽然一个“急刹车”，“哎，算了，我现在说也说不清楚，你也不信，等再过一阵子吧。”

纪然然话说一半的习惯是素来就有的，夏小桃早不当回事了，当即只是很敷衍地“哦”了一声，拨了拨自己因为出汗而黏成几撮的刘海，道：“那正好，一小时后要前采，我收拾一下好见人。”

“快去快去！记得走甜心小可爱的路线，合适你。”纪然然也不纠结那俩男人了，叮嘱着结束了语音通话，并马上往对话框里发送了好几张图片。

夏小桃一张张瞧过去，估计都是纪大摄影师的业务库存，净挑模特长相和造型很甜美的类型。也不想想，她放进行李箱里的衣服，都是怎么方便舒服怎么来挑的，简直毫无参考性和可行性。

捧场地把所有图片都看完，夸了几句纪然然拍得好后，她就把手机往台面上一丢，开始按自己的方式倒腾，作为一个小透明才没必要抢镜，干净清爽不油腻就够了！

于是元气满满的丸子头加上粉色小清新衬衫，就成了夏小桃前采的定妆造型。前采结束后，节目组又统一安排车子送他们三人去了海报的拍摄场地，那里倒是有专门的造型师根据首期密室的主题，为三人重新打理了造型。

他们比另外三个嘉宾晚到些，就暂时坐在一旁等着那三人先拍完。

同样是两男一女的阵容，但在挨个拍单人照，也看不出彼此的关系如何。夏小桃只是非常羡慕地盯着那个女嘉宾气场超过一米七的大长腿许久，再反观自己，垂头暗叹人生苦短啊，就苦在小短腿上了。

“宁烨这边的气候还习惯吗？”

一侧传来云择青含笑的话音，夏小桃忙扭头抬眼，随即呆了呆，只见他还是戴着那副金丝框眼镜，但估计是为防止玩密室逃脱时动作幅度大会掉落，不知什么时候加了条同色的金属镜链上去，斯文之外又添了几分复古的儒雅气质。这原本和迷彩服格格不入，却在他身上形成了矛盾的完美统一。她直觉综艺首期播出过后，“病侠客”的测评费会翻倍！

“还好，就是太阳更毒，气候更干燥些。”她愣神间，云择青已经走到她眼前，随手搬了把椅子坐下。

“那就好。”见她气色与精神都不错，云择青才点头笑道，“看来这次是 CS 元素的密室。”

“哎？你不是主策之一吗？不知道吗？”小桃错愕。

云择青耸肩：“我就是个顾问，给个大方向的把控。具体用什么本子这些细节，我要都知道了，那还怎么当嘉宾来录制？”

“也对哦……”夏小桃歪头，不好意思地摸了摸耳垂，心想自己刚才问出口前，脑筋怎么就不能多转个弯儿呢。

两人在这边有一搭没一搭聊着，纪然然那边则总是趁着嘉宾换造型的那几秒偷偷瞥另一头隔着老远坐着的时雾。

不过，与其说是时雾隔着他们老远，倒不如说是所有人都自动和时雾拉开了十步以上的距离。

纪然然第一眼见时雾走进来，就暗赞不当模特可惜了，但她也不是犯花痴没有原则的人，这么偷瞄另有原因。

夏小桃冲云择青笑了一次。

夏小桃冲云择青笑了两次。

夏小桃冲云择青笑了三次……数着数着，终于，纪然然等到时雾眉梢动了，挑出一个不太友善的高度。而后时雾起身，拿水，回来的时候正巧经过夏小桃身后，就仿佛突然想起似的，驻足盯着镜子里的她，问道："玩过真人 CS 吗？"

夏小桃劝自己，虽然还在冷战中，但是公事私事要分开，于是老实地摇摇头，顺便一并交代了自己也正好没玩过这种对抗类密室。毕竟就她这小身板儿，谁都不乐意和她组队对抗。自己做单线，那更是开玩笑了。

简单总结，她的情况就是四个字：毫无基础。

"那边正好放了几把假枪是拍摄道具，一会儿拍完我教你用。"刚听前半句时，夏小桃几乎开始反思是不是自己太小肚鸡肠了，可紧接着时雾的后半句却让她气得牙痒痒，"省得明天拖后腿。"

她咬着后槽牙保持微笑："这个就不麻烦时总了，我找'病侠客'大佬教就行。"

"没问题，这附近就有家真人 CS 体验馆，我和老板认识。等会儿拍完海报，我就带你过去熟悉一下，顺便一起吃个饭。"

"那太好了！"见云择青这么给面子，接话极快，夏小桃当即顺势应下，不忘扭头冲他做了个"给力"的嘴型。

时雾从镜子里却看不出什么口型，唯独瞧见她嘴角边的浅浅梨涡，一双好看的眉毛又不自觉地压低了几分，薄唇微动，最终却是没再说什么就走开了。

"别扭成这样也是没救了……"暗中观察的纪然然抬手摸下巴，断定这时雾的段位比起云择青差远了，没胜算。

小助理跑来请她去电脑前看看拍出来的效果，于是她也不再八卦，大致扫了几眼，表示过关，就让前面三个去一边休息，招呼夏小桃他们三人来拍单人照了。

大学期间，夏小桃常给纪然然当练手的模特，身材比例也许不怎么样，但猜纪大摄影师的心意却没人比她更准了。后者一个眼神和动作，她就能立刻会意摆出造型。云择青悟性也不错，做了几个 CS 里的常用手势后很快搞定。

最难搞的反而是外形条件最佳的时雾，纪然然绝望地望着绷着一张脸，直挺挺站在场地中央的长腿大帅哥，开始认真回忆自己是不是欠过他钱，七八千万那种。

“时总，您的表情可以稍微缓和一点，像这样？”纪然然把目光从镜头里移开，两手在自己唇边向上比画着做了个“微笑”的动作。

笑？不存在的。时雾用行动回答了她。

“那……就冷酷一点的也行。”时雾很配合地把脸一沉，纪然然听过小桃为他独创的“欠钱判断法”，感到自己欠他的钱飙升到破亿了。这种海报拿出去，足够她的摄影团队两年接不到单子喝西北风了。

“不然您还是换个动作吧，自然一点，贴合咱们第一期的主题。”纪然然再换思路，给小助理使眼色。

小助理立刻会意，递了一把节目组准备的真人 CS 道具枪械过去。时雾接过后，也不打招呼，把枪从左手交到右手，脚下斜错，腕间一转，伴随着上膛音、枪声和弹壳落地声，短短几秒内就完成了打开电源、装载子弹、瞄准方向到扣动扳机射击的全过程，眼神冷厉，动作漂亮又利落。

好在纪然然专业素质过硬且反应奇快，一顿连拍猛如虎，捕捉到好几个精彩镜头，足够单人海报用了。“我的新巅峰之作！”她从三脚架后退开两步，合掌陶醉于自己优秀的拍摄技术。

“可以了吗？”时雾放下枪问。

“可以了，可以了！感谢时总配合！”纪然然毫不吝啬地向自己的模特奉上了最灿烂的笑容，还试图上去握手，然后没有任何悬念地被时雾用一个疏离的颔首应付了事。

接下来是全员概念海报的拍摄，场景布置要稍作改换。于是他把道具交还给小助理，又默然无言地去一边休息了。

纪然然简单交代了几句自己的团队人员，就见缝插针地又坐到电脑前欣赏起自己的杰作。

夏小桃踱到她身边，嘲笑她一脸自恋之余，也有些好奇地弯下腰去瞧屏幕："有那么帅吗？至于……"

镜头里的时雾神情冷肃，黑瞳深而锐利，举枪对准斜侧方射出的那一弹如同把夏小桃击中了一般，令那最后一个"吗"字卡在发涩的喉口，又落回怦怦直跳的心间。

至于，真的至于。她很诚实地想着，愈发断定这家伙就是来精确狙击圈中迷妹的。

原来低调神秘的 Fogging 创始人，不仅有才华有远见，还是行走的画报。这"杀伤力"对其他密室品牌来说实在是太残酷了。

想着想着，夏小桃的重点逐渐偏离后，就忘了自己最初为什么会心跳加快，以至于要做深呼吸了。

"我刚才倒是没注意，他这个射击的方向，有点意思啊。"却听得身旁纪然然忽地"啧啧"两声。

夏小桃于是又去看那张照片，略一回忆，当时那个方向上站着不少人啊。

对上她困惑不解的眼神，纪然然露出意料之内的笑意，伸手给她理了埋刘海，然后捧住夏小桃的脸颊，故作高深："有的意思啊，说出来就没意思了。就像这桃子一样，得熟了才好吃。"

"你笑得像只大灰狼……"小桃打了个激灵，忙直起身从她的魔掌里挣脱出来。

小助理正好在这时回身一挥手："老板，场地布置好了，可以开始拍了！"

于是纪然然也跟着站起来，用食指挠挠她下颌，一副臭流氓调戏良家妇女的模样："带你去拍全员照，我的小红帽。"

"你不需要小红帽，你需要养只猫！"夏小桃嫌弃地拍开她的手，一点儿都不想被当作猫咪来玩。

说话间，剩下的几人也都从各自的休息区域集中过来了，两人便也不再笑闹，一个站进镜头中，一个站在镜头外。

全员向海报的重点就是要“燃”，看起来有团魂，纪然然也不奢望时雾能有多合群，但也不能突兀成两个画风，只得指导另外几人围绕他配合着摆好造型，于是乎时雾就这样不费吹灰之力，凭一张面无表情的俊脸，占据了中心位。

“OK！可以收工了！谢谢大家——”下午四点半，前期宣传海报的拍摄任务总算告一段落。

节目组给大家都点了下午茶享用，期间几个嘉宾彼此做了简单的自我介绍。那个大长腿的女嘉宾是知名的游戏主播，网名“阿盒盒”，前段做了几期实景密室逃脱的直播，热度正高。

另外两个男嘉宾里，高瘦那个是去年TAK产业联盟评选出的十大优秀店长之一王卓，目前就职于“绝命岛”在华北区最大的直营门店，兼任该区IP开发部副总。稍胖的那个圈名“大猿”，是知名密室测评人，测评风格以风趣幽默著称，本职是个程序员。

三人里，阿盒盒和王卓是相互认识的，因为阿盒盒做直播的那几次都是在他店里，但也不能算很熟，就是吃过几次饭的合作交情。

下午茶时间过后，纪然然的团队还要留下收拾场地。时雾与另外三个嘉宾一起坐节目组安排的保姆车回了酒店，夏小桃则和云择青单独行动，去了真人CS体验馆。

所谓临阵磨枪，不快也光。在云择青的帮助下，夏小桃认清了各类枪械和适用情况，记住了各种交流手势和暗号，也学会了怎么装弹、射击和隐蔽。

当然，都是理论上的。

而实际情况是，躲在掩体后的夏小桃永远不知道枪往哪里打，更从来找不到把自己淘汰掉的那一枪是从哪儿打来的——实战五分钟，“成盒”两小时。

最后，云择青望着不早的天色，长叹了一口气：“饿了吗？还是先去吃饭吧。”连内心比普通人要强大的心理咨询师都被她打败了，夏小桃羞愧难当，跟着云择青灰溜溜地离开了体验馆。

大热天的，穿着迷彩服和战术背心满地打滚，两人都出了不少汗，打算回酒店冲个澡，

换身衣服再出门。云择青特地选了一家经营宁烨特色菜的饭店，距离酒店不远，打车十几分钟就能到。

两人约了七点在大堂碰面，夏小桃在浴缸里泡了半小时，洗去疲惫，穿了清爽的短T恤前去赴约。

她从电梯出来，环视一圈，在休息区发现了云择青的身影，而他对面坐着的，竟然是时雾。两人各自端着一杯茶，相对无话，像是已经在那里坐了很久。不在房间里待着，专门跑到人来人往的大堂休息区来喝茶？这不像时雾的作风啊。连她都趁着刚洗完澡神清气爽那阵子，抓紧时间又抱着笔电写了一段剧本，他会完全放下公司的事儿？

正狐疑，云择青已然转头望见她了：“小桃！这里。”

“要不要喝杯茶再走？”夏小桃走过去的工夫，云择青已经细致地给她倒好了一杯茶，

“可以解解暑。”

“好啊，谢谢。”被他这么一提，小桃也觉得有些口渴。

眼角余光瞥见她接过杯子，咕咚两口就喝了个干净，时雾微抿起唇，去拿另一盏茶壶的手又无声地收了回去。

人生很多时候的际遇就和上班迟到定律一样，出门乘车迟了些，你就会发现自己怎么也赶不上绿灯的点儿，等了第一处红灯，就要等第二处，等完第二处，还是逃不过第三处……一路下来，总是好巧不巧，只能眼睁睁看着绿灯倒计时结束，最后慢，更慢，迟，更迟……

除非，你碰到车速够快的老司机。

“小雾！小桃子你也在啊。”

尽管时雾仿佛充耳未闻，只是面无表情地端起自己的茶杯，茶水却映出了他眼底分明的悦色。他第一次感到，韩洛娜在公众场合这么叫自己的话音不算太刺耳。

“洛娜姐？”小桃微讶地放下茶杯，看着像是才办理完入住，拖着行李跑到近前的韩洛娜，“你怎么也……”

“来宁烨见个客户，巧了，和你们同一家酒店。”韩洛娜说着，还一脸遗憾，“早知道前后也就差几个小时，我就把航班提前一点，还能蹭小雾的车去机场。”

夏小桃眼角微抽，总觉得不能这么巧。

“对了，这位是？”

以云择青突出的长相与气质，和时雾坐在一处也是不会落了下风的。韩洛娜大老远就关注到了，暗道自家老弟未来要走的感情路会任重道远。

“我来介绍一下吧。”夏小桃见时雾还在那儿垂眼品茶，没有要搭理人的意思，就主动道，“他是云择青，圈名‘病侠客’，国内实景娱乐界的测评大神。侠客大佬，这位是时总的姐姐。”

“你好，我叫韩洛娜，小雾是我从路边捡来的弟弟，所以我们不同姓。”韩洛娜笑眼盈盈地伸出手，一本正经地胡说八道。

“咳、咳！”时雾被呛到，这才放下茶杯，揉了揉眉心，备感无奈，果然刚才的顺耳只是错觉。连还在和他冷战的夏小桃都忍不住在憋笑之余，对其报以同情的目光。

云择青倒是三人中最淡定的，全不管她说的话多不着调，面上的浅淡笑意不改，从容地起身，礼节性地将韩洛娜的手轻轻一握，道了声“幸会”。

这涵养功夫一流啊。韩洛娜柳眉一扬，又细细地打量了对面这个男人几眼，犹豫着要不要建议他把这副眼镜和镜链做个半永久，这种清醒又温和的气质给人带来的力量感和安全感都是恰到好处的。转而，她又回头瞥了眼自家弟弟，眉眼太凌厉，轮廓太锋利，气场太强大……换了她，也选云择青那款的。

“洛娜姐，你叹什么气啊？”夏小桃在一旁瞧得莫名其妙。

“哦，没什么。”为了弟弟的幸福，韩洛娜很快重整旗鼓，决定知己知彼，于是收回手又笑着问云择青，“云先生是专业做测评的，还是……”

云择青一笑，推推眼镜，答道：“只是个做得还不错的业余爱好而已。我的本职是心理咨询师。”

“那云先生真是年轻有为，能兼顾两个领域。”韩洛娜面上皮笑肉不笑地客套着，心里头却是直叫惨。研究心理的，根本斗不过啊！

“是啊，是啊，侠客大佬还是这次《逃脱吧》的节目主创之一。”夏小桃不明就里，还一脸迷妹地又在韩洛娜心头浇了盆凉水。

“哦，我只是听谢诚随口说起你和小雾一起出差来录密室逃脱的综艺节目，原来叫这个名儿啊。他也没告诉我。”韩洛娜一边应着，一边不着痕迹地往后退一步，恨铁不成钢地用高跟鞋的鞋跟碾了一下时雾的鞋面！

时雾吃痛地一拧眉，也不知是哪里又惹着了她。

“节目播出前，名字是需要保密的，所以谢助理才没说吧。”云择青这话看似是在为谢诚解释，实则却是在提醒韩洛娜不要外传。

夏小桃自然也听明白了，歉意地一捂嘴：“不好意思啊，我一时没想到这个。”

“是我疏忽，没和你交代过。”云择青垂眼低笑，很自然地抬手拍拍她的肩头，“不过韩小姐既然是时总的家人，也没有特意对她保密的必要。”

“嗯嗯，我之后会注意的！”

一下午的 CS 实战里少不了潜藏与包抄，不方便语言沟通时，云择青都要通过拍她的肩膀，示意她跟着自己或是看手势行动，所以此刻夏小桃对他的接触已经是一副习惯成自然的模样，瞧得韩洛娜心头又凉了一截，时雾则是又给自己倒了一杯茶败火。

“那时间不早了，我们走吧。”云择青的手很快从她肩头移开，看了眼腕表。

“哎？你们去哪儿啊？这么迟还有拍摄任务吗？”夏小桃的一个“好”字还没出口，就被韩洛娜抢了先。

“没有了，下午做完了前采和海报拍摄，明天才正式录第一期。我们是准备出去吃晚饭的。”小桃解释。

“那正好一起啊！我晚饭也还没吃！”韩洛娜说着，想暗示某人跟进，便又抬脚往后，却没想到踩了个空！

猛地回头，她才发现时雾已经早一步站起身，顺走了她放在一边的行李和搭上行李箱上的房卡，不声不响就往大堂里走去。

居然就这么走了？！

“我行李不用你帮忙拿！”韩洛娜气得差点想脱了高跟鞋砸过去！简直注定终生孤独啊！

时雾头也不回地说了句：“你们先去叫辆车，等我帮你放好行李，就一起过去。节约时间。”

韩洛娜足足愣住了三秒，眼中笑意才开始横行：“那你快点儿啊！”

她这个弟弟也没那么“直”嘛！

4

于是原本的两人约饭就变成了四人聚餐，云择青只能取消了事先订好的餐位。好在虽然是晚间用餐高峰，但不是周末，小包厢还有空余。

一顿饭下来，其余三人都是各怀心思不提，唯独夏小桃一人吃得专心，被宁烨的地方菜辣得心满意足，全然忘记了临出门前夏母的叮嘱，最后离开饭店时，嘴唇的颜色比抹了口红还艳。

等夏小桃嘴里的辣味消散得差不多，四人已经在酒店大堂里等电梯了。趁着这个空当，她还把拍的菜肴照片发了九宫格晒在朋友圈，并附字一行：今天当了“辣妹子”。

当然，对爸妈分组不可见。

夏小桃才发完，忽然听到韩洛娜一声惊呼：“糟了！我钱夹怎么不见了？”

“会不会是落在车里了？或者是在菜馆里？”夏小桃回忆了一下，没怎么留意到韩洛娜什么时候拿出过钱夹，“不然我陪你回菜馆找找吧。”

“这么晚了，你也是第一次到宁烨，还是别了。能不能麻烦云先生陪我去一趟，刚才吃饭时候，听你说你来过几次，还算熟悉。”见韩洛娜这一套说辞和背好了似的，拒绝态度果断，邀请对象明确，时雾的唇角就不自觉地牵动了一下。

“也好。”云择青一扶镜框，目光隔着镜片在这对姐弟脸上稍作了片刻意味不明的停留后，倒也不推辞，“那我陪韩小姐去找找，很快回来，时总放心。”

“嗯，有劳你了。”时雾懒懒地一点下颌，对韩洛娜这个人精姐姐没什么不放心的。

说话间，电梯“叮”一声到了。

韩洛娜拉走了云择青，电梯门打开又关上，小桃和时雾一前一后，隔着半步的距离站着，光线昏暗，无人开口。她看不到身后的时雾是什么表情，只偏偏感到这不算逼人的空间里处处都是他的气息，一时间竟如同回到了那晚被困在时雾双臂间的无处可逃。

“叮咚——”

心跳加快间，微信提示音突兀响起，夏小桃如获大赦地低头去看手机，发现原来不是自己的消息。

随即她忍不住偏头偷瞄了一眼身后的时雾，见他低着头，手里的动作似乎是在解锁手机。与此同时，电梯终于在四十六层停下。她忙收回了眼角余光，迫不及待地抬脚出去，径直往自己房间的方向走去。

酒店走廊里铺着厚厚的地毯，人踩在上边正常走路，几乎发不出一点儿声音。她和时雾的房间都在同一方向，时雾的还更接近走道尽头些。所以当她在自己房门前站定，趁刷卡偷瞄一眼时，才发觉不对劲。时雾既没从自己身后超过去，前边一截走道里也空荡荡的，不见他踪影。

难道他是从另一边走道绕着走回房间的？否则人怎么就凭空消失了？四周静得夏小桃心里犯嘀咕，再也不敢多想，拉开半扇门身子一闪就躲进了屋里。

她果然还是太少一个人出远门的经验了，希望这次的密室主题里没有什么酒店惊魂之类的，否则她大概真的不敢再一个人住了……夏小桃锁好门，深呼吸了几次告诉自己别疑神疑鬼，恐怖类的本子看多了就容易这样。

想到剧本，夏小桃的注意力很快就成功被转移了。她换了睡衣，抱着笔记本坐到床上，

打开文档，习惯性地回看了一下今天所写的内容，手指放在删除键上犹豫许久，最终也没狠下心来，只是泄气地合上了屏幕。

最近为了写《双面》的剧本，小桃借助 Fogging 的资源研究了很多优秀主题的剧本，包括 Time 的。但越看就越觉得自己和那些知名设计师的差距不是一般的大，多多少少有些被打击到。况且一直闷头删改，时间久了，她不免怀疑这样的自我审视与修改究竟有没有意义。

这种没着落的迷茫始终得不到纾解，已经纠缠了她整整一周，这次出来录制本来也是为了能换个心情。夏小桃有些烦躁地用力按了按太阳穴，这才觉得嗓子干得厉害，正想下床给自己倒一杯水，就听到有人敲门。她跑去开门，发现来人居然是时雾。

“时总？有什么事吗？”

“这个拿着。”时雾一只手背在身后，另一只手递过去一个 U 盘。

夏小桃眨眨眼：“U 盘？”不会这么丧心病狂吧，都出来录制节目了，还要她额外加班做材料？

“这里面有 Time 剧本各阶段的修订稿。有空的时候就看看，密码是

Time 的第一部主题上线的日期，你应该知道。”时雾仿佛没什么耐心，没再等她自己接过去，就把 U 盘塞进了她手里。

“你、你怎么知道我……”盯着手里的 U 盘，夏小桃表示很疑惑。

“Time 的剧本属于公司高级保密资料，所以每个申请查阅权限的内部账号都会报备存档一份到总裁办公室。”时雾简单解释了句，“不过你们能查到的只有最终版。初稿和修订稿是不公开的，只有我这里有。”

“那……那你就这样存在 U 盘里给我，会不会不太好？”

时雾一脸无语地瞥着某人一边说着不太好，一边已经把 U 盘揣睡衣兜里了。

“不过，”梨涡只在小桃唇边浅浅一现，又很快消失不见了，“你觉得我看了 Time 的这些剧本，有用吗？”看得再多，她还是她，Time 还是 Time。

见她重新耷拉下脑袋，垂头丧气的模样，时雾不由得轻笑：“Time 的第一个本子还不如你。”

“啊？”夏小桃猛地仰起头，一脸“你骗人的吧”。

“那 U 盘里还有些隐藏文件，是他的黑历史，废稿。你可以比比看。”见她不信，时雾只是无所谓地一摊手。

夏小桃听了，双眼一溜圆，忍不住好奇：“你怎么连他的废稿都有啊？你和他关系很好吗？你们怎么认识的？”

可她连珠炮似的问了这么多，时雾却连一个问题都没答她，只是眸光晦暗地抿了抿唇。

“那保密的，我不问就是了。”夏小桃见他脸色不好，嗫嚅着缩缩脖子，也不敢再追问了，“不管怎么样，谢谢你给我这个……我会好好研究的。”

时雾尽量调整情绪，缓和了脸色：“这个不是让你研究的。”

“嗯？”小桃不解。

“是要你知道，再完美的作品，它最初的样子都不会那么尽如人意。”

时雾单手扶住门框，将身子稍微俯低了些，直视她的双眼，“不要怀疑每一次推翻再重塑的意义，只要是你发自内心，为了完善作品想去这么做，那就大胆去做。”

他的话音很低，像是不想打破走廊里的静谧，却还是一字不落地震击着夏小桃的耳鼓，也触进了她的心底。时雾说得没错。

她从最初的初生牛犊不怕虎，冲劲满满，想到了就去写，想改了就去做；到如今竟不知何时开始变得小心翼翼，瞻前顾后。每一句台词都打了无数遍腹稿还不敢落笔，就怕写得不好。每一次她回看时想要改动，却又忍不住怀疑这样的修改是否对整体效果而言只是杯水车薪，这样总是需要这么改来改去的剧本，最后真的值得投资落地吗？

说起来，折腾主题方案的那段时间，尽管全程都被时雾批得一文不值，虐得死去活来，可她还是改得开开心心，哪像现在这样自由放飞了反倒还患得患失，自我怀疑起来？

莫非，自己其实有潜藏的受虐倾向……

“扑哧！”夏小桃被自己最后的推论逗乐了，忍俊不禁。

那笑容在她眸底荡开的刹那，恍若初雪消融的光芒，刺得正与她对望的时雾心头一滞，站直身，立刻移开了目光。

“时总，你是不是为了之前……想和我道歉才拿U盘给我的啊？”心情大好的夏小桃决定结束冷战，把话说开，大着胆子笑眯眯问他，“咦？”

谁知话音未落，眼前忽然出现了一团白，完全挡住了视线。

夏小桃怀疑时雾是故意把东西拎得那么高，她伸手和从树上摘果子似的，把那塑料袋弄下来一瞧，发现上边印着药店的商标。

“晚上记得含一片。吃那么多辣，明天别一副破锣嗓子，影响公司形象。”时雾挑眉，

“观众可不知道你是谁邀请进组录制的，到时候光看后期做上去的介绍，只知道你是我的员工。”

闻言，夏小桃打开看了看，足足有七八个牌子的含片，嘴角一抽：

“可是这么多盒，都够我含一个月了。”

时雾一清嗓子：“每种牌子的配方成分都有差别，有的味道可能刺激些，我不知道你能接受什么样的，就索性都买了。你自己看着用。”

对此，夏小桃只木然地答了个“哦”字，心里却是在疑惑自己是不是眼花了？刚才他脸上的表情怎么有一点点……别扭的害羞？不可能！太匪夷所思了！她用力眨眼，又猛地一甩头，想把脑海里与时雾极度违和的形容词都甩掉。

“都不能用？”时雾见她摇头，就问。

“不是，不是。我没那么挑的，都能用。”小桃急忙摆手，“你等等啊。”说完，她低头在袋子里翻了一下，找出一盒递还给他：“这么多，我一个人也用不完。宁烨菜都偏辣，我今天看你好像也不是太吃得惯，也拿一盒备用吧。万一你也嗓子不舒服。”

然而，时雾却只是若有所思地盯着她递过来的那盒含片，没有立刻去接。

“这种牌子的我以前经常含，一点儿都不冲，很舒服的。”以为他是担心味道刺激，夏小桃半眯起眼一笑。

“好。”时雾于是点头，却没有接她递来的那盒，而是看都没看地伸手从袋子里随便拿出一盒，眼底难得染上几分并不遮掩的笑意，“我也不挑。”此刻他眼角眉梢的弧度都是从未有过的温和，夏小桃怔怔地望着，一时间忘了应声。他是听完后，反而特意随便挑走一盒，把她常用的留给她吗？

“那晚的事……”时雾收了药盒，抿了抿唇，又有些迟疑地开口。

“那个我早忘了！”实际上记仇了整整两周的夏小桃截断他的话，一点儿都不心虚地扯谎，十分大度地摆着手，“你喝醉了嘛，我才不是那么小气的人。”

“嗯。那你早点休息吧，明天还要早起录制。”听她这么说，时雾也不再多提，从门前退开半步，面上依旧没有太多表情，叮嘱完就单手插进兜里，转身走了。

可夏小桃偏就觉得这位总裁此刻心情不赖。至少从今早上飞机以来就没这么好过。

“谢谢时总，明天见——”也不好意思在走道里太大声，夏小桃压着嗓门对时雾的背影说了句，之后也不管他听没听见，就关门进屋了。

她欢喜地把U盘从兜里掏出来，插进电脑的接口，把设置调整了一下，就开始对着文件夹里一溜的初稿、修订稿和隐藏文件属性的废稿傻笑，半晌后才想起自己原本是口渴的，就喝了点儿水，随手把被挑出来的那盒含片包装拆开，含了一片在嘴里。

手机在这时振动起来，是纪然然的语音。

“小桃，我们工作室聚餐刚结束，我准备回酒店了，要顺便给你买盒含片吗？我记得酒店附近就有一家挺大的药房。”

“不用了，我正含着呢。”半大个含片而已，明明可以把舌头捋直，夏小桃偏偏要答得口齿不清。

电话那头纪然然颇为惊讶：“你自己出门前带了啊？第一次出远门就这么周全啊。”

“不是啦，是刚才有人给我的。”夏小桃努力压下嘴角的弧度，梨涡却是骗不了人的，“也不知道他是怎么知道我嗓子不好，吃不了那么多辣……”

5

“怎么样？我提供的这个情报有用吧？”另一个房间里，时雾放松地靠在单人沙发上，打开微信，就看到谢诚发来的邀功。

这条邀功信息的前一条，是张图片。夏小桃的朋友圈截图。

就是她在进电梯前发出来的那条晒吃九宫格，下方是纪然然在发布后紧随其后的评论：“夏小桃你疯了，你嗓子能吃这么多辣吗？！想失声啊！”

时雾看到截图那会儿，电梯门正好打开，于是他也没跟着夏小桃出去，又按下一层，出酒店去附近的大药房买了药。U盘是他早就打算好的，含片却着实是临时起意。

“十分钟后，准备视频会议。”并不打算满足对方八卦的欲望，时雾回完消息，就不管那边的谢诚是怎样抱怨他冷酷无情，过河拆桥的了，只是去取笔记本电脑时，无意又瞥见被自己随手放在一旁茶几上的那盒含片。“嗯哼……”时雾感受着轻咳了两下，觉得这宁烨菜确实有些倒嗓子，伸手过去，决定也含一片试试。

而正在房里开着视频会议的时雾并不知，房外自己的姐姐此刻有多郁闷。

“洛娜姐，你们才回来啊。钱夹找到了吗？”

韩洛娜远远看见等在云择青门前的夏小桃，只觉得一口老血都要吐出来了！自己费尽心机，豁出老脸，在云择青那看破不说破的眼神注视下，硬着头皮，拽着他在那家菜馆里反反复复找了三遍，又绕着菜馆外围来来回回转了三圈，足足找了半个小时，实在是于心不忍了，才表示钱夹里也没有重要证件，找不到就算了。再加上来回路程，这将近一个小时里，她弟弟什么事儿都没做？是吃坏肚子掉茅坑里了吗？怎么还反而让小桃子跑到别的男人门口来等着了！

见韩洛娜脸色复杂地变了又变，像是遭受到了什么重大打击，云择青镜片后的长眸里滑过了然的笑意，主动替她答了：“没找到。可能是被人捡走了吧，好在韩小姐没有把重要的证件放在里头。我给菜馆那边留了电话，如果有人去店里归还，他们会联系我。”

“这样啊。”夏小桃点点头，安慰了韩洛娜几句，却发现后者心不在焉的。

过道里一时就静下来了。还是云择青率先出声：“小桃你这是在等我？找我有事？”

“嗯。我有件事，想咨询你一下。”夏小桃想到自己的来意，就不自觉地瞄了眼一旁的韩洛娜。

“那你们聊，我就先回去了……”韩洛娜以为这是要自己避嫌，显然不是谈节目录制类的公事，更心碎了，不想在这儿当电灯泡了。

于是三人互道了晚安，韩洛娜就转身继续往走道的更里处走。只是她也是个不死心的，刻意放慢了脚步，还能听到身后两人的对话。

“需要进屋聊吗？”

“好。”

随着门“咔嗒”一声轻轻关上，韩洛娜面上保持的最后一点笑容也挂不住了，怒气冲冲地向时雾房间杀去。

“咚咚咚！”

一阵急促的砸门声传来，正开会的时雾微微皱起眉，说了句“抱歉有事”，把自己这边的收音功能关掉，走过去开门。

门一开，就是韩洛娜那张写满“兴师问罪”四个大字的脸。

“怎么了？这表情。”心情不错的时雾主动开口调侃，“又不是真丢了钱夹。你也就能糊弄一下夏小桃。”

“你还笑得出来？！”韩洛娜瞪他，推开他就往屋里走。

结果走进去一听，桌上的电脑里好像还在传出视频会议里的汇报声，她更是气不打一处来了：“我辛辛苦苦给你拖了快一小时，你都去干吗了？”

“你怎么知道我什么都没做？”时雾今晚是各种不与她计较，甚至还转身要去和她倒杯水。

“我就看到你还在这儿开什么视频会议——小桃子刚才就在人家云择青屋外等着，现在两人都在屋里聊上了！”

水洒到杯外，霜冻迅速凝结住了时雾眼底的星点笑意，而后碎裂不见。从韩洛娜的角度来看，他只是继续背对着自己，几乎不带任何语气地问了句："她为什么事找他？"

"不知道。"韩洛娜没好气地翻了个白眼，"总之是要避着我的私事儿吧。"

"私事？"此刻，云择青房里，他给夏小桃倒了杯水递过去，然后坐到她对面问。

夏小桃只就着杯沿呷了口水，点点头说道："是这样的，我有个朋友，在一个对他自己很重要的日子里，有一个很重要的人去世了，直到过去很多年，他还是放不下，不肯在那一天善待自己，也不肯接受家人的好意。这种心结要怎么才能解开呢？"

"作为专业的心理咨询师，我只能接受咨询者本人或是其合法委托人的咨询。你应该是瞒着你朋友来问我的吧？"云择青一眼就看穿了。

夏小桃咬唇，也不想骗他违背原则："我就是想能帮到他一些……如果让你为难了，就当我没问过。"

"以执业医师的身份，我确实不能接受你的这次咨询。"云择青见她脸色一黯，又浅笑着转了话锋，"不过以朋友的身份，借助专业知识和你聊聊我的看法，还是可以的。"

"真的吗？！那太谢谢你了！"

所谓拿人手短，吃人嘴软，她想着自己这一晚上对着时雾全占齐了，不做点什么实在是说不过去。所以十几分钟前才又换了身出门的衣服来找云择青，偷偷咨询一下，至少回头韩洛娜再找她去准备庆生晚餐的时候，能帮着避免姐弟两人起冲突，而不是把自己莫名其妙地搅了进去和人吵起来……而与此同时，同一层房间里浑然不知情的姐弟俩正处在低气压状态。尤其是时雾，又冷下一张脸，让韩洛娜少操心，喝完水就赶紧回屋睡去。

"你就真不在意啊？现在可是快十点了。"韩洛娜哪有心情喝水，皱着眉，连接都不接他递过来的杯子。

“云择青不会乱来。”时雾沉声说着，索性把水杯放旁边桌上一放，走去开了门，一副赶人的姿态。

“反正我要是你，无论对方人品怎么样，我都是坐不住的。”韩洛娜撇撇嘴，丢下这句话，像是在表达不满，然后格外用力踩着高跟鞋从时雾身边挤出门去。

“噔噔噔——”

时雾眉头拧到一处，听得心烦意乱，重重关上门，坐回沙发上，想静下心来继续听运营部的季度汇报。

“时总？您在听吗？关于下个季度的规划……”

“我突然想起关于明天的录制，还有事情要和节目组确认。你把规划文件发到我邮箱，我会抽时间看。”时雾抬手打断了运营部主管，揉了揉眉心，“剩下还没汇报的部门也一样处理。今天就先到这儿吧。”

“……好。”几位主管也都看出，中途短暂离开后再回来，时雾就脸色极差，显得心不在焉。时雾合上笔记本，吐出一口浊气，又忍不住瞥了一眼玄关处的挂钟，薄唇紧抿地起身几个大步走到门边，握住把手的刹那又顿住了，最终只是将门轻轻打开一条缝虚掩着，背倚墙面，微微屈腿，无声地立在那里。

门外的走道很安静，夏小桃的房间与他的只隔着三扇门，如果她回来，他就一定能听见。

时雾的睫毛很长，玄关处的灯光斜斜打下来，在他微垂的眼下筛落一片晦暗的阴影。其实他看得很清楚，夏小桃对云择青只有小透明对大佬的崇拜，与男女之情无关，甚至都谈不上青梅竹马的感情。可反之却不然。

时雾并非从小就性情孤冷，也不是交不来朋友，只是十三岁之后便少有什么事和人能令他再感受到年少时那份纯粹的喜欢与欢喜。因此时间一久，旁人都道他难以亲近，怕自讨没趣，便都止于商业合作的关系。

更何况，能被时雾看入眼的，本也就没有几个。而云择青这人，却恰好算得上一个。云择青在圈内不管是能力还是为人处世，都是无可挑剔的。时雾很认可“病侠客”的测评能力，也欣赏他坚守原则，从不因哪家品牌出价高，就睁一眼闭一眼地为之站台。就密室而言，他们两人的眼光和品位从某种程度上来说是很相似的。可时雾与云择青在商务合作之外的私交，却也不比点头之交要强多少。

或许是云择青的专业与本职工作使然，每当那双似乎总在洞察人心的眼看向自己时，尽管不带任何窥探，也没有半点恶意，时雾却还是会感到如芒刺在背——如同一个，讳疾忌医的病人。与医生相比，一个病人，是没有任何优势可言的。

时雾眼里的暗光翻涌始终无法平静下来，不知过了多久，他睫毛一颤，抬起了头，将上身往门边又倾了倾。

是有鞋底踏在柔软地毯上产生的细微摩擦声。那声音由远及近，靠近他门外，又远了些，随后房门开合，一切又归于平静。这一切，也包括藏于时雾眸底的深海。

就在刚才，从缝隙中窥见了步子轻快的夏小桃。她还是那样仗着走道里没什么人，走路不看路，拿着个巴掌大的小记事本，正往上边记着点什么。

大约是为了明天的录制去做功课了吧。时雾勾唇，为自己在刚才的半小时里无端涌现的各种陌生情绪而笑得有些自嘲。

“咔嗒。”虚掩的房门轻轻关上，灯光也随即熄灭，仰面枕着胳膊，他也跟着开始期待明天的录制了。

第七章

对抗类密室

1

“各位玩家上午好，欢迎来到实景密室逃脱游戏体验秀《逃脱吧》，第一个主题是逃离废弃工厂。”

上午十点十分，位于市郊的一座废弃工厂的广播里，响起了一道女声。

这么大型的沉浸式密室逃脱，夏小桃只玩过为数不多的几次，被戴上眼罩领进来前，有工作人员简单科普了节目的总设定，还交给了她初始身份卡牌。

节目设定走的是无限流风格，她所扮演的角色是因为在现实世界智商欠费，惨遭诈骗，欠了一屁股债，偿还不起，才选择签订了某份神秘协议，进入到这个位面中，通过在游戏中成功逃脱来达到赚钱抵债的目的。

“现在，你们可以摘下眼罩了。”

广播声在工厂的每一处都能听见，夏小桃摘下眼罩，打量四周，发现剩下几人也都在。他们正身处一个类似员工食堂的地方，一排排的长桌长椅上布满灰尘，食堂前方正中间的墙壁上挂着一台大屏幕显示器，此刻只有黑白点在闪烁，是旧电视在故障或是无信号时才常出现的那种“雪花屏”。

“小桃——”云择青要看清东西可比其他几人要麻烦点，摘完眼罩，还得把眼镜戴上，这才看清众人，伸手招呼小桃到自己身边来。

果然是说话算话要罩着她的节奏。夏小桃很放心地跑过去，瞥见原本站在靠食堂门边位置的时雾也一言不发地走了过来。

另外三人索性也聚拢过来，王卓作为店长，习惯了控场并先做自我介绍：“你们都是什么身份？为什么来这里的？我是王店长，我的脾气比较暴躁，店里有个员工心态又不太好。那天我和他起了冲突，他受刺激突然爆发，半夜回店里把我投资了几百万的店烧光了给自己陪葬。我当初是贷款投的前期资金，这窟窿填不上，正好遇到了个神秘人，告诉我可以通过玩密室逃脱来赚钱，就签了协议来参加。”

“猿程序。我某天熬夜加班到太晚，疲劳驾驶把一辆超贵的劳斯莱斯给撞了，得赔好多钱。我赔不起，就也来这儿了。”

“盒主播，名字即身份。我是被我男朋友坑了，稀里糊涂就用我自己的身份证给他借了债，现在他跑了，我利滚利还不上，只好来了。”

“病医生，我开了家私人诊所，医疗事故导致巨额赔偿，赔不起就来了。”

“时总裁，投资失败，破产欠债。”

这自我介绍到了后头，以时雾的最为敷衍，夏小桃于是轻咳一声，决定多说点儿：“我是夏员工，在时总裁的公司打工。公司破产，我失业，交不起房租，被房东赶出来，一直挤朋友那里打地铺也不好意思。于是急着赚钱就被骗子收割了智商税，欠了好多人钱。也是有一个神秘人告诉我来玩游戏闯关就可以迅速赚到一大笔钱。我就想赶紧还钱，要是能再赚点儿生活费交房租就更好了。”

时雾从听到她说到什么失业交不起房租起，就开始皱眉头，也不知道在不乐意什么，但最后也没说话。

“那你们都欠了多少钱？”王卓又问，“我们对一对，也许这个数字信息后期能用上。”“我的其实不多，就23万。”夏小桃举手。

“23万你就把自己卖了啊？我好歹是欠了233万。”大猿笑她。

小桃撇撇嘴，代入感很强了：“那底层实习小员工，只能被按在地上摩擦啊。23万也不好赚的。”

“我也是欠了233万。”王卓跟上，云择青也表示是同样数字。

“不会是我欠的最多吧？我是2333万。”

阿盒盒报完数后，所有人都把目光投向了时雾。时雾被瞧得太阳穴突突直跳，很不情愿地报出一串数字：“23333……”

“好惨……”夏小桃闻言，想说这游戏的设定也太不吉利了吧，又是破产又是失业的。但她才脱口而出了两个字，话音就戛然而止了。她突然意识到这不是平时玩密室，镜头都录着呢，不由地瞥了眼旁边的云择青，心虚地眨巴了两下眼睛，像是在问自己刚才是不是说错话了。

云择青接收到她的眼神，只是食指一推眼镜，给了她一个别太局促的微笑。

“下面开始宣布本次游戏的规则……”广播里的女声再次突然响起，“大家现在所处的位置，是一座废弃工厂的三楼，获得胜利与奖金的条件就是从工厂一楼正门逃出去。以暴力等违背游戏规则的方式逃离的玩家，将取消本次游戏资格。”

“扑哧。应该没人会这么拼吧？”夏小桃一时没忍住笑。

“当然了，系统可是很人性化的，也会针对玩家在游戏中的表现，适当进行额外奖励。但如果有玩家在游戏过程中消极怠工，那么就会受到关小黑屋的惩罚哦。所以还请大家尽量代入角色，坚定赚钱还债的决心吧。”

大猿连连点头：“没问题，没问题！”

“本次游戏加入了CS元素，装备和补给散布在工厂各处，需要玩家自行寻找。每位玩家的战术背心上都有对应的血量提示，玩家之间可以相互攻击，当然，某些情况下也可能遭遇NPC的攻击，血量都会根据中弹和受伤的位置情况相应减少。血量减少至零时，该玩家直接淘汰。”

“对了，必须提醒大家，只有前三个以规定方式完成逃离的玩家，才能获得奖金。其余人也将受到相应的小黑屋惩罚。”

听到这儿，众人脸上的神色都有几分严肃了，阿盒盒诧异地看向云择青：“不是吧，来真的？”

云择青很无奈地耸耸肩：“为了保证公平性，我不会比你们知道更多。”

“那这么说，我们彼此之间就是竞争关系了。这是一个对抗类密室。”王卓最先往后退开一步，和众人拉开距离。

“答对了。”系统广播冷不防再度发声，“不过既然有三个人都能成为赢家，那么大家开始组队吧。现在进入组队环节，请玩家抽签决定分组。”

系统所说的抽签，是借由食堂中央那台显示器完成的。屏幕上跳出一个竹筒签子的画面，众人对视一眼，倒也不论先后，只按距离屏幕的远近顺势轮流上前，触屏抽取了一支签。签底分为红、蓝两色，一共六支，抽到同色则为一组。一开始，每个人抽出的签只是标记上姓名，直到最后签子才被统一排开，露出签底。

于是，最终屏幕上显示的结果是：王卓、阿盒盒、夏小桃为红队。时雾、云择青、大猿为蓝队。

王卓当即面露不悦：“这组这么分，我还玩什么？实力相差太大了！是不是暗箱了？”虽然没有明说，但言下之意是嫌弃队里有两个女人了。

阿盒盒听了一蹙眉，显然不快，但她终究是常年露脸的主播，不像王卓，还是懂得在镜头前收敛情绪，做表情管理的。而夏小桃呢，自个儿心虚，觉得被嫌弃也很正常，所以也只是挠挠脸颊，没说什么。

“系统，我们可以自行重新分组吗？”时雾则是望了一眼夏小桃，随即开口。

系统非常善解人意地给出了调整的空间：“只要所有玩家全票通过，没有意见，就可以哦。”

“那好。夏小桃，你过来和我一组。”时雾却没打算征求任何人的同意，语气不容置喙，“猿程序，你过去和他们两个一组。”

“不是，别啊。我们这组现在这样是稳赢的，为什么要重新调整？”大猿当然不满意这样的安排。

王卓以为时雾是看大猿身材微胖，才想换个至少看起来灵活一点的女人，就插话进来对他说：“我和猿程序换，怎么样？我平时经常去CS体验馆，身手应该不会比其他几个人差。”

“没兴趣。”时雾丝毫不给面子地吐出三个字。

王卓脸上笑意一僵。夏小桃与云择青暗中交换了一个眼色，憋笑，都觉得王卓好惨。

“那我也不同意重新组队！”尽管能换走一个是一个，时雾的提议对他其实还是有利的，但王卓被落了面子，脾气上来了，就是要对着干。更何况，撇开节目录制不提，“绝命岛”和Fogging这两个品牌本来就是竞争关系，他看时雾也不太顺眼。到时候大不了他自己单干，游戏规则也没说非得和队友一起逃出去。想办法淘汰掉对方中的任意一个，他就有很大可能成为前三。

“我同意换。”云择青表了个态，又看向对面的阿盒盒。

阿盒盒一脸无所谓：“我都行啊，主要得说服他俩。”作为一个感情经验丰富的成熟女性，她可不像大猿和王卓那么没眼力见儿，很明显，对面这两个男人看夏小桃的眼神就不一般，她还是别跟着瞎掺和了。

“各位玩家请注意，请在三分钟之内决定最终分组结果，否则将集体受到扣除血量的警告惩罚，然后保持原分组直接进入游戏。”众人僵持不下之际，系统中的女声开始催进度了。

“我看还是换了合适，每组男女比例一样，公平竞争，不是挺好的吗？没必要被白扣血量。”阿盒盒这下没法置身事外了。

“后期还有血库可以补给血量，怕什么？”王卓冷哼一声。

大猿耳根更软些，有点动摇，但还是企图劝说时雾：“我觉得咱们还是保持不变，尽快开始游戏吧。你看王店长这态度，那就算我同意了也没用啊……”

“不然还是算了吧？”夏小桃也不想为自己一个人闹成这样，就凑近拽了拽时雾的衣角，压低声音，“你和侠客大佬好好玩，我本来就是来打酱油的……”

“我得提醒你们一下，现在可只剩下一分钟了。如果时总裁还坚持换组，我们都会因此被扣除血量，然后游戏还是会照样按照原分组开始，毫无意义。”王卓在这时再次开口，挑衅地指指大屏幕上的倒计数，开始对时雾施压。

然而下一秒，王卓整个人都僵住了。

黑洞洞的枪口正对着他，时雾单手持道具枪，将夏小桃半挡在身后，唇边是一个桀骜又锋利的弧度，眼神睥睨。

“同意，或是现在就直接被淘汰，选一个。”

“你——”王卓脸色难堪。没有防具，这么近的距离，他多半会被时雾用道具直接淘汰。

现在淘汰他，那时雾就可以达到全票通过的目的。

最后三十秒，二十秒，十秒……时雾危险地眯起眼，扣在扳机上的食指微微用力，一触即发。

“我同意！”王卓最终还是闭眼喊了出来，然后低咒了几个绝对会被后期剪辑掉的字眼。

“倒计时结束，恭喜各位玩家组队成功。现在两队可以自由选择分别从不同的通风管道离开这里了。”屏幕上的倒计时归零，系统广播发出了指令，“游戏也将从这一刻起正式开始，祝各位玩得愉快。”

广播结束，大猿自动挪到了王卓那边，戒备地盯着时雾：“你不会现在就开枪干掉我们吧？那这游戏就没意思了。”

“你们先选。”时雾放下枪，显然没这个意思。

大猿松了一口气，见王卓还很不甘心地瞪着对面，就伸手一捞他肩膀："好了，抓紧时间快走吧。"

"怕什么！一把手枪里的子弹哪里够把我们的血量都打掉？"王卓没好气地推开他的胳膊，自己转身往后走。

阿盒盒则是抱臂冲夏小桃眨眼一笑，转身追上前面已经选好要爬左边通道的两个队友。

时雾和云择青两人倒是不急，看着对方三人都进了管道，才交换一个眼神，朝右边走去。

然而夏小桃还沉浸在刚才时雾的高能瞬间以及阿盒盒那个怎么看都像有八卦的眼色里，两人发现她没跟来，就站在管道下方回头。

"夏小桃，愣着做什么？过来。"时雾喊她。

"啊，来了。"夏小桃回神，小跑过来，好奇地问，"你哪来的枪啊？不是说散落在各处吗？是就在这大厅里找到的吗？但我们不是一起摘眼罩的吗？"

"等节目播出后就知道了。"时雾懒于回答。

那得等多久啊？！夏小桃一口老血差点吐出来，有这么吊人胃口的吗？

"没关系，录完这期我可以给你走个后门，先看母带。"云择青却突然把收音设备关了几秒，凑到她身边低笑。

夏小桃当即竖起大拇指："够意思！"

"我的意思是，别浪费时间，先进管道，边走边说。"时雾见这两人大声密谋，心里头不太受用，语气生硬着催促，"我先上去拉她，云择青你在下边托着。"

于是三分钟后，黑漆漆的通风管道里，夏小桃被两人夹在中间，边用衣服擦管道里的灰边往前移动着，只不过时雾此刻不是在边走边说，而是边爬边说——

二十分钟前。

时雾也和其余每个人一样被蒙上眼睛，之后由黑衣人分开带离，单独领进了一个空间，获得身份卡牌后，系统女音响起：“时总裁，你是本期所有玩家里欠钱最多的一个。因此，系统君非常人性化地为你准备了开局福利，你可以从以下三样福利里选择一样。第一样是复活特权；第二样装有一发子弹的手枪；第三样是有关打开最终逃脱之门的密室提示。请在三十秒内做出选择。”

“复活特权的使用对象包括除自己外的其余玩家吗？”几乎是紧跟着系统君话音落下，时雾就开口问道。

“不能。复活特权只对获得福利的玩家本人有效。”

“我选手枪。”系统是秒答的，得到答案后的时雾也同样不带半点犹豫地做出了选择。

“很有魄力的选择，希望这颗子弹能给你带来好运。”

2

“原来只有一颗子弹啊。”夏小桃听完，自以为懂了，“那一开始为了分队用掉就太可惜了。你应该只是吓唬王店长的吧？”

“不是。如果他不同意，我会把他一枪淘汰。”时雾的话音从前头冷冷地飘过来。

黑暗里，夏小桃不由自主地腾出一只手，摸了摸自己的脑门，暗忖这段不知道会不会被剪掉。

“到了。”突然，前面的时雾停下了，改匍匐为蹲，打开了下面房间通风口的防护网。没有光从口子里透进管道里，下面也是黑灯瞎火。时雾定睛目测了一下落脚处没什么问题，就跳了下去。

“下来吧。”站定后，他回身，对从口子里探出半个身子的夏小桃道。夏小桃也没多想，“哦”一声就往下跳，下一秒，整个人竟被时雾端着腰，接了个满怀之后，才被他像是放箱子似的，稳稳放到了一旁的地上。

“你、你干吗不躲开啊？差点砸到你……”她双脚落地后，才回过神来。她原本以为时雾会退后几步，让开正下方的位置给她。

时雾无语地一捏眉心，也不吭声，另一手拉开她往后退了一大步，云择青就紧接着落地了。

“先找灯吧。”云择青拍拍胳膊和手上的灰。

“这应该是个厨房吧。”在管道里已经适应了在黑暗中视物，夏小桃环顾一周，多少能根据这个空间的布置做出基本判断。

冰箱很明显是通着电的，电子显示屏上显示着时间与温度。可时雾走到墙边，按了吊灯的开关，却没有反应：“灯可能坏了。”

“那只能找找有没有备用照明的东西了。”云择青表示这都是老套路了，就准备摸黑翻找。

倒是离冰箱最近的夏小桃灵机一动：“我们可以用箱内照明灯借光找啊！”她动作也快，边说已经边去拉开冰箱的柜门了。

“啊！”惨白灯光下一颗血淋淋的“脑袋”就摆在正中那一层，下一层和柜门内侧塞满的“断胳膊断腿”也随着她这一开箱门，噼里啪啦往下掉！简直是十级暴击！夏小桃毫无心理防备，惊叫了一声，整个人下意识往后一仰，就失去了平衡！

“夏小桃！”

“小桃！”

两道质感截然不同的嗓音一左一右在身侧响起，夏小桃睁大了眼，发现自己没有后脑勺着地。原来时雾和云择青都还没走开太远，两人反应极快地抢上前，一人托住了她的腰，一人揽住了她的肩。两人合力一带，夏小桃就又站直了。

“谢、谢谢……”站稳后好几秒，她才想起来道谢，瞥见身后那个桌角，心里头着实有点后怕，进而忍不住略出神地反思起自己的《双面》里有没有这种存在安全隐患的设计，要避免。

时雾皱眉，没说什么。云择青则是笑着拍拍她肩膀：“在密室里像是这种冰箱啊，柜子之类的，怎么能一下就打开呢？”

“就是没想到还有恐怖元素……”夏小桃回神，吐吐舌头，“其实我不怕这些的——都是道具嘛！”

说完，她还特别勇猛地上前把那颗脑袋给抱了下来：“喏，我只是会被突然出现的东西吓到而已。”

“你不觉得这种受惊属性比怕道具更糟糕吗？你见过密室里某些东西出现前还先预告？”时雾连续两个反问，夏小桃噎得哑口无言，又想着他刚救了自己，只得憋下这口气，宣泄在了那颗“脑袋”上，重重往旁边的桌子上一放，发出“咚”的一声闷响。

“这好像有张纸条？”云择青也不掺和，兀自从“脑袋”被搬开的地方取下了一张纸条。那条子原本是压在“脑袋”下边的，夏小桃这一抱倒是抱出线索来了。

“什么？”夏小桃踮脚凑过去看，云择青就把纸条放低了些，方便她借光读出来，“厨房的灯坏了，这里不方便外人进来送货，所以我离开两天去城里买灯管，顺便再买些日用品回来。最近来参加游戏还债求暴富的人越来越多，食材很充足。冰箱里这些是我新准备好的，两天的量，记得喂给它们，一天一次就行。厨师。”

夏小桃读完，咽咽口水，觉得这设定真带劲：“所以这些……都是之前没能逃出去的玩家吗？”

“它们是谁？”时雾挑眉。

“根据我的经验，应该是类似丧尸——这种废弃厂房多半会被改建成那种生化实验基地，丧尸都是实验的失败品。”夏小桃颇为自得地一勾唇，这种本子的走向不难猜。

云择青出于谨慎把纸条翻到背面，没有字迹，才放回原位，随口问：“那你猜猜我们下一步要做什么？”

“我想先找找有没有什么装备。”夏小桃挽起袖子。

“那我们去门那边看看要怎么打开？”

时雾用行动采纳了云择青的提议，直接伸腿朝门口处迈，可才迈出两步，他又想起什么似的突然回头叮嘱夏小桃："你小心点，别再碰到什么机关。"

"知道啦。你们专心解题吧，翻东西交给我。"夏小桃见识过他的解题速度，觉得还是扬长避短，干点自己擅长的。毕竟时雾那种大高个趴下来找东西肯定没她方便。

"人脸识别的门锁。"

"嗯，不过这里写了系统出现故障无法识别时，启动密码解锁程序的条件。"

那头两人语调沉稳地分析着，夏小桃不太认真地听着，边翻箱倒柜，锅碗瓢盆都搜了一遍，最后竟然是在微波炉里找到了一把手电筒！

"这厨师是怎么想的……想炸厨房吗？"夏小桃吐槽着，一推电筒上的拨钮，能用。

云择青感到身后有一束光打过来，回头对她一笑："手气不错。"

"你们是在找重启程序的按钮吗？"夏小桃打着手电在墙壁上扫了一遍，最后光圈停在橱柜边的一个电钮上，"会不会是这个？"

"试试看吧。做好心理准备。"云择青点点头，走过去。

夏小桃于是特意跑回冰箱边站着，打了个 OK 的手势。通常来说这种机关都不会重复，冰箱已经出了一次高能道具，应该就不会再安排别的。

在这点上，云择青显然与她"高玩所见略同"，见她站好了，就抬手按了下去。

"等等，不——"从刚才起就兀自陷入沉思的时雾却在这时脸色一变，想开口阻止，却已经来不及了！

"啊！"脚下骤然一空，以夏小桃的臂力根本扒不住光滑的地砖，只撑了两秒，整个人就坠了下去！

"小桃！"

"接着！"

云择青奔过去，没能抓住她的胳膊，时雾却是将自己腰间别着的手枪扔了过去。几乎是卡着地砖重新合上用的短短半秒，那枪从最后的缝隙里落了进去！

“砰！”

“啪！”

第一声是夏小桃落到一个软乎乎的台子上，第二声是手枪握柄砸在了她的身上。

“嗞，这是反套路啊。”夏小桃把枪拿下来，撑着坐起来，发现电筒也跟着自己一起滚下来了。

手底下撑着的地方黏糊糊的，她皱眉低头一看，全是红色的“烂肉泥”一样的东西……首发果然是大制作，逼真。小桃才在心里感叹完，就发现四周不对劲，同样是黑漆漆的，但很明显是有人的，而且有很多人。他们像是逐渐被唤醒似的，呼吸声越来越粗重，也越来越靠近。

“妈呀！”忽然，一只手握住了她的脚踝！夏小桃鸡皮疙瘩起了一身，往外一踢，暂时甩开了那只手，却发现战术背心的血条居然发出了“嘀”一声的提示，原本四格的血量，少了半格！这是遭遇 NPC 攻击了！

“吼——”那是从喉间发出的一声嘶吼，仿佛饿极了的困兽。

音效真的不错，还带回声。夏小桃抿唇做着心理建设，紧紧握着手里的枪，想起电视剧里见过的姿势，将拿枪的右手，架在反握手电的左手上。

“吼！”如同一声信号，当第二次嘶吼声响起，台下四面，那些潜伏在黑暗中的十几个血口尖牙长指甲的“怪物”，一齐发狂地朝夏小桃扑了过来！

“小桃？！小桃你能听见吗？！”

夏小桃被怪物围攻的情景，清晰地出现厨房的监控器画面中。云择青试图和她对话，但很显然这玩意并没有对讲功能，他也听不到小桃那边的声音。

“这就是它们。每天都会有人来把冰箱里那些东西，从刚才那个机关里扔下去。”时雾蹙眉紧盯着画面。

“这是设定好的单人任务，还是我们意外开启的？”云择青刚刚已经试过，再按按钮，那地砖却没有再打开。这或许就是厨师所留字条里一天喂一次中暗示到的。

时雾从夜视画面里观察着：“这个空间的大小与结构和厨房几乎完全对应。恐怕每一块地砖都可以打开，只要我们按下按钮，单人任务就会开启。而这个按钮我们为了探索，不可能不碰。至于选谁掉下去……”

“不是随机的。”云择青打断他，指向画面，“你看。”神秘空间里，夏小桃打开了电筒，一通胡乱照射，而那些怪物像是怕光，只是在台前徘徊着嘶吼，虎视眈眈，却也不敢爬上台子。

“所以电筒在谁手里，谁掉下去才能暂时存活。”时雾接过他的话，神色更加严肃了，“电筒的电应该不能支撑太久，是另一种暗藏的倒计时。”

“我们去二楼对应的方位找打开这间密室的办法。”云择青话毕，与时雾对视一眼，都不再看监控画面，打算用最快的速度通关下到二楼。他们两人中，时雾对数形颇为敏感，云择青则善于串联碎片线索，得出结论，合作之下，三楼剩下的两个房间都没能困住他们太久。

可尽管如此，等他们成功解锁通往二楼的电梯时，夏小桃已经被困二十五分钟了。

“我也做过 NPC 的，大家都是同行，手下留情啊……

“你们要是累了，不如歇会儿？”

一开始，夏小桃还能自说自话，自娱自乐，尽管敬业的 NPC 们并不搭理她。但随着时间的推移，尽管心里明白这只不过是游戏，台下时不时嘶吼的也并非真正的怪物，然而长时间处于黑暗、密闭与被围困之中，还是会给人带来难以克服的焦虑感。

期间她也用电筒的光观察过四周，前后各有一扇门，可没有任何可以输入密码的地方，看起来只能从外打开。毕竟这么多“怪物”，是应该用特殊的门。

夏小桃到后来累了，也管不了衣服脏不脏了，索性跪坐下来，然后拿手电筒挨个照凑近前的“怪物”。他们衣服胸口的位置都引着一串数字，大概是某种编码，有规律的。为了分散注意力，不让自己的情绪变得过分焦灼，她就开始背这些编码，一个一个背，和数绵羊似的。

她认为如果这个单人线的意义只在于困住她，然后等另外两个队友来救，顺便增加一点高能画面，那未免有些鸡肋。所以她现在要做的，就是尽可能地找到这个房里有所有的隐藏信息并记下来，或许对后面的某个环节会有帮助。

因为时雾和云择青一定会来，也很快会来，她深信不疑。

“要折返？”而另一边，因为厢壁内贴着的厂房地图，两人迟迟没有走出电梯。

“对，这头走虽然距离去一层的通道更近，但通往厨房那个方向是封死。我们只能原路折返，从最初那个食堂的门出去，到外面走廊，从楼梯绕到那头。”时雾修长的食指在那张已经卷角的旧地图上指了几处，“当时我观察过那扇门，是完全封死的，但既然单线开启，对应的那扇门应该也可以打开了。”

这也就意味着，如果选择救夏小桃，哪怕一切顺利，他们这一队最少也要多消耗掉二十分钟，很可能落后王卓的队伍。

“各位玩家请注意，这里插播一则友情提醒。现在两队中都有一人触发了单线任务，但需要注意，帮助队友逃离困境并完成任务，并不能给自己带来任何奖励，反而还可能被对手抢占先机，所以请双方队员慎重选择……”

系统的广播在这时突然响起，时雾听完，勾唇笑得有些不屑，抬手重新按下三楼的按钮。云择青也是耸肩一笑，然后电梯抵达三楼，门打开，两人一起毫不犹豫地大步出了电梯，向食堂折返。

3

系统广播覆盖范围是可以调整的，和夏小桃一样没有听到这则插播的，还有同样触发机关落单的阿盒盒。不过她幸运多了，至少只是被困在一个看起来像是手术室的地方，没有“怪物”袭击，放眼望去只有架上成排成排的注射药瓶，上面都有编码，大部分都是使用过的空瓶，只有末尾几个里还装有淡绿色药水。

此时的阿盒盒坐在手术床上，无聊地晃着腿。作为游戏主播，密室中考验反应力和动作的关卡，才是她的强项，至于解谜……她叹了一口气，又抬眼一瞥门锁系统的冻结保护倒计时，还有五分钟才结束。靠自力更生恐怕要被锁死到录制结束了，而以她的直觉，除非顺路，否则自己的两个队友多半是不会来救她的……

“我们要去救她吗？”又过了十多分钟，王卓与大猿才终于从对称构造的另一侧抵达厂房二楼。

他们看见的地图是贴在走道墙面上的，大猿研究了一下路线，要从那面墙的另一边过去，就得重回起点绕，有点犹豫地征询同伴的意见。

四十分钟前，他们两个走在前面，阿盒盒在最后，等他们走到拐角处准备转弯时，一回头，才发现身后的人不见了。他们猜测，多半是走道的墙壁有什么特殊的机关暗门，会先让两个通过后才启动，把走在最后的一人隔到另外一个隐藏空间。于是两人当时也在附近逗留了几分钟，寻找是否有再次开启机关的办法，但一无所获，就不想再耽误，选择了先继续往下走，看会不会走着走着又能汇合。

但现在这个情况，他们是确凿面临选择了：救，还是不救。

"如果是夏员工落单，时总裁和病侠客肯定会救人。如果是两个男的里随便一个落单，估计有自己逃脱的能力。所以我们救，就有可能落后他们，而不救，有三分之一的概率能比他们更快到一楼。"王卓想了想，"三层没有任何装备，应该都集中在二楼和一楼。现在两边路虽然是分开的，但早晚会有连通点，还是尽量不要和他们正面对上，我看对面两个身手应该都不错。"

大猿挠头："不救也不太好吧？不然我们先在这层找点枪弹和防具带上，再回去找盒主播。"

"回去一趟，万一再下来的时候被他们埋伏狙击了不就更糟？"王卓看他是个没太大主见的性子，也不再多说，一拍他后背直接做主了，"抓紧时间，走了！也许她也不用我们救，自己就能出来。"

"哎……好吧。"大猿被他大力一拍，往前了半步，果然没再坚持，索性也就跟上他继续往前了。如果阿盒盒在手术室的空间里能看到实况转播，一定会为这种精确的判断"点赞"。

不过此刻夏小桃的处境可不太好。

她发现手电筒的光好像弱下去了，甚至出现了不稳定的闪动，也许是电量不足，也许是这手电被刚才那么一摔有点儿接触不良——总之，她怀疑这玩意很快就要灭了。于是夏小桃重新戒备地站起来，活动了一下在等待中变得有些僵硬麻木的四肢，然后再次架起手枪做防御姿势。

不得不说，这批NPC演员是真的敬业，虽然也看得出他们多少也累了，嘶吼声也从一开始由他们自己发出，到现在变成了音效循环播放，但也还是会时不时地轮流对台面方向做出攻击状，营造一种只要灯光一灭，他们立刻就会扑上来的紧张氛围。

"再不来我就真被喂'怪物'了啊。"夏小桃频频往前后两扇门的位置翘首，"时总！侠客大佬！"她试图喊他们，希望如果他们就在附近，能循声找过来。但密闭空间充斥着怪物嘶吼的音效，完全淹没了她的。如果这音效都传不出去，那她的喊声更不可能了。

“啪。”毫无预兆地，手电的光瞬间熄灭！

“吼！”台下的“怪物”也几乎同一时间齐齐精神了起来，和潮水一样往台面拥过来。而夏小桃对面的那道门却也在同一秒向上抬起了一条缝！

“开枪——”

“砰！”前方传来时雾的声音，夏小桃惊叫着闭上眼，下意识照做，对着扑在最前的一个“怪物”扣动了扳机。唯一一颗子弹射出，已经半个身子攀上台面的“怪物”中枪后仰倒下去，登时砸到了台下附近的一大片NPC。

“你们真摔假摔啊？假的我就先跑了啊。”

夏小桃还在犹豫从哪里下脚跳下台才不会踩伤倒作一团的NPC，时雾已经从半开的门外冲了进来，以最快的速度冲到台前，单手将她的腰揽下，再迅速折返。

“吼——”然而才跑到半截，后面没倒下的“怪物”已经姿态扭曲地包围过来，几乎堵住了门。

“接着！”门外没有亮光，但随着云择青的高喊，一个麻袋从门外扔进来，高高越过“怪物”的头顶，然后被夏小桃接了个满怀。

可她还来不及看清，时雾已经又将麻袋从她怀中拎起，用力往两人逃跑的反方向一抛！

那麻袋口只是松松系着，被两次抛过后，袋口朝下，各种“胳膊”啊“腿”啊的道具直接就从半空中往下掉！都是时雾和云择青在没找到枪弹的情况下，从厨房的冰箱里装出来，以备不时之需的。

闻到新鲜的“肉源”，那些“怪物”就再次集体发狂般调转方向拥去。两人暂时脱离了围困，左躲右闪地甩脱还执着在他们这边的两三只“怪物”，很快就跑到了门边。

“快！”云择青掐着时间点，将门卡从识别仪上取走，那扇门就开始缓缓下落。时雾带着夏小桃俯身穿门而出，但那门还剩下半截的高度没有彻底合上，后边两三只“怪物”紧追在后，也弯腰钻出了门，对着跑得慢些的夏小桃的后背伸手就是一爪子！

“滴滴滴！”下一秒，却是时雾的血条发出了警告，连降一格半。夏小桃回眸，看到时雾挡在了自己身后，尽管这不过是个游戏，可当她被他拥到身前护住的那一刻，心还是猛地停跳了一拍！

“快跑！”

随着那扇门彻底合上，围击战变成了一场追逐战，逃出关押空间的两只“怪物”速度很快，对三人紧追不舍。夏小桃发誓自己的小短腿已经跑了平生最高的频率，但要追上身边两个大长腿还是费劲。导致在拐过一个转角后，摄像头里再出现的她已经被两人架起腾空在跑，双脚根本不着地了。

“警告！警告！107 实验失败品 039 号与 056 号已逃出，二楼所有通道立即紧急封闭！”他们原本是往来时楼梯口在跑，但这时黑暗中居然响起了安全警报。并不是系统广播，应该是游戏设定好的厂房安全系统在怪物逃出后被启动了。就差一点，楼梯口前的一道安全铁闸“轰”一声落下！前路被堵死，后头的追兵又快到了！为今之计，只能进走道两边的房间里躲避，但门都是关着的，根本看不出哪间锁着，哪间没锁！

云择青就近推了一扇门，没开！

“夏小桃，进哪间？”时雾冷不丁扭头垂眼问她。

“啊？我、我不知道啊——”

“选一间顺眼的。”时雾的语调平静得仿佛只是在餐厅里等着她点菜。夏小桃无奈了，只能闭着眼随便抬手指了一间，剩下两人也没犹豫，带着她往右手边跑去！

之前走道太黑看不清，跑到近前才发现也是刷卡感应门，云择青一喜，将手里的卡往上一放，“滴”的一声，三人迅速闪进门里。

“嘭！”两只“怪物”被挡在了外边，门里的感应灯光亮起，从门上方的玻璃透出去，它们便也忌惮地缩回了走道的黑暗里，不敢拍门了。

“呼……”夏小桃背靠着墙，长舒了一口气。现在她心里只有两个想法：第一，太刺激了；第二，可算见到光了。

“小桃你运气真是不错啊。这应该是防止怪物逃出后还有工作人员没能及时撤离而准备的应急避难室，所以我们在食堂门外捡到的员工门卡才能通用。”云择青环顾房间，里面有枪弹防具、医疗箱，还有水和饼干。

“念大学的时候，大家都说我是薛定谔的‘锦鲤’体质，时灵时不灵。”夏小桃挠挠腮帮子，有些不好意思。

时雾走过去，取了一瓶水，没什么表情地拧开递给夏小桃。

“谢谢……”看着他握在瓶身上的手，夏小桃没由来地想起进入密室后，这只手好几次揽在自己腰间与肩头时传递来的炙热温度。

按理来说，百米冲刺都结束了，她后半程也没自个儿出力，怎么心跳反而越来越快了？夏小桃急忙收回视线，低头接过来，转移话题来掩饰自己无端的脸红心跳：“对了，要是刚才我没选对房间，门打不开，怎么办？”

夏小桃一脸严肃，反而让从刚才起就抿着唇的时雾眼中忽然荡开了零星笑意，好整以暇地倚门一扬下颌，指了指外边：“那就被怪物扑了。”

“人家 NPC 也不会真扑……”夏小桃摸摸脖子，想象了一下真被扑到的画面，感觉也不是太好。

云择青站在血值库旁边，朝两人招手，喊道：“过来拿装备，顺便补点血。”

“只能补充一格啊。”夏小桃走过去看，小脸皱了皱，回头对时雾说，“你先补上，后面我再努力找其他血值库。”

时雾“嗯”了一声，抬手就在操作面板上按了几下。

“滴——”

夏小桃也没去看他操作，目光已经落到靠墙一排的枪支和防具上了。谁知没过几秒，自己的战术背心也跟着时雾的响了起来。她的血条重新满格了？

“你怎么这都按错了啊？”夏小桃回过头，无语地看时雾。

“没错，先补的我，才补的你。”时雾面不改色。

夏小桃撇撇嘴，觉得这人分明是想照顾自己，却又非要装得公事公办，当下也不多说什么，走到墙边，拿起唯一的一个头盔，再走回去：“你低点儿。”

时雾微眯起眼，眼梢弧度却并不凌厉，很快照做地弯腰与她平视。

“这样就扯平了。”

夏小桃很满意他的配合，笑眯眯地给他戴上，扣好后，才听到云择青在旁边幽幽地出声：“那我怎么办……”

“呃。”夏小桃这才意识到自己完全忘记了，分配装备都没和另外一个队友商量。

“所以为了防止不公平，还是我俩都不戴？”时雾冲云择青一抬眉，语调上扬。

云择青举双手：“同意。”

最后的结果就是，时雾又把头盔从自己头上摘下来，给夏小桃结结实实地扣上了，真的是用扣篮那种动作从上往下，直接扣下去的。没给夏小桃留一点反抗的余地。

之后夏小桃就特别尊严受挫地挪到角落里去了，冷眼看着两人找到通往下一层的备用梯洞，然后开始解密。

密码不难，时雾很快就解开了，云择青打开梯洞上的封砖，回头看见夏小桃还是气鼓鼓的，笑着一推眼镜：“好了，你戴着我们也安心一些，至少一会儿和王店长他们狭路相逢时，能挡住致命一击。如果一枪爆头，我们就都来不及救你了。”

“嗯……我努力不拖你们后腿。”夏小桃也知道自个儿的短板，挪过去，接住云择青递来的手套戴上。

“你想想刚才，就你的力气能拖动谁？”时雾已经攀住钢管，准备滑下去了，听她这么说，于是侧过脸轻笑着交代，“看着点，下去的时候胳膊和腿都圈紧些。”

夏小桃回忆了一下刚才自己被架起来的样子，觉得自己好像连拖后腿都不配。

分明是被嘲笑了，但她的心情突然诡异地好了起来，却还是忍着，把嘴角扬起的弧度压下去，也学着时雾那面无表情的样子点点头，把他示范的动作记住，然后跟着滑了下去。

厂房一楼是生产用的，层高接近二三楼的两倍，没有隔断的空间，钢制楼梯上上下下，四通八达，大型管道交错纵横，各种诸如机床、发电器、除尘器和一些夏小桃根本叫不出名字的设备遍布错落。用云择青的话说就是，掩体众多，适合埋伏的狙击点也很多。

“他们还没到吗？”夏小桃抱着霰弹枪，走在两个人中间。

这是刚才选择枪械时，时雾和云择青达成的共识，比起其他枪支类型，霰弹枪对瞄准的要求相对较低，杀伤面积又比较大，给她用再合适不过了。

云择青皱眉，食指压在唇上，对夏小桃摇了摇头，然后继续仔细听着除了三人脚步外，四周是否还有别的动静。

夏小桃也意识到刚才自己贸然出声说话，如果对方埋伏狙击，就已经被定位了。

只是已经晚了，紧追着她思绪的，就是一声枪响——

4

“砰！”

“滴滴滴滴！”连续四声提示，夏小桃的头盔冒烟，代表防具失效，血条骤降两格。

时雾脸色一沉，带着她往旁边一撤，躲到一排管道后，又是两发激光弹打在了刚才他们所站的地方。云择青配合默契地飞奔几步藏进另一侧的掩体后，对着前方三点钟方向的一个高处射出一枪。

“滴滴！”

对方躲在暗中的狙击手也中弹了。之后是一阵“噔噔噔”，人在钢梯上迅速移动的声音，云择青追着那声音又连发几枪，但都没有命中。

随着狙击手找到新的掩体埋伏下来，厂房一层又陷入死寂。

夏小桃捂住嘴，不敢再出声暴露位置，只是对身边的时雾指了指右手边的某个方向。时雾顺着看过去，望见了厂房正门。门边应该是一个密码锁。

如果王卓一队早就到了这里，没理由非要留下来埋伏，直接解锁逃离就成功了。除非他们出于某种原因，一直解不开，甚至放弃了先解码，才会转而选择掩体伏击他们。夏小桃和时雾对视一眼，只是这么一个眼神，她就觉得他和自己想得一样。

不过王卓和大猿可都不是外行，以他们的水平不至于有全无头绪到解不开的密码，只是耗时长短的问题。

时雾微抿唇，似乎又想到什么，给云择青打手势问他能否确定对方有几个人。

云择青竖起两根指头，然后指出了两个大致方向，之后又一指耳朵，摇摇头，表示只听到两个，但不确定是否只有两个。

难道他们没有去救阿盒盒？夏小桃蹙眉，转念又觉得从之前的分队风波中能看出来王卓这人估计是做得出来。

会不会打开最终大门的密码，其实都藏在每队的单线任务里？只不过等王卓和大猿来到一楼正门，发现这个问题时，计算时间感到再折返回去找阿盒盒肯定来不及，所以才想先淘汰掉他们，再从容地回去救人。

夏小桃想到这儿，又拍拍时雾的肩膀，对他又是打手势又是做口型的。

“我想去那边看看密码提示。”

“那边没有掩体，去了就是活靶子。”

“只要相对靠近一点。”

“你在这里，我过去。”

时雾和她做完无声的交流，又对云择青打了一个帮忙掩护的手势，接着抽出手枪就着掩体一路飞奔向大门方向。

狙击手的子弹追击着他跑过的路径，云择青也开枪交战，“滴滴”两声，以血条减少一格为代价，时雾藏身到了距离大门最近的一处掩体后，对方似乎也掉了一格血，暂时不敢露头。

夏小桃的视线紧随时雾，差点儿没留意云择青对她打来的暗号。他的子弹用完了，小桃连忙把自己的霰弹枪贴着地面甩给他。

而时雾那边所在位置，勉强可以观察到墙上的密码锁，从按键上判断是数字密码，四周没有任何关于密码的提示。如果是这样……他心下了然，薄唇一勾，回身朝云择青点点头，指了个方向让他对准打，等云择青就着掩体换好角度，时雾就从掩体后跃出，由另一条路径快速返回了小桃身边。

这次交锋里，对方负责狙击的人同时被时雾与云择青击中，掉血两格，又再次在钢梯间小跑，换了藏身之处。也就是说这个狙击手的血条最多只剩下一格。

而他们这边，云择青满格，夏小桃两格，时雾还剩下两格半，血量总体应该是占优势的。但没有弹药补给，又不清楚对方是否还藏有枪弹，就很棘手了。

夏小桃急切地用眼神询问时雾是否得到任何解码的线索提示。后者点点头，食指冲她一勾，让她靠近耳语。

两排管道间前后的空隙本就很逼仄，夏小桃凑过去，时雾在奔袭后略显粗重的呼吸声就变得更清晰，让她莫名地停下了靠近的动作，僵直了脊背。

时雾则是一挑眉，也不知她为何突然顿住，以为她是紧张得腿软，便单膝半跪，略偏过头，倾身凑到她的耳边："还记得我们在紧急避难室里翻过的那本日记吗？"

热气喷洒在耳畔颈间，痒痒的，夏小桃有些发蒙，好半晌才想起来，猛一点头，一片潮湿温热之感瞬间扫过耳郭，犹如触电。夏小桃一惊，差点儿弹起来当了靶子，幸亏时雾反应快，一把伸手把她重新按回怀里。

然后是很长一段时间的定格，谁都没有动作，也没有出声。

"想到密码了吗？"时雾压到最低的嗓音听起来格外沙哑，从她头顶传来。

夏小桃深吸一口气，冷静了几秒，也跟着明白过来，却不敢再点头，从他怀里伸出一只手来，缓缓举到推测应该是他眼前的高度后，打了个"OK"。然后她就感到时雾的胸膛震动了一下，像是在闷笑，弄得小桃特别想不管不顾地掐他。

而独自一边的云择青换了角度后，看不见这边的情况，见久久没有动静，心中不禁纳闷，正要探头尝试再调转方向，却听那边时雾冷不防扬声开口："我们谈谈吧。"

对方没有应答，但也没有急着开枪。

"你们不知道密码，而我们中间也只有走过单线的那个人知道。如果被你们错杀淘汰，那我们谁都出不去。"时雾镇静的话音在厂房一层回荡，"不如先让那个人解开密码，打开门，我们剩下的人再公平竞争。"

这是要让她先出去吗？夏小桃想了想，也没反对。没有她，时雾和云择青还血量占优，更能放开手脚。

直到时雾的话音落下很久，王卓才出声喊："那你让知道的先走出来——我们保证不会开枪。"

这会儿了，时雾仿佛才想起放开夏小桃，对她点点头，示意她放心出去。夏小桃在他怀里也不知道是憋得还是害羞，满脸通红，早就想跑出去透透气了，当即也没怎么顾虑就一溜烟出了管道。但她特地留了个心眼，从另一头转出去，没暴露时雾的位置。

“我什么都没带，别打我！”夏小桃一出去，就高举双手。

“你去开门吧。”王卓对她喊话。

于是夏小桃继续朝大门处走去，走到门前，才放下双手，看着门边上输入密码的面板，脑海中开始回忆当时那么多“怪物”衣服上的编号。

躲进避难室后，三人简单翻找了线索，发现了一个工作人员的日记本，里头记录的事情很琐碎，多半是吐槽这座非法实验基地里的工作和生活是多么无聊。唯独最后一页，记了件正事，是这么写的：“老板最近总担心，觉得密码久了不换会出事，就让我给安保系统设定一套程序，定一个既有意义的规律，又能定时刷新的数字密码。我想干脆就用实验失败品的数量作为密码好了，反正失败品总是在增加……”

当时日记里没有写明是哪里的密码，但现在想来，肯定就是大门的了。

可以说这最后一关考验的并不是智商，而是人性。如果没有选择救队友，那么即使以最快的速度来到这里，也没有用。

当然了，如果不慎碰到猪队友，在单线空间里什么都没记住，那也怪无奈的，只能原路折返再记一次。夏小桃想到这儿，抿唇笑了笑，然后伸手在面板上按下了三个数字。

可显示屏却提示“密码错误”。

夏小桃一怔，她记得很清楚，那些“怪物”里号码最大的一个是084号。于是她又在面板上按了几下，试出密码是六位数。

六位数？剩下的三位是什么？她眉心拧了个疙瘩，闭上眼回想这一路闯关中还有什么被忽略的提示信息。

忽地，灵光一闪，她睁开了眼。

是107！安保程序启动时，警告里报出过实验的代码！

她的指尖迅速地在面板上依次按下107084这六个数字，殊不知在自己专心破解谜题的这两三分钟里，身后的情势却是暗潮汹涌。有人在无声接近，有人在悄悄绕后，也有人已经把枪口对准了她的脑袋……最后一个数字 4 按下，“咔”一声，铁门解锁，向上抬起。

“我解——”

“趴下！”夏小桃正兀自欢喜地回过身，斜刺里一个颀长的身影已经冲过来将她扑倒在地，进而两声枪响——

“砰！”

“砰！”

一枪是躲在高处狙击的王卓射来的，而另一枪几乎同时响起的，则是绕到后方的云择青用霰弹枪射出的。

王卓的战术背心冒起白烟，被淘汰了。但云择青的位置也随之暴露，始终藏得很好的大猿趁机开机枪扫射。

好在大猿这方面也不是特别擅长，准心不太好，意识也不太强，云择青猝不及防地被扫到两枪后，就单手撑过栏杆，跃至另一段楼梯，快步走了几阶，一跃而下，矮身前冲。大猿追着追着，完全没有意识到自己已经暴露在了时雾的射程范围以内。

“砰砰砰！”三声枪响过后，大猿毫无意外地被淘汰了。

“哎……我就说吧，要救盒主播。她这方面肯定比我强。”大猿苦笑，把怀里的机枪扔到一边，回头对还站在高处的王卓说。

王卓不理他的马后炮，对下面的云择青打了个响指，倒也没挂相，表示输得心服口服：“你们赢了。”后者笑着冲他挥挥手里的枪械算作回应。

另一边，夏小桃被时雾扶起来，两人身后的门已经彻底打开了。午后的阳光倾泻进来，她望着身边的时雾，只觉得他注视着自己的目光是极不真切的温柔，一时间竟看呆了。

“我终于出来了！闷死我了！”

直到阿盒盒的声音冷不丁传来，小桃才惊醒般和时雾拉开了些距离，跑过去问：“你没事吧？他们两个没去救你，你没被怪物扑吧？”

“啊？我们估计被困的地方不一样。”阿盒盒满不在意地打了个呵欠，一副刚睡醒的模样，“我都在手术室的床上睡了两觉了。”夏小桃闻言扶额，敢情是一开始就选错通风管道了，待遇差这么多。

“好了，恭喜蓝队的三位玩家，成功淘汰对手并开启大门——刚才玩家们在游戏中历经的，都是虚拟设定，我们这款游戏是绝对不会把逃脱失败的玩家做成食物或是试验品的。”系统广播在这时响起，“现在请六位玩家一起走出大门，进行奖金结算吧。”

随后六人都走出了厂房大门，这地方是真的大，在厂房附近还有一所医院建筑。夏小桃怀疑会是接下来的主题场地。

“恭喜顺利逃脱的三位玩家，你们都将获得各自所欠款项十分之一的奖金。夏员工完成了单人任务，额外再奖励十分之一。其余三位玩家很遗憾，没有奖励哦。”

夏小桃明白了，这就是说每个人至多要通关十次，才能还清欠款。如果碰上单人任务，完成得好，还有额外奖励。

“这奖励方式还挺科学的，按比例来。”大猿输了也还是乐呵呵的。

“多谢玩家的好评。那么第一个主题顺利结束了，我们下一个主题再见吧……”

第八章

谁的别有用心

1

三天后的傍晚，时雾和夏小桃参与的最后一期主题也顺利录制结束了。

云择青作为常驻嘉宾，还要留下继续录制后面的八期。时雾和夏小桃两人的航班定在晚上八点，走之前，云择青请客，连带纪然然和韩洛娜在内，都一起吃了个饭。

有纪然然作陪，两个闺密挨在一起叽叽喳喳的，夏小桃觉得自在多了，完全没有在意时雾和云择青，这两个大男人跟约好了似的，吃着吃着，就前后脚跑出包厢透气去了。

"你在等我？"

"嗯。"

云择青在酒店天井的休闲区找到时雾的时候，后者刚刚掐灭一支烟。

其实时雾没有抽烟的习惯，哪怕在内心最压抑的那几年里，他也只是在烦闷或是迷茫时会点一支来看着而已。这会儿也是一样。

"我们其实很有默契，眼光也很接近。"云择青见他"嗯"过后，又不出声了，便把眼镜摘下来，揉了揉眉心。

"你想表达什么？"时雾回身看他。

云择青把眼镜重新架回高挺的鼻梁，折射出壁灯的光影残像："难道不是你想对我说什么吗？你不是一个会主动走近别人的人，也不会轻易让别人走近。我看得出，你对小桃不一样。"

这一问，却让原本出来时仍感到有些迷茫的时雾豁然开朗，舒展开了眉头。他倏地笑了，壁灯的光把他漆黑的眸映亮，如同在夜海的一片孤舟上挂起了一盏灯。

"那你应该也看得出，夏小桃对我，也和对你不一样，不是吗？"

还在包间里吃吃喝喝正香的夏小桃自然不知休闲区里那一番言语交锋，情敌间的火药味昭然若揭。纪然然却比她要多个心眼，瞥了眼对面空着的两个位置，碰了碰她的胳膊，压低声音问："小桃，你现在还觉得你家时总来录节目，和云择青较劲，是攀比咖位吗？"

小桃听她突然问这个，愣了愣，咬着筷子琢磨几秒，像是在回忆着什么，眼神变换了一下，最后摇了摇头："不知道。我现在就想着回去以后的事儿，过两天就是季度评估会了，也不知道《双面》能不能通过。"

还是不开窍啊。纪然然叹气，也不好当着韩洛娜的面儿一直与她咬耳朵说悄悄话，就打算等那什么劳什子评估会开完，再好好帮夏小桃分析一下。

正巧纪然然叹完气，两个男人也回来了。云择青还是一副笑容和煦的模样，针对这次节目录制说了些场面话，聊了聊后续的播出规划等，谁都没提私事儿。

于是一顿饭就在众人的心照不宣与各怀心思中结束，夏小桃没察觉什么，离开酒店直奔机场，和时雾坐航班连夜回到了江海市。

自从夏小桃看了U盘里Time大神的那些"黑历史"旧稿，她的心态其实已经放平了许多，她之前对《双面》寄予了过大的期待，因此创作状态一直很紧绷，导致缺乏灵感。相反的，放松下来后，她又找回了最初创作《双面》的那份热情和冲劲，每天录完节目回到酒店，哪怕腰酸腿软，可灵感仍驱使着她不鏖战到凌晨都很难舍得关掉文档。

那种感觉可以套用一句经典的广告词来形容：根本停不下来。

所以坐上返程的航班前，《双面》就已经完稿了，时雾和夏小桃还是连座的票。时雾上飞机没多久就摆出一副左右无事的样子，问起了剧本进度。夏小桃也就大大方方地把笔记本打开，往时雾面前一放，请他过目。

时雾惯常面无表情，看完全文后给她指了几处值得略作修改，是关于完善关卡流畅程度的地方，除此之外，并未给出任何满意与否的评价。夏小桃也不指望他能提前透露在评估会上的态度，只听他说得句句在理，也就心满意足地把笔记本又抱回自己腿上，抓紧时间做最后的修改。

她不知道的是，时雾其实心中比她更在意这次的评估会，倒不是为别的，只是在感情方面一旦认定想通了，他就不愿处于被动，更何况还有个云择青在宁烨虎视眈眈地等着回来。然而时雾很明白，这次评估会对夏小桃来说意义重大，他不能选在会前的这个节骨眼宣之于口，那样哪怕他在公事上确实仍旧是绝对不掺杂私心的，也会令夏小桃用努力换取到的成功在他人，甚至是在她自己的眼中变质。

那晚在书房里，时雾心情烦闷，刻意拿话去刺夏小桃时，他就从她受伤的反应里看出来了，这小姑娘要强得很，绝不愿靠实力以外的任何东西去达成梦想。

如果时雾不想让她的欢喜大打折扣，让她误会，就只能等评估会后再找个机会向她表白。

但好在评估会就在两日后，时雾并没有等太久。二十部或是公司内部策划提交，或是走外部自由投稿入选的主题项目，在会上进行了全面的评估，各部门主管都在，时雾也在。整场评估会除去午餐时间外，从上午十点一直持续到了下班的时候，各部门主管才统一了意见并获得了时雾的首肯。

有两部作品脱颖而出，其中一部，就是《双面》。

吴霏交代夏小桃可以草拟一份进度计划表交她审核，她会在确认后连带具体项目组内人员安排表一起送批。至于另外一部通过的，是一名自由编剧的投稿作品，被分配给了薇琪对接。

“十一长假马上就要来了，公司组织了两天一夜的团建旅行，后天出发，去月影岛度假村，全程公费，大家想去的可以报名，在新项目启动之前，好好放松一下——”

“就是上半年刚建的那个度假村吗？我早就想去了！”

“听说那边消费很贵的，时总别的不行，大方是真大方！”

吴霏宣布完这个好消息，就带着见惯了似的优雅笑意离开了，留大办公间里的一群小设计师们欢呼雀跃，已经咋咋呼呼地商量起该带什么防晒级别的防晒霜去度假了。

“夏小桃，到时候酒店里要是两人一间，咱们一起？”薇琪不知什么时候挤到了夏小桃身边问。

“可以啊。”

其实现在不管问夏小桃什么，她都没什么意见，天大地大，过审最大。只要不是《双面》通过评估会这件事被反悔了，她什么都可以！

“你应该没看过另一部通过的作品吧？”薇琪见她点头点得那么痛快，也没了太多顾虑，又问。

“没有啊。”夏小桃摇头。

薇琪把声音压得更低了些，几乎完全淹没在大家兴奋的讨论声中：“那咱们到时候换着看看？”

有学习其他优秀作品的机会，夏小桃当然不会放过：“没问题啊！”

“不过这事儿，你可不能对别人说啊。毕竟项目组之间存在竞争关系，其实还是有些避讳的……”薇琪见她这没心没肺就点头的模样，不放心地提醒道。夏小桃也不傻，只是还沉浸在通过评估会，可以留在设计部的喜悦中，没往深处想。现在被薇琪挑明了，自然没有不明白的，就也压低了声音回她："放心吧。咱们住在一个房间里，难免会看到对方的电脑嘛，没什么好特意拿出去说的。"

她知道，薇琪很想尽快在公司里有一席之地可以立足，又爱占小便宜，有时候难免显得功利又小家子气些。比如这事儿，薇琪提出要和自己住一屋，明显是冲着交换本子看来的，目的性明确。换了旁人，也许会觉得不舒服，但夏小桃认为这样明明白白地说清楚，总比面上一套，背地里一套来得好。

"那就这么说定了——回头到了月影岛，我请你喝饮料啊。"薇琪发现夏小桃还挺鬼灵精的，安心了不少，冲她打了个 OK 的手势。

"……好。"夏小桃应着，心里有个滑稽的念头一闪而过。

要不要提醒薇琪，她之前还欠自己一杯奶茶没请呢……

2

两天后的下午，月影岛团建之旅如期而至。

新建的高级度假胜地，风光自然没得说，酒店从内到外也都透着低调的奢华感，附近的什么高尔夫球场、射击训练场啊，一应的娱乐场所设施都是顶配，光日常维护都是一笔不菲的开销。

众人下了大巴，就纷纷直呼赚到了。夏小桃拎着行李，跟在最后，觉得这一帮子成年人到了度假村，也和集体春游的小学生没什么两样。

当然了，她自己也是"小学生"中的一员，才到酒店挑好房间，放下行李，就跑出去兴奋地瞎转，到了接近饭点的时候，才赶回来和大家一起准备晚上的露天烧烤。

夏小桃平日里十指不沾阳春水，但好在烧烤这东西只要有两三个会的，就不成问题。她也就和其他大部分人一样帮忙串串签子，刷刷酱汁，再把长桌上的杯盘、水果与饮料摆好。薇琪还把不知从岛上哪处采来的花儿装饰在长桌边，又向酒店服务员要了点儿小彩灯与气球，成了布置这块的气氛组担当。

作为团建中非常重要的一项沟通同事情谊的集体活动，露天烧烤肯定不能只顾吃喝，余兴项目也得安排上。这一方面，谢诚熟门熟路，连自制的抽签箱子都准备好了，组织在场的几十号人玩起了真心话大冒险。

大家没胆子起哄让时雾也下场来玩儿，但在把主管们先推上去整一轮这点儿上倒是格外默契，于是箱子里头写了数字号码的黄、白乒乓球被谢诚晃得“哗啦”作响，在几个主管中轮过一圈，最后到了吴霏面前。她把抽到的黄球一亮，众人就开始翻谢诚一早就摆在正中的小本本，黄球代表要挑战的是“真心话”，号码就是页数，只见上面写着“请说出自己喜欢的人”一行大字。

狗血又俗套的问题不可避免。设计部的同事都是挨着坐在一片的，夏小桃不知道自己是哪里来的细腻，居然发现吴霏在众人读出问题后，有些为难地咬着唇，朝时雾的方向瞥了一眼。

这一眼，答案昭然若揭。

夏小桃心里没由来地咯噔了一下，目光随着她的视线也投过去，发现时雾竟也正朝这边看了过来。小桃确认时雾这一眼就是在看吴霏，因为她就坐在吴霏旁边，只见时雾眉头轻动了动，似仅有片刻犹豫，就出声问道：“她不回答要罚几杯酒？”

“吴总监一看就有喜欢的人，故意不回答的话，就是带头破坏规矩，得罚五杯，大家说对不对啊？”营销部那块也不知道是谁起的哄，其他人就附和起来，愣是把原来的罚酒三杯，变成了五杯。

吴霏一蹙眉，时雾却是在听完这话后，兀自给自己倒了五杯，闷声就给喝完了。

“她酒量不行，我替她喝了，你们继续吧。”

时雾话音落下，长桌边一片嘘声，众人的眼神就在时雾和吴霏间直瞟，然后窃窃私语地议论起来，做得既偷偷摸摸，又明目张胆。

而就在吴霏身旁的夏小桃却不知为何，没有勇气去琢磨时雾的神情，只是发呆似的扭头盯着吴霏，见她蹙着的眉松开了，对着时雾轻轻点了点头，虽是一个寻常表示谢意的动作，却被她唇畔的浅笑与微垂的眸子带出了几分羞怯之意……

夏小桃心里莫名觉得不是滋味，把自己桌前的无酒精饮料推开了，从薇琪那边够了一罐啤酒"刺啦"一声拉开。这换平时，她总是拽不开拉环的那一个，这会儿却是凭空多了股狠劲似的，一拉就开了。

薇琪和她并没有深交，当然也不会管她是喝酒还是喝饮料，只顾着听旁边更早两年进设计部的同事聊八卦。那八卦多少也传了几句进夏小桃耳朵里，她也不去多想，就是闷头喝酒，直到轮上自己抽签。

夏小桃把手伸出箱子里随便拿了一个出来，是白球，要挑战的是"大冒险"。

她一开始还心想之前的"大冒险"题目都比"真心话"好搞定，可当大家对着号码翻本子，然后对着某一页不约而同地露出古怪神色时，小桃才察觉到自己这回的手气可能出岔子了。

"你自己念出来吧……"薇琪充满同情地把本子递给她。

夏小桃不明就里地接过来，看清上面的一行字后，心态就炸了！

只见那上边写的是："让时总跪下给 TA 唱《征服》。"

小桃咬牙切齿地念完，这险也不用冒了，那画面想想就诡异，简直是不可能的任务，她认命地把酒杯摆到面前，已经准备直接罚酒完事，未料时雾又出声了。

"夏小桃，你过来。"他说这话时，正背身倚着露天平台的栏杆，长睫毛一眨，姿态慵懒随意地冲她勾了勾手指。

这一声的语气语调，夏小桃再熟悉不过。

录制节目时的后两期，恐怖和紧张指数都翻倍了，她是个易受惊又不后怕的，时雾就常在她好了伤疤忘了疼，又想独自找线索时这么叫她过去。

“夏小桃，你过来。”

“干吗？”

“你走我后头，抓着我的衣服跟紧。”

“你太高了啊，走你后面什么都看不到了，和闭眼玩家有什么区别？”

“有区别，你还能看到我就够了。”

也许是前面酒喝得急了，夏小桃有些上头，录制时的一幕幕忽然跟走马灯似的在脑海里转了起来。

从她迫于时雾专治独裁，不情不愿地跟在他身后，到之后一有不明物体出现她就躲到他身后，一点一滴，当时以为转头就会忘掉的片段，原来被记得分毫不差……

“小桃？时总叫你呢！”薇琪在旁边推了她一下。

“哦——来了。”夏小桃这才慢半拍地应了句，挪过去的步子不太积极。

时雾挑着眉等她走近这几步，只道她是喝得有些醉醺醺，这才走得慢了，便也耐心地等着，见她完全站定在自己身前，没再往前的意思，才又冲她勾了勾手指，示意她再靠近些。

搞不懂他葫芦里卖的什么药，但也总不好当着这么多员工的面儿不配合，夏小桃就又往他身侧踮起脚移了移，时雾这才微微俯下身，在她耳边低语了几句。

栏杆与长桌隔有一段距离，围坐的众人竖起耳朵也什么都没听到，倒是夏小桃听了眼神一亮，随即按他的办法把微信的拍一拍设置改好，冲他晃了晃手机，表示执行完毕。

时雾薄唇微挑，跟着垂眼在微信上操作了两下。“好了！”夏小桃眯眼一笑，将视线从手机屏幕上挪开，看向众人，“你们看团建组群里的消息。”

大家伙儿不明白这和“大冒险”的题目有什么关系，都只是茫然照做，却在看清最新一条拍一拍提示时，傻眼了。

“时总拍了拍夏小桃并跪下唱《征服》。”

整个露天烧烤现场的空气有那么两三秒几乎陷入了一片死寂，夏小桃憋笑地冲同样傻眼状态的谢诚投去一个挑衅的目光。

最后也不知是谁先回过神来，脑筋转了个弯儿，就一声大呼：“时总这法子真是绝了啊！”

“对，对！这就叫作，四两拨千斤。”

“原来微信拍一拍还能这么用？学到了学到了，以后大冒险这个游戏有漏洞了啊，哈哈哈……”

陆续反应过来的大家伙儿都开始变着法儿地夸时雾脑子好使，个个角度新颖，用词准确，不甘落后，深谙拍老板马屁又要不着痕迹的艺术。

夏小桃则惊奇地发现，时雾居然在大家的吹捧下笑了。是那种在他面上极其少见的张扬的、毫不掩饰的笑意。

原来洛娜姐真没骗她，是她自己当初肤浅了，竟想着从外在皮囊夸，全然忽略了时雾作为一名凭借过人的实力、魄力与眼光创业的总裁，更看中的应该是内在！

她这一番深刻反省，时雾当然无从知晓，他笑也不过是为着自己这主意让原本缩在角落的夏小桃在这个游戏中“一战成名”，成了众人的焦点。

看她被同事们围在中间，七嘴八舌、挤眉弄眼说什么的都有，有调侃她“真汉子有胆色”的，也有提醒她“快截图留证据”的，看她迷迷糊糊地连声答应照做，看她笑盈盈地跟着氛围举杯傻乐，时雾便觉得自己离经年的幽深泥沼又远了些，离林中精灵撒下的那道光又更近了些……

之后的“真心话大冒险”和夏小桃完成的挑战比起来，无一不是相形见绌，于是大家就渐渐把游戏抛开了，边撸串边喝酒，还边聊那些毫无营养的话题，到了晚上将近九点，实在是“弹尽粮绝”，这场露天烧烤才散了。

可能是顺利完成挑战带来的小得意吧，夏小桃也不再一个人喝闷酒，加入到了你一杯我一杯的大队伍里，喝得微醺，整个人都有些晕乎乎的。

薇琪的酒量好，把她送回房，向她确定一个人没问题后，就又去酒店的高层酒廊泡着了。小桃先是在床上躺了一会儿，恢复了些力气，就去洗浴间用冷水拍了拍脸，才想到是时雾替自己解了围，得去道声谢才对。

但她并没有立刻出门，反而是出于某种突如其来的，对自个儿形象的在意，把一身满是酒气和烤肉味儿的衣服换了下来，挑了条碎花小裙子穿上，又对着镜子把已经松散的丸子头重新扎出元气满满的精神劲儿，这才步子略晃悠地出了房间。

夏小桃上楼之前也没想过见了面该说点儿什么，其实《双面》通过评审会后，她也欠时雾一句谢呢。因为酒精的作用，她现在的脑子也不灵光，一阵阵发钝，但没关系，她在时雾面前出糗也不是一次两次，大不了再被他挑着眉梢嘲笑两句，就特别心宽地在长廊里边找对的门儿边琢磨这个问题。

可那份没心没肺到接近“恃宠而骄”的好心态，却在见到拐角后那一幕时，崩塌成了一地的碎渣渣。

她不用找时雾的房门了，因为吴霏就站在他门外，只穿着暗红色吊带睡裙仰头与门里的时雾对望，双颊也不知是因为喝了酒还是别的而微微泛着红晕，笑容也变得不同于平日的优雅温婉，反而妩媚娇艳起来了。

吴霏的红唇翕动着，夏小桃却没有听到任何字句，耳边反而回想起了在烧烤局上被自己刻意忽略的那些窃窃私语。

“哎，吴总监那是从公司创立就跟在时总身边的老人，时总对她一直都与众不同。不然你当什么人都能让时总替她挡酒啊？咱们羡慕不来的！”

“可不是？他们是不是早在一起了，只不过没公开，怕搞办公室恋情，影响不好？”

“我们和吴总监这种元老级的又不存在竞争，她和时总就算公开关系，对我们也没什么影响啊，该怎么做事还是怎么做事——估计是两个人都喜欢低调吧……”

耳鼓被这些逐渐放大的话音搅得一阵轰鸣，夏小桃急忙退回了拐角后，背抵着墙面，不禁在记忆中清晰地剥离出了那些吴霏曾在自己面前有意无意，含着浅淡笑容提起的，她与时雾的“从前”，只觉得心痛难受，却又说不出是因为什么，莫名有一股酸涩涌上鼻头，湿了眼眶。

来时还仿佛踩在软绵绵的云端，飘飘然的欢喜，走时却如同从云端摔下般灰头土脸，尽是凄凄然的自怨自艾……

3

“……虽然是小桃的作品，我也知道她很努力，但她才刚进公司不久，对各部门都不熟悉，也不懂得如何统筹整个项目，所以只安排她做项目组的副组长，让梓奇做组长，带带她。”拐角处的另一边，吴霏用饮酒后略显沙哑的声音对时雾低声解释着。

“好，我知道了，你的考虑有道理。这些项目组的资料我会尽快看完给你批复。这两天既然是假期团建活动，你也不用还带着工作来玩。”时雾随手将吴霏送来的资料夹搁在玄关上，半透明的资料夹透出里头的封面，写的是“《双面》项目组人员名单与进度规划”。

见他没有反对自己的安排，吴霏心中一喜，眉眼间染上了某种含蓄的柔情：“公司也是我一点点看着发展到今天的，当初我们一起苦过来的，所以现在不管什么时候，我就总是没法完全放下……你不是也一样吗？”

“嗯，辛苦你了。”时雾却好似全无察觉，淡淡地一颔首，见她没有要走的意思才又问，“还有什么事吗？”

“时雾，晚上在烧烤局上我没说出口的那道真心话的答案，我现在想告诉你——”

仿佛没料到提起旧时共同奋斗的岁月，他的态度还会这么疏离，吴霏只得咬咬唇，直白地起了话头，才酝酿到半途的情绪，谁知却被时雾一盆冷水浇了个透心凉。

“不用。我没兴趣知道。”

吴霏脸色微僵，眸中尽是无措的波光：“你……你以前从来都不会这样和我说话……那时候创业每天都有那么多不顺心的事儿，你都没有……”

“可你还是以前的你吗？”时雾再次截断她，反问。

“我……我当然还是那个我啊。我一直支持你的每一个决定，和过去一样。”吴霏勉强扯出个难看的笑容来。

时雾见她这样，不免也有些唏嘘地叹了口气：“Rainy，你应该知道我在说什么。这些年你是怎么想、怎么做的，我都看在眼里，如果换了别人，这句话我都不会对她说。Fogging 不会永远都是那个只有几个人的小公司，设计部里的新鲜血液越来越多，也不会永远只有一种声音——你控制不了，也不该控制。”

吴霏闻言，瞳仁止不住地震颤了下，她怎么会听不出时雾这是在敲打自己，还特意强调是顾及往日情面，才对她好言相劝。

难道她对他从 Fogging 初创之时的一路跟随，就只能换来这么一点儿可笑的“优待”？

“那你今天……为什么要替我挡酒？”吴霏还是不肯死心。

“我不想你当着所有人的面说出那个答案，但说与不说是你的权利，我既然替你做了决定，那罚酒就该我来喝。如果让你误会了，我很抱歉。”事实上，时雾只是不想她当着夏小桃的面说出来，虽然他料定以吴霏这几年渐渐转变的性子而言，她不可能不给自己留后路，只会用些手段来暗示到所有人都心照不宣。

但那也不是时雾想看到的，他不想让夏小桃产生一丝一毫的误会。

“好，不管怎么样，还是谢谢时总和我说这么多。”吴霏今晚之所以上门想说破心意，是因为时雾为她挡酒的举动，让她看到了希望，却发现原来全是自作多情。但她也不是那种未经世事的小姑娘，对时雾的感情也不是那种少年人的单纯情愫，几次三番被冷淡拒绝后，心中没多少难过，反而更多的是不满。

不过吴霏当下并不表现出来，恢复了在人前那张温婉又大气的面孔，体面地回应了一句后就走了。

时雾面无表情地目送她离开后，本要关上房门，却忽地顿了一下，终究是不太放心，又决定下楼看一眼夏小桃。

普通员工是两人一间住着，敲门之前，他早已经想好了如果来应门的是薇琪，他要怎么找个公事作为借口把小桃单独叫出门，带她去喝点醒酒的蜂蜜水，免得第二天早上起来头疼。

可却没料到连敲了好几下门，也没人来应，时雾不认为以夏小桃最后离开烧烤局时的那个状态，还能再跟同事到哪里去继续玩通宵。于是他皱着眉跟她打电话，占线，又用微信语音呼叫，也没响应，只好不抱什么希望地打给谢诚问消息。

“哎？她没有去找你吗？”

“来找我？什么时候的事儿？”时雾心里咯噔一声，语速略快。

“大概就不到十分钟前吧，她还发消息问我，你的房间号是哪个。难道问这个不是为了去找你吗？你是不是没在房间，正好和她错过了？用不用我帮——”

没等谢诚说完，时雾已经知道坏了，把电话挂断，急忙下楼去找人。

而此时的夏小桃，正坐在酒店的泳池边和纪然然通话，一把鼻涕一把眼泪，语无伦次地向闺密诉了半天的苦，却也没说明白究竟是哪里苦得她止不住哭腔。

“我也不知道我怎么了……我以前也不是这样的人啊。吴总监和时总两个人挺般配的，可我就不想他给她挡酒，她对他那么笑……”

听完她最后的绕口令，纪然然只觉得自己这一口气都快憋得背过去了，恨铁不成钢。

“我的小桃子啊，这还不明显吗？你这是喜欢上时雾了啊！”

喜欢时雾！

这四个字瞬间就把夏小桃砸蒙了，最要命的是，还和立体声循环播放似的，左耳朵进去右耳朵出来，又再从右耳朵进去左耳朵出来，在脑海里一遍遍地复读。

直到时雾毫无预兆的一声喊，打破了这个死循环。

“夏小桃！”

小桃被惊得打了个激灵，握着手机的右手早就僵了，当下一个没拿稳，那手机就在空中做了几个侧翻，扑通一声掉进了泳池。

“哎——”

想也没想，夏小桃低呼一声，赶忙跟着跳下水去捞。但酒劲还没全然过去，加上十几秒前她都还哭得抽抽搭搭的，脑袋昏沉，骤然大幅度动作，愣是一阵头晕目眩，没能在池底站住脚，身子一歪就栽进了池里。

“小桃！”

时雾在酒店的各处公共区域找了一圈才找到这儿，远远看见她在池边就怕她喝过酒坐不稳会栽下去，现在见她听了自己声音居然就往池子里跳，还沉下去了在扑腾，整个心就悬了起来，三步并作两步冲到池边，也扑通一声跳了下去。

好在夏小桃这脚底一打滑，滑得不算太远，没掉到更里头的深水区。

以时雾的大长腿优势，一跳就跳到了她身边，沉下半身，圈过小桃的腰，用力往上抬，就将她一把从水里捞了起来！

“你疯了！往池子里跳什么？”

小桃刚出水面，双手还支着他环住自己的胳膊才勉强站稳，把呛进去的两口水咳了出来，听到他这么吼自己，也没什么反应，就是忽然也不咳了，转而抬眼傻傻地盯着他瞧。

你这是喜欢上时雾了啊！

之前从纪然然嘴里蹦出的那句话又开始无限次地在她脑海中回放起

来，一遍又一遍，只不过话音却渐渐不再是纪然然的，而是变成了发自夏小桃心底的，她自己的声音：夏小桃，你这是喜欢上时雾了啊……

当小桃还为自己得出的这个结论恍惚时，时雾已经冷静下来，看清了她哭得微红的眼眶，看她落了水，湿漉漉的发丝贴在她苍白中透出酒后红晕的脸颊上，显得格外狼狈又惹人怜惜。

“为什么哭？”他放低了声音，垂眼用指腹替她拂开贴在眼角边的发，也抹去了那不知是不是泪的一点晶莹。

“你是不是对吴霏不一样？”

也不知道夏小桃有没有听进去，只是带着鼻音开口问他，而后小心翼翼地观察着他的神色。

她看到他先是一脸惊讶，随即好看的眉头一皱，抿唇没有答她。

“我说过，我欣赏有头脑且上进的员工，但这类人往往爱自作聪明。我不喜欢多管闲事甚至别有用心的下属，希望你做好自己的本分……”

没由来地，那晚在书房里时雾那些刺人的话在夏小桃脑海里又冒了出来。

池水上晃动着粼粼波光，银白色的光斑映在两人的眼角眉梢，夏小桃却好似被刺痛般垂眸将视线从时雾的脸上收回，别过头再开口，说不清心头是赌气还是酸涩：“……我不问了。我没别有用心，会记得只做好本分的。”

可下一秒，时雾却笑了，是那种沉沉缓缓，带着某种沉沦的诱惑，听得人心尖发颤的低笑。

“那如果，是我别有用心呢？”

“你说什——”没有给夏小桃发问的机会，他单手扣住她的后脑，弯腰贴近她，低头吻了上去。

小桃的眸子瞬间睁大，波光照进她眼底深处，点亮一簇粲然焰火。一种奇妙而陌生的晕眩随着这个细密而温存的吻袭来，她情不自禁地阖上眸子，睫毛颤抖，几乎再度站立不稳，像个溺水者般下意识地伸手紧紧攥住身前人的衣襟。

她艰难地呼吸着，感到那夏夜里本该给人带来一片清凉的池水，此刻也开始渐渐升温，甚至沸腾。

这一吻漫长又炽热，夏小桃承受着时雾克制已久的情动，在酒劲的作用下有过好几次恍惚与脱力，差点儿双脚发软地沉进水里，全靠那只牢牢揽着她腰身的手臂。她甚至在这场漫无目的又处心积虑的迷眩中，想起了两人在密室里的初遇。

真可笑，她当时还打心眼里把那当作了自己为工作意外献出的初吻，可和此情此景比起来，那不过是她单方面在时雾的嘴唇上像碾米糕似的碾了几下罢了。

嘴角忍不住微微翘起，时雾像是若有所感，终于放过她的唇，吻向她唇畔的小小梨涡，而后才退开些，看向夏小桃变得水雾弥漫的眸，浅淡一笑，掌心顺势落到她的后颈，轻柔地摩挲着，带她一起平复急促而紊乱的呼吸。

一时间，两人谁都没有说话。

"对不起，其实从来别有用心的那个人，都是我。"良久，时雾才又俯身，抵住她的额头低语，"那天说了那些话伤你，是我明知自己对你产生了不一样的感觉，却不敢面对，才用了最拙劣的办法伤人伤己……"

对此，夏小桃只是垂着眼，低低地应了声，没有更多回应。

"夏小桃，我不会让感情左右工作。不管你接不接受我的这份别有用心，都不会影响你今后在 Fogging 里的发展，你不需要为此顾忌。"时雾说到这儿，顿了顿，与她额心分开，目光笔直地落在她的眉眼，从不知自己竟也有一天需要鼓足勇气才能出声询问一个人的心意与答案，"所以，你的选择是什么？"

"我也喜欢你啊，为什么不接受？"谁知夏小桃听完，抬脸就对他十分理所当然地点了点头，转而又面露郁闷地指了指不远处的池里，"不过，你能先帮我把手机捞上来吗？我刚才是下来捡手机的，现在泡了这么久，估计都要报废了……”

时雾先是一怔，随即肆意地笑出声来，边笑边大步走过去捞了那沉在池底的手机，交给夏小桃，而后一把将她打横抱起，朝岸边走去。

“你笑什么？”夏小桃缩在他怀里，不解之余，也没耽误她把手机来回甩着，像是要把灌进去的水甩出来。

“笑这手机掉得好。”

“幸灾乐祸，坏的不是你的手机。”小桃不满地轻哼一声。

心情极佳的时雾低头凝视着小桃生动的眉眼，又忍不住在她的眸上落下一吻。

“这次给手机算工伤，回头报销——”

第九章

到嘴的桃子最甜

1

在月影岛的第一晚，夏小桃过得极不真实，先是糊里糊涂落了水，又迷迷糊糊地被时雾送回了房间，洗过澡，被照顾着吹干了头发，喝了姜茶后塞进被窝，就眼皮打架地睡熟了，也不知道薇琪是什么时候回屋的。

如果不是次日醒来时，她当着薇琪的面儿打了个大大的喷嚏，夏小桃恐怕都要以为一切不过是她喝醉酒后做的一个略大胆的美梦罢了。

“你一个人没问题吗？”

按照团建第二日的原计划，大家会一起去环岛骑行，在外边玩到午后再回酒店收拾行李。薇琪临出门前有些不好意思，以为夏小桃着凉感冒是自己昨晚半夜回来时觉得热，把室内温度调低又没叫醒她把毯子换成被子盖好的缘故。

“没事儿……你去玩吧，不用操心我。”夏小桃带着浓重的鼻音说着，又把裹在身上的被子紧了紧，“我身体底子不错的，休息休息，捂出汗就好了。”

“那好吧。有事给我打电话也行。”薇琪晃了晃自己的手机，交代完，就关门离开。

提到手机，夏小桃的脸在门关上后就彻底垮了下来，摸过自己床头的手机试图开机，没反应，徒劳地晃了两下，还是没反应，这才确定它岂止是“工伤”，简直是“殉职”了啊！别的倒没什么，就是里头那些没传到云端的资料与记录也不知道还能不能找回来移到新手机里，想想就觉得脑仁疼……

“阿嚏！”把手机丢回床头柜，夏小桃一边打着喷嚏，一边从行李箱中翻出昨天都还来不及取出来用的笔记本电脑，放在身前的床上，再备好一包抽纸放在手边，就又把自己重新用被子裹了个严严实实。

她决定看点儿恐怖电影，吓一吓自己，发发汗。

于是当同样没去骑行的时雾推开房门时，就看到裹成个粽子的夏小桃正从“粽叶”里探出一小截手臂，将一团擤过鼻涕的纸精确地投入挨着床尾的小纸篓里。那模样可爱到让人忍不住想勾起嘴角，但时雾好看的眉先一步蹙了起来。

他大步走到床边，用手背探了探夏小桃额上的温度，确认没有发烧后才略松了一口气。小桃一开始看他进来是有些发蒙的，之后又有点儿心虚，毕竟昨晚时雾也怕她着凉感冒，已经特别小心地给她驱寒了。因此时雾伸手去探她额头时，夏小桃下意识地垂下了脑袋。

“很难受吗？要不要去医院开点儿药？”时雾以为她是没力气才垂着头，于是坐到床边，手顺势落到她脸侧，摩挲了一下她的耳郭，又仔细凝视她的脸色。

“不用！就是有点鼻塞，不严重的！”夏小桃只露出个脑袋，笑着摇了摇头，还用下巴指了指空调的出风口，“我把空调温度调高了，发发汗就好了。”

她很庆幸时雾没和母亲一样在她生病时问一句“怎么就生病了呢”这种令人头疼的问题。这答案她要是知道，不就不会生病了吗？况且从小到大，每当夏母这样皱着眉问小桃时，她就总会生出一种自责感，觉得是自己没照顾好自己，害得家人还要来照顾生病的她。尽管她知道夏母并没有这个意思。

“好，我陪你。”时雾也没多说什么，点点头，“我先回房一趟。”他说完，起身就要走，夏小桃这才意识到从他进门起就不对劲的点在哪儿。

“等等！你刚才怎么直接进来的？”

“你自己昨晚把备用房卡塞给我的，不记得了？”时雾见她一脸防备，仿佛是他心怀不轨似的，不由得好笑。

夏小桃闻言一愣，觉得自己昨晚和喝断片了的也没什么区别，云里雾里的，就认真回想了一下，才想起好像确实……是有这么一回事。是她困得就快睡着时，见时雾怎么不放心留她一个人在屋里，才随手丢给他，让他安心的。

见她尴尬地再次埋下了脑袋，把自己缩得更像一只粽子了，时雾眼底染上零星笑意，揉揉她的发顶，就出了房间。

再回来时，他是拎着笔记本进屋的。

这一来一回，到时雾关上房门，坐到床上把夏小桃圈在身前，前后只过了短短的三四分钟。

其实从 Fogging 的崛起到扩张，夏小桃一直认为其创始人具有一种狼的敏锐与本性。时雾从昨晚在游泳池里吻住她起，就露出了这种本性，那种看准猎物就会毫不犹豫进攻的本性。只不过他和真正的狼又不同，他看中的不是什么肥羊的肉，只是一颗吃不饱肚子的小桃子罢了。

不知道为什么，夏小桃的耳根忽然有些发红，在时雾怀里不安分地挪了挪。

“怎么了？”时雾察觉到她的动作，也没瞧她，就是边打开笔记本调出资料，边漫不经心地问。

“没、没什么……”夏小桃侧头盯着他不笑时略显锋利冷峻的侧脸，感叹自己也曾见过那眉眼最深情炽烈时的模样，“你热不热啊？要不要把空调调低一点儿？”

时雾这才把视线从笔记本上移开，挑眉瞥她：“都说陪你，当然要一起发汗。”

“哦。”夏小桃有点儿呆呆地点头应了一声，暗忖着自己哪来这么多想入非非。毕竟自己都包成个粽子了，于时雾而言，现在和单纯抱着一团被子也没什么区别，除了热，估计不会有别的感想。

“对了，你是在忙公司的事吗？”她索性换了个话题。

“也算是吧。都是年初要举行的行业峰会的筹备资料，还有两三个月，空余时间就看一点儿。”时雾说着，就把笔记本托起到合适的高度给她看。

小桃一听，眼睛就亮了：“TAK 产业联盟峰会吗？！”

“嗯。”时雾低沉的声音就在耳边。夏小桃却只顾着兴奋，一边盯着屏幕，一边说：“你知道吗？我之前都只能看报道，就特别想去现场全程听一听大佬们是怎么畅谈行业的。我的目标是，三年之内能以优秀密室设计师的身份拿到一张峰会的邀请函，去参加交流，要是再过个几年，能被评上个年度优秀作品设计奖，到台上领奖……”

说到这儿，夏小桃又仿佛想都不敢想似的，捂着脸甩了甩脑袋。

“每年峰会都是 Fogging 主办，谢诚要负责总流程，忙里忙外，没什么时间跟在我旁边。所以你跟在我旁边当个助理，旁听不难。”时雾认真听完她的话，放下笔记本，替她拨了拨耳边的碎发，嗓音和动作同样温柔，“不过后两个愿望，就要靠你自己去努力实现了。”

“你放心吧，等我后年再参加峰会，肯定不会再以你助理的身份了。”夏小桃转过头，很是骄傲地一扬下颌。

“我拭目以待。”时雾轻笑着在她的梨涡上吻了一下。他知道她不会矫情地拒绝这一点不涉及原则的帮助，但也不会希望他公私不分，直接让她拿到那张代表着国内对一个密室设计师最高认可的邀请函。那样的邀请函就失去了价值，毫无意义。

只是一个轻浅的触碰过后，时雾就看向了小桃之前在床上摆好的笔记本，仿佛随口一问："原本打算做什么？"

"看恐怖片发汗。"夏小桃笑眯眯地回答。

"……这想法挺别致。"时雾预感到一会儿可能不会有多少消停的时候了。

夏小桃一撇嘴，并不把他这不太友好的评价放在心上，自顾自地在惊悚分类下选了一部老片儿，点击播放。

"啊——"

"咝……"

于是片头龙标过去，房间里夏小桃的惊呼声和抽气声就开始以极高的频率陆续响起，时雾听得眼皮直跳，渐渐无法专注于眼前的资料，变得心猿意马。

夏小桃那被吓之后刻意压住的大喘气，配合着惊呼声，实在太诡异了……

"哎？"弹幕正闪过高能预警，夏小桃已经准备好了捂住嘴巴再喊，眼前却突然一黑。

时雾一只大手从后头伸过来，直接就把她的两只眼睛都罩住了，严丝合缝，一点儿光亮都没剩下。

"你干吗啊？"夏小桃转转脑袋，那只手却并不撤开。

"还嫌感冒不够严重？这么喊，明天嗓子该疼了。"时雾的嗓音带了点儿不寻常的沙哑，混在电影的恐怖音效中，夏小桃并没有注意到。她只是心虚地吐了吐舌头："我没想到这茬……"

那段高能镜头已经过去，时雾却并没有马上松手，而是转头凝视着小桃的侧脸。他能感到她的睫毛正扇动着，微微扫过自己的掌心，像在人心尖上挠痒。因为被捂住了双眼，所以她的脑袋下意识地微微后仰，一截脖颈的弧度就从被子里露了出来。而当那对明亮清澈的眸子被掩住后，那唇和唇边的梨涡就变得格外诱人了……

时雾觉得喉间有些发干，喉结滚动了一下，片刻之后却只是放下手，沉着声开口："手缩回被子里捂好。"

"哦。"短短十几秒，夏小桃并不知道他心里经过了怎样的斗争，只是老实照办。她确实不想明天失声。

后来的时雾也没再说什么，就是会在看资料之余，兼顾在影片弹幕提示高能预警时，抬手挡在她眼前，以免这个不敢看又想看的小姑娘舍不得闭上眼睛。

而夏小桃呢，就心安理得地彻底缩成了没手没脚的粽子，和时雾相安无事地度过了两人相互表白后的第一段二人时光……

2

两天一夜的团建结束后，韩洛娜敏锐地发觉回来的时雾整个人的状态都不太对劲，耐性变好了，脾气变好了，仿佛她欠他的那些不存在的钱也都还清了。

"如果你被外星人绑架了，你就眨眨眼。"

"没有。"正在整理吧台的时雾连眼皮都没抬。

"那你这两天到底在月影岛经历了什么？"韩洛娜就纳闷了。

"我和夏小桃在一起了。"

"哦。"韩洛娜点点头，先应了声，喝了口水后才回过神来，把水全喷了出来，"什么？！你把又软又甜的小桃子骗到嘴了？！"

时雾咬牙："韩洛娜，注意你的措辞。"

就这样，韩洛娜总算明白了为什么团建回来的时雾笑起来，比从前可是顺眼又养眼，原来是被到嘴的桃子甜到了。

不过小桃和时雾两人却并不觉得自己的生活和工作有什么太大的变化，恋爱的事儿他们并不刻意遮掩，也没高调公开，只是工作日会陪着对方加班，周末会一起出去像普通情侣一样约会，日子过得平淡、充实又甜蜜。

直到十一月《逃脱吧》播出，两人才在一夜之间变成了弹幕里许多观众喜欢的“小时搭档”。虽然都是素人阵容，但《逃脱吧》第一期播出就冲出了收视高点，云择青和时雾二人的颜值都可称为遗落在娱乐圈外的“沧海明珠”，因此一出场就引发弹幕高潮，小桃单独被困密室后的表现既勇敢又可爱，在 NPC 摔倒时不忘关心，还思路清晰地记住了最后逃离工厂的关键性数字，很是圈粉。

韩洛娜也是《逃脱吧》的忠实观众，把有自己弟弟和弟媳参加的前三期翻来覆去地拿显微镜来看，每每有新的发现，就会露出欣慰的姨母笑。并且自己一个人看还不够，她还邀请了夏小桃来家里陪她看。

这天周末，时雾做完午饭，从厨房出来，就看到两个女人手挽着手，对着摆在茶几上的笔记本电脑屏幕傻乐的一幕。

“哎，要不要一起来看？你自己录的节目都不看看的吗？”韩洛娜余光瞥见他出来，主动让了座，把他拉到沙发上坐下，“我今天约了人，准备出门吃饭了。”

时雾接到她的眼色，就知道这人压根没约，不过是为了不在家里当电灯泡，也就原谅了韩洛娜没提前知会，以至于他准备了三人份的午餐。

“知道了。要我接你就打电话。”

“果然谈恋爱以后就知道疼人了啊……”

留下这样的感慨后韩洛娜就出了门。夏小桃也没注意两人这边，节目她也是看过的，不过第一遍看没开弹幕，所以今个儿来特地把弹幕速度调慢了，把一条条有关“小时搭档”的弹幕都看了过去。

“什么这么好笑？”时雾很自然地用右臂把小桃揽进怀里，让她靠着，目光也随意落在了屏幕上。原本只是打算有一搭没一搭，陪她一起消磨时间，可看着看着，时雾的心里不对味儿了。

都已经第三期了，怎么还有这么多人在刷“逃课搭档”？他和夏小桃第三期的人物设定就是情侣，他表现得也应该足够明显了。这些观众是不是眼神不太好？尤其是其中一个署名“病医生的忠实患者”的家伙，一连刷了好几条，看着就心烦。

“你怎么啦？脸又这么臭？”夏小桃自个儿乐呵了好一阵子，才发现时雾随手拨弄自己头发的手指不动了，一扭头就吓了一跳。

“你之前看的时候，发过弹幕吗？”时雾眉毛一扬。

“没有啊。”小桃摇头。

时雾抿抿唇，还是问出了口：“‘逃课搭档’和‘小时搭档’，你站哪对？”

盯着眼前这个一脸严肃的男人沉默了两秒，夏小桃恍然大悟地闻到了点儿醋味，立刻从他怀里坐直，探身在笔记本键盘上一波输出，屏幕上很快就滚动过十几条力挺“小时搭档”的弹幕，完全盖过了“逃课搭档”的风头，全是以“时总裁的小娇妻”这个署名发出来的。

“我坚决站‘小时搭档’！”夏小桃表完忠心，回头冲时雾一弯眉眼。

轻笑一声，时雾被她自己署上的这个ID名逗乐了，长臂一伸重新将她捞回来，抱紧低语：“夏小桃，谢谢你……”

“这有什么好谢的？”夏小桃眨眨眼，表示自己也就发了几条弹幕而已。

时雾将脸埋进她的肩窝，并不让扭头过来的她看到自己的表情，传出来的声音有些发闷：“还有很多，遇见我，没有推开我，没有厌弃我……都要谢谢你……”

“时雾……”夏小桃立刻明白他想到了什么，伸手回抱他，微微用力。在这一刻，她才深切地意识到，时雾爱上她，远比她爱上他要付出了更大的勇气。因为他经历过死别，且是在对他来说本应最快乐、最美好的那一天。

那是一道难以愈合的巨大疤痕，始终提醒着他，自己已经无法再承受一次这样的伤害。

尽管夏小桃并不知道时雾具体经历了什么，但当初从韩洛娜口中得知的只言片语，已足够令她心疼了。或许早在那一夜，她决定踏进那间书房起，她的心就已经为书房里那个连熟睡都蹙着眉的男人陷了进去……

想到这儿，夏小桃从他怀里撑开身子退出来，改了个跪坐的姿势，好把腰板挺直面向时雾，与他平视："以后有我在，不管发生什么事，我都会陪着你。"说完，她还十分郑重其事地捧着他的脸，主动凑上去在他的眉心上飞快地亲了一下，"绝对说话算话！"

时雾任由她这么捧着自己的脸，紧皱的眉头松开，面容轮廓也变得格外柔和。他没有动，看似没有做出任何回应，只是与她对视了好几秒，才低声开口："今年过年，我想去拜访伯父伯母。"

此话一出，夏小桃就被"反客为主"了，张了张唇，愣是没找出一个词儿来。

"你不愿意？"时雾抬手，把夏小桃的手从脸边牵下来，十指交扣住问她。

"不是不愿意！"小桃急忙摇头，声音越来越低，"就是有点儿突然，还有点儿紧张……你见他们要说什么啊……"

闻言，时雾好笑地抽出一只手，屈指在夏小桃的脑门上叩了一下："要紧张也是我紧张，说什么也是我发愁，你想这么多做什么？你只管问清楚伯父伯母什么时候方便，我登门拜访就行。"

夏小桃"哦"一声，点点头："我知道了。"原本想问问自己该什么时候去见他的家长，可转念又咽回了肚子里。稳妥起见，找机会，她还是先和韩洛娜把时雾的情况问问清楚，以免触及他的伤处。小桃总觉得时雾似乎与国外的父母关系并不亲近，这么久相处下来从未听到他提及，韩洛娜也从不在他面前提……

她发现自己还远远不够了解他，也还不能给他更多的安全感与支撑。

"想什么呢？"时雾见她忽然变得心事重重的模样，轻笑着勾了勾她的下颌，本是想逗逗她，谁知夏小桃却又忽地扑过来，一把把自己给熊抱住了。

“时雾，我真的会说话算话的，你要相信我。”

“……嗯，我相信你。”听她再次强调，时雾愣了一下，而后也紧紧地拥住她，只觉得这小姑娘有时迟钝得厉害，可却因为心思纯粹又敏锐细腻得叫人意外。

男人修长的手将笔记本合上，节目里的喧闹戛然而止。

一室无声，只剩下他附在她耳畔的一句低喃。

“我爱你。”

3

十二月《双面》主题在 Fogging 江海市的最大门店落成，虽然只是一个中小型的密室，但因为《逃脱吧》给夏小桃带来的圈粉效应，加上“病侠客”的测评背书以及主题共鸣性，成了当月最难预约上的密室之一，十分火爆。

作品的成功对夏小桃来说比什么都开心，在综艺节目里再受欢迎和关注，都比不上《双面》获得玩家们的认可。一开始她几乎每天就抱着手机在 App 上刷评分，刷玩家的评论，一个好评小作文能让她兴奋到失眠，偶尔一个差评也会害得她郁闷到失眠。

一颗心就这么像坐过山车似的上上下下了一周多，时雾发现夏小桃白天精神越来越萎靡，终于认真严肃地把她叫到了办公室，做了半小时的思想工作。

“一个优秀的密室设计师，除了要能写出出色的主题剧本外，还应该有过硬的心理素质。一千个读者就有一千个哈姆雷特，玩家也是如此，评论可以看，也可以作为参考，但也不能过于在意评论，被或叫好或叫骂的外界声音冲昏了头脑，从而失去自己内在的专业判断。”

夏小桃听完后深以为然，从善如流地没再像之前那样着了魔似的看评论，偶尔路过门店或是走在街上被一两个密室圈子里的人认出来，夸赞几句，也都平淡应对，颇有些宠辱不惊的意思。纪然然约她出来庆祝时，还夸她成长迅速，殊不知夏小桃只不过是近朱者赤近墨者黑，在时雾那里学了几成面无表情的功力罢了。

姐妹平时都各忙工作，难得聚在一起吃喝玩乐，等夏小桃从 KTV 里出来，已经是晚上九点多了。下班前，时雾知道她要和纪然然出去玩，提出到点要去接她，却被小桃拒绝了。她知道时雾晚上和国外投资方还有个视频会议，以他的性子一定是接她第一，工作第二，自己则排在最后，小桃才不希望他把吃饭和休息都压缩掉来挤时间，弄得自己那么累。

更何况，她没交男朋友之前，不都是自己回家的吗？被变态跟踪尾随什么的，都是小概率事件。直到从地铁站出来前，夏小桃的想法都还保持着这样的自信满满。

但夏小桃察觉身后好像真的有人跟着，她快他也快，她慢他也慢。她怕是自己疑神疑鬼，又刻意在绿灯时候不过马路，身后那个人也没有超过去……夏小桃这才慌了，在下一个绿灯后飞奔过斑马线，只想快点儿回家。口袋里的手机在她走上路边人行道时振动了起来，她掏出来一看，是时雾的电话，赶紧接了下来。

“你们聚完了吗？什么时候到家？”时雾沉稳的声音从电话那头传来，让夏小桃原本已经跳得极快的心稍微平复了一些。

但她还是紧张地加快脚步，压着嗓子开口才发现自己的声音忍不住在发抖：“我快到我家那条弄子口了，好像有人一直在跟踪我……”

“别怕，我马上来！”

夏小桃无暇细想远在公司的时雾怎么马上来，她只是明显感到身后人的速度突然加快，脚步声越逼越近，于是再也无法说服自己假装什么都没发现般保持冷静，拔腿就跑！

身后那人也立刻跟着她一起跑了起来！

“时雾，我……”

对方明显比自己腿长有优势，路灯投过来的那道影子差一点儿就要把她全部笼住了。夏小桃几乎已经带了哭腔，满脑子都在想如果是最后一句话要诀别了，该和时雾说什么才能少留点儿遗憾！

“夏小桃！”

就在她颤抖着声音想再对他说一句喜欢时，弄口的拐角处冲出了一个熟悉的身影，将她一把护进了怀里！

时雾其实还是如夏小桃所想的那样，尽量压缩时间开完了会，提前等在了她家的那条弄子里，想给她一个惊喜。此刻的他有着不输夏小桃的后怕与心惊，万一他没有来，她一个人该怎么办？

追着小桃的是一个戴黑色口罩的男人，对方眼见事情不对，转身就想开溜。

时雾发现这人追的时候手里还举着手机，当即意识到了对方可能的身份，也来不及安抚怀中的夏小桃，松开她两三个箭步就追到了那人身后，抓住了那人的胳膊往后一剪，毫不手软地把人直接掼到了一旁的行道树上。

“啊！”那人尽管戴着口罩，露在外边的脸部皮肤被抵在粗糙的树皮上还是得擦破一层皮，胳膊又被反剪着，立刻就疼得哇呀乱叫着求饶，“大哥，大哥，松、松松手啊——”

“谁是你大哥！你比他老多了！”有时雾在，夏小桃的胆子就全回来了，上去一把扯下他的口罩，发现是个三十几岁的中年人，就很不开心地骂了一句，才斜睨着那人质问道，“你为什么跟踪我！”

时雾简直要被夏小桃的关注点逗乐了，分明被吓得不轻，那眼眶还是红的，下一秒就该哭鼻子了。可居然思维极其敏捷地先反驳了年龄问题。

“我就好好走路，没有跟踪你啊！”那人嚷嚷着都是误会，拒不承认。

“看看他手机。”时雾不为所动，手下又一使劲，那人又是一声哀号，一直还紧紧攥在右手的手机就啪嗒一声，掉在了地上。

“好！”夏小桃于是捡起来一看，手机还在摄像中，调出相册一看，居然全是偷拍她的照片和视频！原来这人从她和纪然然出 KTV 时就一直跟着了，只不过那里是闹市区不好察觉，出了地铁站人少了，她才发现不对。

夏小桃越看越气，当然是一口气把那些照片和视频全删了。

“别忘了云端上的。”时雾则在一旁提醒。

“对对对，差点儿气忘了。”小桃小鸡啄米般点头，又把云端上的自动备份也删了个干净。

“喂！那是我的手机，你凭什么删东西！我是记者，有记者证的，我有采访权！”这回对方急了，一个劲地想挣脱时雾，奈何个头矮小又没练过，扑腾起来就像只滑稽的鸡崽儿，“放开我——你不能控制记者的人身自由！”

时雾闻言冷笑：“哼，记者？恐怕在狗仔里都算差劲的。”

“就是，偷拍和采访能一样吗？”删完照片的小桃随口跟了句，还顺便留了个心眼，在手机里翻了翻，得知了他在星娱记上班，把屏幕亮给时雾看。后者薄唇一勾，给了她一个肯定的眼神。

“你们删也删了，还想怎么样啊？！手机是我私人财物，你们难不成还要抢吗？时雾你是 Fogging 的创始人，上了节目以后更算得上半个公众人物了，你就不怕……”都到这个份上了，那狗仔也不装糊涂，对着时雾指名道姓地威胁。

“我怕什么？夜路走多了，该怕的是你。”时雾冷声截断他，眉峰挑起一个讥讽意味十足的弧度，松开他的胳膊，将手机从小桃手里取过来，丢还过去，“今天算给你一个教训，如果你回去以后想捅破‘小时搭档’是真的这种消息，我倒是很乐意。”

夏小桃一阵无语，觉得韩洛娜说得对，自从恋爱以后，时雾原来那个“扎心总裁”的冷傲画风时不时就会崩坏。

“我们走着瞧！”狗仔被他说得脸上一阵青一阵白，摸着被蹭破皮的右脸，没什么气势地撂下句狠话就走了。

事实上，当你需要仰头和一个比自己高出几十厘米的人说话时，多半气势都得跟身高一样矮人一截。等他跑远了，时雾眼底冷硬的霜色才褪去，转而面向小桃时，已经满是柔软。他重新把她揽到身前仔细端详了一遍，才低声问：“吓坏了？”

“应该是要吓坏的，但刚刚那么一闹，好像又没什么感觉了。”夏小桃皱着鼻子，点点头，又摇摇头。

“没伤着就好，我送你回家。”时雾揽着她肩头的手移到她后背轻拍了拍，也没再多说什么，带着她往弄口走。

才走出几步，夏小桃却有些忧心地顿住脚步问他：“公司会不会有什么麻烦？他真的会报复吗？会用什么方式？”

“无非是操作些舆论吧。公司发展到今天，负面消息总会有，但大多无伤大雅，由公关部按正常程序处理就是，不用担心。”

“嗯，那就好。”夏小桃听他话意轻松，神色也确实不像有所顾虑，也就放心地继续往前走了。

但这回走进弄子，夏家院门在望时，却是时雾突然停住了脚步。

“小桃，你会不会有点后悔？”

“后悔？”

“我知道，你只是单纯喜欢密室，并不在乎个人的名气，也没想到要靠录综艺出名。如果没有综艺的热度，就不会有娱记狗仔跟拍你挖隐私。”时雾很难形容刚才这短短几步路，自己心底忽然生出的微妙念头。

或许如果没有他当时和云择青明里暗里在节目里的较劲，夏小桃可能就不会被过分关注，招来今晚的这场惊吓。虽然很不想承认，但他最怕的就是因为自己而改变了夏小桃原本纯粹、平静的生活。

因此这个念头一旦生产，时雾就开始难以压制心中那份隐隐的不安，那个狗仔的威胁，照他以往的作风是全然不会放在心上的。可现在，他不是一个人了……

“但那是我自己一开始就想去的啊。只不过我当初还以为就是去凑个数，连镜头都不会有几个的，回来还是谁都不认识我。”夏小桃听完他说的，只是歪头一笑，“至于你也去了，获得了现在的这些关注度，确实是谁也不能提前预料到的。”

说着，夏小桃顿了顿，又去握住时雾的手：“再说了，反正节目早晚会播完，热度很快就会过去，我也不是什么真正的明星，这种事情应该不会再发生啦。”

路灯下，他深邃的眼里映出自己的倒影，夏小桃能看清这个在旁人眼中总是十分强势，甚至不近人情的男人，也有脆弱难安的一面。

“夏小桃，你比我勇敢。”时雾忽然笑了笑。

“所以你当初就不应该让一个勇敢的人躲在你后边当闭眼玩家。”夏小桃傲娇地仰着脖子。

时雾闻言似乎深以为然地点了点头，而后温柔地俯下身与她对视，认真道：“等峰会结束，我想给你讲个故事。”

夏小桃一愣，明白过来他是打算亲口把过往告诉自己，便愉悦地弯了眉眼，在他唇上轻啄了一下，就飞快地退开跑进了院门。

“我等你——”

望着她那像只雀儿一样欢快的背影，时雾抬手用指腹按了按自己的唇，似乎还能触摸到那转瞬即逝的温度。略含释然的笑意在时雾眼底闪动，他低头看了眼振动的手机，在看清来电显示上的那串号码后，那笑意便成了刹那冷寂的烟花。

时雾没有犹豫地挂断了电话，转过身，没能看到身后一间小屋的灯光亮起，上了楼的夏小桃拉开帘子，静静望着他的身影没入夜色……

第十章
拨一片雾色

1

之后的一个多月里，日子依旧过得四平八稳，《逃脱吧》首播结束后，针对嘉宾个人的热度逐渐消退，夏小桃果然没再遇到类似被狗仔跟拍的困扰。事实上，她估计那个狗仔当时也是人没绯闻可挖了，才会盯上自己这么个素人挖素材充 KPI。

新年时，时雾按之前的约定随小桃上门拜访长辈。夏家二老从人家进门起一打眼——那长相气质，举手投足，自然是满意得没话说，一顿饭下来就没冷过场，全在小桃意料之中。

唯一比较让夏小桃意外的是，公司年会上，她的“锦鲤”体质再度显灵，抽中了“壕无人性”大奖，全公司上下的每个员工都要在一年内送给她一样礼物，包括总裁时雾。谢诚早就准备好了礼物清单文档放在公司群里进行在线编辑，一周不到，小桃看那文档里各种礼物的名字就已经有些眼花缭乱了。

“啧，这些东西大件小件的，他们要是扎堆送你，你得堆哪儿啊？”

周五晚上，活儿不太多的纪然然闲来无事，到小桃家串门。此刻，她正跷着腿鸠占鹊巢地躺在夏小桃床上，用平板翻看足足好几页的文档清单。

“院子那么大，随便打扫出一块就行了。”夏小桃随口答着，在书桌前看资料。明天就是峰会开幕的第一天了，她还想多做些功课。

“那下雨天怎么办？不得再搭个棚子？”纪然然的腿又晃了晃，“你家那小楼还就那么放着不动啊？”

“嗯，我想就那么留着。”夏小桃点点头，毕竟正是因为那栋小楼，她才和密室逃脱结下了不解之缘。

纪然然原本也就随口一问，当下不发表任何意见，只是忽然坐了起来，皱眉将平板递到小桃脸边：“我是不是看漏了？你家时总送你什么？”

“哦……他说要再想想，暂时不填。”小桃顺手接过平板，往旁边一搁。

“什么？！他也太抠门了吧！抽中的又不是普通员工，是自己女朋友哎，肥水不流外人田，这还要再想想？”

夏小桃终于把视线从屏幕上移开，不满地瞪了一眼好闺密：“给普通员工才不用想啊，只要送个价格高点儿的，符合老板身份的礼物就行了。送给我的，他才要好好想想啊。”

“啧啧啧……”纪然然一听，连连咋舌，“瞧瞧，新年把人带回家一趟，就完全已经找不到自己的胳膊肘往哪儿拐了。”

“我说的本来就是事实，和胳膊肘拐哪儿有什么关系？”小桃给了她一个懒得搭理你的眼神。既然挑出这话头了，纪然然索性搬了个小板凳，挨在她身边问：“哎，你和我说说，你爸妈什么反应？对他满意不？”

“时雾那么好，我爸妈当然满意啊。”夏小桃先是一脸肯定地点点头，随即又抬头回忆说，“就是后来吃完饭，他去厨房帮我妈洗碗，两个人不知道在聊什么，待了好久，我送他出门的时候问他，他也不肯告诉我。回来问我妈，也就随便敷衍了我几句，两个人都神神秘秘的……你说他们会聊什么啊？才第一次见面。”

“你确定你爸妈对他都满意？”纪然然听完，却是摸着下巴沉吟。

夏小桃皱眉：“为什么这么问？”

“我觉得按常理来说，他们第一次见面，就有话要避着你说，事后还都不对你提起……恐怕不是什么轻松的话题。”纪然然神情也变得有些严肃了，双手按着小桃的肩头，“说实话，时雾的家庭挺复杂的，如果换作是我，我也更希望你和家庭简单、知根知底的世交之子交往、结婚，像云择青那样的。”

夏小桃一把拍开她的手，嗤之以鼻：“你这是什么封建家长的思想啊！父母离异重组就复杂了？要避之不及啦？我觉得只要家人之间真心对待彼此，就是好的家庭。我看洛娜姐为人又热情，对时雾也是真心好，就算不是亲姐弟又有什么关系？再说了，你别瞎说，我对‘病侠客’就是单纯的崇拜加友谊。”

“也是，他这个姐姐是不错……”纪然然也认同这点，但还是补充道，“总之你留个心，有空还是找伯父伯母聊聊，听听他们是怎么想的。还有时雾那边，他见了你家长，却没怎么提带你去见他爸妈的事儿，你也找个机会问问呢。”

见纪然然为自己也是操碎了心，夏小桃又感动又好笑地搂住她的脖子：“好啦，我和他也就刚在一起几个月，没必要这么着急呀。他父母在国外也没那么方便，我现在就想先在设计师的圈子里混出点名堂，再想下一步。”

“光看你这模样，真看不出你这么有事业心。”纪然然耸肩，也随她去了，“好了，时间不早了，我也要早点回去准备了。明天会场见。”

“哎？什么会场见？”夏小桃看着她起身，感到诧异。

“我的团队承接了本次峰会现场的摄影和录制工作。时雾身边那个谢特助联系我的，估计是《逃脱吧》的海报效果不错吧。如果合作愉快，说不定之后你们Fogging密室主题公园的影像宣传物料也会是我囊中之物哦。”纪然然冲她眨了眨眼。

夏小桃原本还怕到时候时雾和谢诚忙起来，自己一个人落单，这下有纪然然在场，她就有伴儿了："那太好了！明天见。"

闺密两人也没客气，小桃坐在电脑前冲着房间门口挥了挥手，就把纪然然送走了。楼下传来夏母热情地给纪然然塞宵夜点心的声音，好像是夏家二老为明天去邻市串亲戚准备的江海特产，多买了不少，就让她带走回去吃。

又看了会儿资料，临近夜里九点，夏小桃收拾好东西，搭配好了明天出席峰会的套装，准备睡下了。

从团建回来，时雾就陪她挑了新的手机，还找技术人员帮忙把数据都复原了。这会儿她倒头躺在床上，打算趁着睡意还没那么浓时，再刷十分钟的微博。

正拿起手机，屏幕上就弹出了一条热搜——知名密室逃脱品牌Fogging创始人时雾曝惊天丑闻。

"这什么情况？！"夏小桃登时惊得睡意全无，一下从床上弹了起来，急急点开来看具体内容。

内容很长，图文并茂，两行刺眼的红色大字写在最前边：大神Time十四年前早已因车祸去世，其弟时雾剽窃其生前创意，名利双收！靠吃亲人的人血馒头，Fogging的传奇崛起或成业内最大笑话！

夏小桃只觉得心脏怦怦怦，跳得很重很响。她强迫自己冷静下来，继续往下看那些被作为证据的截图与照片，还有一段段看似客观比对创意，罗列时间线的文字。越往后看越心惊，里面甚至还有跟拍时雾进入墓地，并在一座墓碑前停留和什么人言辞激烈地在通话的照片。

一定是那个狗仔的报复！

这是夏小桃首先想到的，这个微博也并不是新注册的小号，她再往前翻，就发现了这人果然经常转发星娱记的花边新闻。

她从床上爬起来，看着评论与转发栏里噌噌噌往上涨的数字，简单扫过内容，几乎都是一边倒，偶尔有一两条客观理智的，很快就被刷了下去，剩下就是满屏对时雾的谩骂和抵制Fogging的号召，也不知道其中有多少是水军。

夏小桃气得发抖，绕着床铺不断地来回踱步，给时雾拨电话，却是关机的状态。于是她又给谢诚打过去，忙音了好几回，第六次才接通。

“谢特助，我看到热搜……”

“你可千万别信啊！是，Time确实是时雾的哥哥，也确实在十四年前出车祸去世了，现在的Time也确实是时雾。但他并没有想靠剽窃创意名利双收啊！那些都是故意扭曲事实的诋毁！”

没等夏小桃把话说完，谢诚就激动地截断了她，噼里啪啦倒豆子似的说了一通，倒是把小桃给说呆住了。信息量太大了！

Time曾经是时雾的哥哥？而时雾的哥哥十四年前就已经去世了。那么这些年真正被夏小桃奉为职业理想，视为追逐榜样的那个Time，其实一直都是时雾？！

这边夏小桃被震惊得一时说不出话来，还在努力消化，那边谢诚却把这份沉默当作了她的存疑，拔高音调继续输出：“你想啊，如果时雾只想名利双收，又怎么会这么多年都躲在Time这个名字后头从不露面？从不承认就是他呢？如果他公开宣传承认，那不管对公司还是对他个人，都是大有好处的——他用Time这个ID，只是想让他哥哥能以另一种方式继续活在这个世界上而已。再说了，他哥都去世那么多年了，哪有那么多构思留下来给他剽窃？从第一部《无出路密室》起，就一直都是时雾自己的创意！”

“总之那段爆料里的逻辑很多地方根本说不通！网上这些人太容易被带节奏了，你千万要冷静啊！”谢诚又连珠炮似的轰炸了整整一分钟，才停下问道，“夏小桃？夏小桃，你在听吗？你到底怎么想的啊？”

夏小桃“啊”一声，这才想起回应：“我在听啊，那上边的字我一个都没信，给你打电话是因为时雾关机了。你也知道，我一直很崇拜Time的，突然他发现原本就在身边，所以刚才有点没回过神来……”

"哦，那就好……这种时候，能理解他，帮上他的也只有我们几个了。"谢诚大大地松了一口气，"你对他的意义尤其不一样。他好不容易才因为你愿意从折腾自己的状态里试着走出来……"

都到这个份儿上，夏小桃再糊涂，也该明白在时雾生日那天永远离开他的人是谁了。只是还不知道那场车祸的原委，为什么让时雾在长达十四年的时光里都不肯放过自己。她心里隐隐地疼，当下只是低声应着："嗯，那你知道他现在在哪儿吗？我想去找他。"

"哎，别提了，我现在在赶去公司的路上，电话都快被打爆了，好不容易才接上你这通。"谢诚很明显是要赶去主持紧急公关，"出门前拐去他家看过，韩姐说他今晚还没回来过，应该是在公司加班。你先别急，等我先到公司看看情况再说。说不定他没事儿，只是怕被烦才关了机，其实已经在着手处理了呢。"

"好……那我等你消息。"夏小桃听到车喇叭声，也不再和他多聊，挂了电话，坐到电脑桌前，边密切关注网上的舆论动态，边守着消息。"太过分了！他们怎么能这么写我家小雾？！我已经联系了我的律师，我要告他们！"这期间，韩洛娜也打来了电话，气急败坏，骂骂咧咧了好久才冷静下来，"其实这事儿，我是想等着那小子想开了自己和你说的，但现在这情况，只能我来说了……"

这是一个并不漫长的故事，听来却格外艰涩。

时雾的母亲早逝，父亲从事金融，四十多岁的年纪，正处在事业上升期，工作很忙，三天两头都不着家，所以时雾在生活上全靠保姆曾姨照料。而情感上，他则极其依赖大自己九岁的哥哥。十岁那年，在哥哥的影响下，时雾第一次接触《密室逃脱》网页游戏，产生了浓厚兴趣。

十三岁那年，在外地读大学的哥哥说暑假回来要送给他一份特殊的生日礼物——为他设计一款真人实景密室逃脱主题游戏。那时候，真人密室在国内可以说是刚刚萌芽，很多都是爱好者们自己租地下室，租废弃车库，租老宅在做，有的是自娱自乐，有的则是怀揣了创业的梦想。

时雾为此期待了整整一个月，到了生日那天，正好是周末。父亲也早早答应他不去加班，要陪他一起去“拆”这份生日礼物。可临到出发时，父亲却又接了个电话，然后面露难色地告诉时雾，公司有急事，他得回去处理。

“你都答应我了，就不能迟点儿再去吗？”

“你们先在家里等着，爸爸快去快回，一处理完事情就回来和你们一起去。”

“可你每次去忙公司的事情，都会忙到很晚……”

最后，赌气的时雾坚持不等父亲，家中司机老何只能先改道将时父送去公司，再载着时家兄弟去原定地点。

可就在时父下车后不久，与公司隔着一条街的路口，一辆莫名失控的大型货车高速向他们冲来——砰！

之后的几年里，时雾每每午夜梦回，都再也没能摆脱当时车辆撞击的那一声巨响，也每一次都是在一片血光中满身冷汗地醒来。

那场车祸里，为他家工作了近十年的司机老何，也就是曾姨的丈夫，在最后关头选择保护两个孩子，将方向盘反方向打到最偏，最终因驾驶室一侧直接遭受货车正面撞击，而当场没了气息，而时雾的哥哥则紧紧把他护在身下，身受重伤，进医院没多久就因抢救无效去世了……

韩洛娜的话音在这里似乎难以为继地梗住了，小桃抬手摸了摸自己的脸颊，才发现一片湿润，不知何时，泪水已经砸落在了笔电的键盘上。

经历这一切，对一个十三岁半大的孩子来说，太残酷了。

“小雾他哥为了能给他一个惊喜，只把那个密室的地址告诉过家里的司机，连他爸爸都不知道。只是在弥留之际，把手里握着的那把钥匙交给了时雾，却什么都来不及说。”韩洛娜那边也调整了一下呼吸，才恢复了冷静，继续往下说，“他哥哥死后，他爸爸很快就把旧房子卖了，带着他匆忙迁居到国外，不仅不让小雾再接触和密室有关的东西，甚至不管小雾怎么哀求，都不肯去寻找他哥哥最后留给他的那间密室……”

钥匙？夏小桃微微出了神，想起时雾桌上相框中的那把老式钥匙，原来那上头暗红色的痕迹，是干涸的血斑……

“所以从他哥死后，小雾和他爸爸的关系就达到了冰点，到今天都没有和解。那时候他还小，就被带出国，没有独立生活的能力，只能忍啊忍，终于忍到得以独立的那天，就义无反顾地回到了国内，藏在 Time 这个 ID 后面设计密室，又一手创立了 Fogging。因为他哥哥说要送给他密室的主题就叫作‘雾色’。”

不知道为什么，寥寥数语，夏小桃却听得愈发喘不过气来。那种感同身受的压抑、疲惫与负罪感就像潮水一样一点点淹没她的胸腔、脖颈、唇齿、鼻尖……

也许是电话这头久久没有任何动静，韩洛娜不由得出声确认道：“小桃？你还在听吗？”

“……我在。”再开口，小桃听到自己的声音竟然沙哑了，“他书房里的那幅地图是因为他还没有放弃找那间密室吗？”

“对。我劝过他好几次放弃吧，毕竟当年没有找到，等他回国都过去十年多了，城市已经经历了很多的重新规划和改造。”韩洛娜说到这儿，重重叹了口气，“也怪我太粗心了，前几天看他接了个电话就出去了，我没多想，以为是公司的事儿。现在想起来，估计那时候他是接了爸的电话才去的墓地——应该是想让他和我一起回家过个年。”

说到这儿，她又顿了顿，很是没好气：“大概就是那时候被跟狗仔跟踪拍了照片，也不知道这狗仔怎么回事，不去跟拍明星，跟我家小雾做什么？”

夏小桃抿抿唇：“对不起，都是因为我……”

“嗯？这和你有什么关系？”

于是夏小桃把那天晚上自己被狗仔跟拍，时雾替自己教训了狗仔一顿的事情简单说给了韩洛娜听，后者听完后却没有半点儿责怪她的意思，反而倒过来安慰小桃，一副同仇敌忾的口吻：“这事儿是那狗仔缺德，和你没关系！你知道是哪个狗仔干的最好，我一定告到他以后连快门都不敢按！”

心情再怎么沉重，也该被韩洛娜这句话给逗乐了。

“还有啊，你也别太担心了，这么多年过去了，我相信小雾不会那么脆弱的——你给他一点时间，或许他一个人待一晚上，明天就缓过来了。你们明天不是还有个产业联盟峰会吗？他那种工作狂肯定会出现的！”

夏小桃鼻间酸酸地“嗯”了一声，在电话这边用力地点了点头：“我知道了，洛娜姐，谢谢你告诉我这些。之前我一直觉得，我和他之间总隔着什么，现在我终于看清了这层雾，就一定会努力把它拨开！”

“这就对了，是我认识的小桃子！时候也不早了，你只管安心睡一觉，明天打扮得美美的去会场。”

“好。”放下手机，夏小桃又发呆了好一会儿，之后就真按韩洛娜说的，合了笔记本，缩回了被窝里。抱紧被子，强烈的倦意袭来，她眼皮一沉，就揣着一颗无处着落的心睡去了……

明天，时雾真的会出现吗？

2

一年一度的 TAK 产业联盟峰会现场，聚光灯照得台上空空荡荡，只有一支话筒孤零零地立在那儿。

按峰会流程，第一日上午九点，该由产业联盟领头人暨 Fogging 创始人进行开幕演讲。

时雾终究是缺席了。

台下参会的嘉宾议论纷纷，媒体记者更是直接把谢诚围了个里三层外三层，近乎以逼问的方式迫使其透露时雾的本次缺席与昨晚爆出的猛料是否有关，这又是否是时雾心虚的表现。

夏小桃知道自己并没有应付媒体的经验，所以哪怕她心中再焦灼难安，再想出去为时雾说一句话，她都忍住了。

尽管那篇爆料里也提到了自己，但眼下会关注她到这个小角色的媒体还是少之又少。夏小桃只是混在人群里观望，也没引来记者的注意，转而快步走出了会场，低头划亮手机屏幕，看到了谢诚在被记者“围攻”的间隙偷偷发给她的一个定位和一条简短的消息：时家原来住的小区拆后所改建的公园。

韩洛娜昨晚虽嘴里安慰夏小桃，但自己早就出去找了一圈，把所有她能想到的地方都找过了。但她毕竟是在国外捡到的这个弟弟，对于时雾出国前的生活痕迹，还不如谢诚这个幼时的邻居加玩伴更了解。

“洛娜姐，谢诚要应付媒体抽不了身，他告诉我时雾可能会在心海公园。离会场不远，我现在就过去。”夏小桃放下电话，站在路边等了一会儿，却因为是高峰期等不到一辆空车，正一咬牙准备跑过去，一辆车停在了她的面前。

“去哪儿？上车！”车窗落下来，居然是云择青。

是啊，她怎么忘了，这种密室行业的大型活动，云择青肯定会在受邀名单里！也没犹豫，夏小桃一下钻进车里：“拜托带我心海公园！”

“好，你坐稳了！”这是夏小桃第三次坐云择青的车，却是她第一次见识到后者原来可以把车开得这么快，完全不符合一贯温和到甚至有些温暾的形象。

他从头到尾也没多问一句，也不知道他对那条时雾吃“人血馒头”的爆料有几分信，又有几分不信。

“时雾那种人可不屑做这种事。”

也许是夏小桃往驾驶座偷瞥的次数太多了，那眼神中的探究意味也太明显了，云择青终于在一个红绿灯路口转头与她做了一个短暂的对视：“虽然他作为情敌不是太厚道，趁我还在外地录节目就抢了先……但平心而论，他确实是个值得敬佩的密室行业从业者。”

“什么？”夏小桃一时蒙住了，没跟上他的思路。情敌这个话题是怎么突然出现的？时雾是他情敌？

云择青镜片后的眼里划过一丝轻描淡写的笑意：“你太紧张了，一个完全无关的题外话能让人打破当下的情绪惯性。”

经他这么一提醒，夏小桃才发现自己从坐进车子以来双手都保持着紧紧攥拳的动作，腰背也用力挺直到有些发酸了。

“离到心海公园还要过一个路口，你还有三分钟可以调整一下自己的状态。感同身受可以，但千万不要如临大敌。”红灯转绿，云择青重新目视前方，启动了车子。

“我知道了……谢谢。”小桃于是尝试着让自己的身体先放松下来，往后靠了靠，但还是有几分在意云择青那所谓的“题外话”，“那你刚才说的……”

“玩笑话。其他对时雾的评价才是认真的。”云择青心性豁达，也很清楚自己与小桃之间的相处其实从未有过半分的旖旎，早在听说她正式和时雾在一起后，就已经将自己摆回了朋友关系上。

此刻突然提起，虽有袒露过才能更好地放下的私心，但更多的也确实是想帮助她从过分紧绷的状态中跳出来。

云择青都这么说了，夏小桃在这种情形下自然也没想再多追究，只是深呼吸了好几回，又关注了一下手机里谢诚发来的消息。消息的内容是交代她如果找到时雾，也暂时别让其露面。他已经处理好了峰会现场的问题，正在赶回公司的路上，等公关团队把官方的正式回应推出去，挽回部分舆论阵营后再商量后续办法。

等小桃给谢诚回完消息，心海公园已经在眼前。

工作日的上午，公园里没有多少人，远远地，她就看到了喷泉前长椅上坐着的那个男人。他素来笔挺的脊背此刻半弓着，像是被什么压弯了，上身前倾，双手覆住了那张棱角锋利的面容。

“停车！”

夏小桃见过时雾的很多面，有锋芒锐利的，也有孤傲自持的，有意气风发的，也有坚硬冷漠到有些伤人的一面，却唯独没见过他这般狼狈颓唐。

她有些手忙脚乱地解开安全带，下车朝他跑去，却又在长椅前害怕惊扰到他似的，骤然刹住脚步，蹲到他身侧，试探地唤了一声："时雾？"

听到她声音的时雾肩头一僵。

"我们先回家吧，好不好？"小桃见他没回应，又伸手轻轻按在他的膝上，殊不知这一句"回家"，却令时雾再次陷入了不堪的记忆。

三天前，时雾的手机来电显示上再次出现了一串来自国外的号码。这串号码没有被时雾存起注名，但他知道是谁。那天小桃被狗仔跟拍，送她回家后，这串号码就打来过一次电话，他没有接。之后陆续又打来过几次，时雾依旧没有接，却也没有将号码拉黑。他对他这个父亲，有过百思难解的困惑，有着不愿和解的怨怼，也有着仍存的一丝丝希冀。

"家里有事找韩洛娜，我们之间没什么可说的。"

电话那头的时父似乎没料到电话真的会被接起，短暂停滞过后才踌躇着开口："你有好几年都没回家过过年了，今年……"

"回家？在你心里，哪里是家？又哪里有家？"时雾没有当着韩洛娜的面接电话，转而开车出去了，此刻他听到"回家"这两个字，眼神一变，手中方向盘猛打改了道，朝另一个方向加速驶去。

"就算你不想见我，总也要回来见见洛娜的妈妈吧。她和洛娜一样，都是真心把你当作亲人。"时父像是已经习惯了儿子对自己的这种尖锐态度，只是长长地叹了一口气。

"她那里我会找时间回去问候，和你没关系。"

性情与遭遇使然，出国后的时雾并没有和自己的后妈建立起多么亲近的母子关系。但刚失去哥哥的那段日子，他无法谅解父亲的所作所为，更是难以在心中与自己和解，是韩洛娜拼命缠着他，给了他最多的陪伴。因此别看时雾如今和韩洛娜还是一副很不对付的冤家姐弟模样，心中却早已将她视为亲人。连带着，他对后妈虽不亲近，却也是很尊敬的。

之后是长达十分多钟的沉默，可双方却谁都没有挂断电话。直到时雾以为对方不会再开口说话时，时父艰涩的话音再度传来：“洛娜和我说，你交了一个女朋友，是一个很可爱的小姑娘。我以为……这么多年，你终于放下了……”

而伴随话音响起的，是一声尖利的急刹车！

“发生什么了？！”时父心中一惊，以为出事了，音调骤然拔高。但时雾却并没有立刻回答他，而是双唇紧抿地下车，疾步踏向公墓深处的某一处。

也许是察觉到电话那头的周遭环境彻底静了下来，当时雾在一座墓前站定下来，时父突然若有所感地噤了声。这种噤声，在时雾看来几乎等同于一种心虚。

“我现在就在我哥的墓前，我问你，我能走，能和你一样把出国当作回家，那他呢？”时雾的胸膛剧烈起伏着，语调却显得异常平静，“他要怎么走？”

“……阿霁他不会愿意看到你这样。”

时雾闻言，冷笑一声：“是啊，所以有很长一段时间，我都不希望哥哥泉下有知，因为我害怕，怕他知道，他一向崇拜的父亲，为了工作上的前途，在他离开不到半个月的时间里，就急不可待地处理掉了原来家里的一切，什么痕迹和念想都没带走就出了国，把他孤零零一个人留在这里！这么多年，你究竟有什么办法心安理得地告诉自己，你还能有个家？！”

终究是意难平，也终究只能宣诸声嘶力竭的质问。

“你怪我，我无话可说。但你已经为你哥哥做得够多了，十四年了，足够了，放过自——”

声嘶力竭过后，时雾只感到浓浓的疲惫。他走上前，低头伸手将落在墓碑上的一片树叶轻轻拂去，没有再往下听，只余挂断电话后的一声低喃。

“其实我们谁都不能被放过……”

那一日的时雾情绪激荡，根本没有注意到从开车出了别墅群开始，就跟了个“尾巴”，更不曾想到，那个狗仔会当真为了报复，日夜蹲点，终于“得偿所愿”地跟着他拍到了那些照片，进而挖出了时霁的存在。

时雾其实并不在乎自己被网上的舆论如何攻击，他只是恨自己为什么在十四年后，再次给他哥哥带来了伤害，让长眠者备受惊扰。从昨夜到今晨，时光仿佛倒流，时雾可悲地发现自己从未走出过心里的那片泥沼，只不过是凭着夏小桃带给他的那束光，做了个短暂的美梦罢了。当梦醒来，伤疤被揭开，他还是那个会躲进衣柜里，满怀戒备的少年。

“你怎么了？怎么这么看着我？”

静静地在时雾身边蹲了好一阵子，小桃好不容易等到他抬起脸来看向自己，却发现他看向自己的眼底是黑沉沉的一片。

他从不会拿这样的眼神看自己，像是有什么东西在急剧流失着。夏小桃没由来一阵心慌，只能强扯出一点难看的笑意：“你还记得我说过的吗？以后有我在，不管发生什么事，我都会陪着你。”时雾没有应她，目光仍是直直地落在她脸上，像是因为她这话，反而把眉头拧得更紧了。

“这事其实也没有那么严重，谢诚已经在着手处理了，你应该了解他的能力，危机公关不在话下——而且就像之前《逃脱吧》热播的时候一样，会带来些热度，但每天新闻那么多，这种热度很快就会被其他消息刷下去的！”她认真地给他分析，语速比平时都要快上许多，像是这样会更有说服力，“那段爆料的逻辑根本站不住脚，等再过一段时间，没有那些水军故意抹黑、推波助澜，大家都冷静下来，也就都想明白了！”然而时雾却好像并不在意她说的这些：“你都知道了？”

“嗯……洛娜姐都和我说了。”夏小桃心里更觉得没底，点点头又解释，“我知道应该等你告诉我，但昨晚出事以后——”

“没什么。其实我原本也打算峰会以后告诉你。”时雾打断她，站起来，却并没有把夏小桃扶起来，像是划清界限一般，顺势与她隔开了一段距离。

按在他膝上的手忽然落了个空，小桃一抿唇，也跟着起身，有些小心翼翼地望着他，不知该怎么措辞。

“既然你之前已经决定告诉我了，那现在你要是心里难受，也可以和我说，我们一起面对……或许我还能帮上你，就算不能，说出来也会好受很多。”

时雾听着，眼角余光瞥见了站在不远处车边等着的云择青，眉心一动。

“夏小桃，不是所有人都能像你这样没有任何背负地活着，也不是每种困境都可以用轻描淡写的几句话解决。”

“我、我没有轻视的意思！昨晚我刚刚知道的时候，也很难过……”夏小桃急忙解释，手下意识地攥紧了衣角，“我只是不想你一直憋在心里，也不想永远只看到你想让我看到的那一面……另一个你如果很难过，那让我陪你一起难过，好吗？很多心结都是因为——”

“呵，你以为什么心结都只要轻飘飘几句倾诉，就能面对，就能放下吗？”时雾再次打断他，抬手指向路边的云择青，讥诮地挑起眉，“是不是他和你说的？他那些用来应付咨询人的说辞听起来一定很有道理吧？”

不明白他为什么突然变成这样，还要扯进旁人，为他忧心了这么久的夏小桃又委屈又气愤，想起那日韩洛娜替他庆生，换来的也是如同触了逆鳞般无差别的伤人伤己，忍不住拔高了音调。

“你一定每次都要这样把关心你的人推开吗？！你知不知道你这样很——”

可话音很快戛然而止，夏小桃话才出口就后悔了，时雾被揭开伤疤，受了这么严重的刺激，她才更要保持冷静啊。

“很什么？很不可理喻？还是很让人厌恶？”可时雾却似乎并不想放过彼此，神色阴戾地逼近，迫使她下意识地后退了半步，“所以你看啊，说什么要分担痛苦，其实不过是忍着心里的不舒服来故作姿态罢了。”

“我没有。”夏小桃跌坐在长椅上，强忍着想哭的冲动，倔强地仰头盯着他，一字一句，却还是止不住嗓音发颤。

低头看着她，时雾垂在身侧的手猛地攥紧了拳，青筋浮现。他沉默了几秒，眼底闪过一瞬间的动摇，正迟疑着要朝她伸出手时，余光里却见另一只手伸来，扶起夏小桃拉到身后。

“时雾，你疯了！有气也不是撒在夏小桃身上！”

“我和她之间的事还轮不到你插手。”对上云择青，时雾的眸光再次沉了下来，眯起眼冷冷道。

“我没事……”夏小桃咬唇，对云择青摇了摇头，后者只得将手松开，看着她重新走向时雾，在他面前站定，用那么脆弱却又那么坚定的语调问他，“时雾，你真的是这么想我的吗？”

时雾撇开了视线，像是不愿看她：“我怎么想不重要。改变不了事实。”

“……好，我知道了。”得到这个答案的夏小桃什么都没再说，她的眼眶是极容易红的，可是里面的泪光却迟迟不肯坠落。她只是转身出了心海公园，没有让云择青送她去哪儿，只是漫无目的沿着街边往前走。

走的这一路，她想了很多很多，她想到自己刚才忘了再留给时雾一个拥抱，她知道他在撒谎，在故意推开她，可她不明白他为什么要这样做……

云择青当然不敢放夏小桃就这么一个人在大街上晃荡，虽然她看起来还保持着相当高的理智，但少不了得跟在身后不远处照看着，顺便电话通知了韩洛娜。

等韩洛娜闻讯赶来时，夏小桃已经因为走累，随便找了处长椅坐着了。她一张小脸皱着，倒也说不上来有多伤心难过，但愁苦二字是写得清清楚楚。

“小桃子——”

“哎？”听到韩洛娜的声音，夏小桃抬起脸，“洛娜姐，你怎么来了？你去心海公园找时雾了吗？”

韩洛娜已经听云择青讲了个大概，一翻白眼，坐到她身边：“那个臭小子，我才不想把他捡过去闹心！你没事吧？我先替他给你道歉啊，你别为他伤心！”

小桃很实诚地摇摇头：“一开始是有些难过，现在已经不会了，就是有些想不通。”

“哎，你别看他平时都好好的，可心里那疤一直都在。要想彻底结痂，就要先把那疤撕开，他自己不敢这么做，自然也本能地抗拒所有想要靠近那个伤疤的人。”骂归骂，韩洛娜还是心疼自家弟弟的。

“嗯，我知道，所以他生日那天凶我，我后来也没怪他……可是我原本以为现在和那时候不一样了啊。”夏小桃瘪了瘪嘴，如果说她现在对时雾有什么气，那就是气两人都在一起了，他却还不肯彻底对自己卸下心防。

但气了几秒后，小桃转念一想，又觉得或许真是自己对他的了解还不够深，并不知道他真正需要的是什么，也从没真正理解过他的痛苦。于是她歪头沉吟了一会儿，转脸很严肃地问：“洛娜姐，你觉得，他现在做的一切，过的生活，真的是他想要的吗？”

“小桃子，你知道吗？你突然这么问，问得我都想哭了。”谁知此话一出，韩洛娜居然一脸感动，夸张地哽咽起来，“小雾能遇到你，他真的是太幸运了！”

“……我、我也觉得遇到他很幸运啊。”夏小桃猝不及防，被她夸了个大红脸。

“这个问题，其实我也想过。我觉得小雾他其实……怎么说呢，一直没有办法正视自己对密室逃脱究竟是一种怎样的感情。或许他曾经很纯粹地喜欢过，可自从他哥死在了带他去密室的那一天，他就把一切责任都归咎在了自己身上。他觉得自己没有资格拥有什么热爱，他现在所做的全部都应该并且只能是在为他哥哥延续梦想。”

韩洛娜平日里与人说话，总是调侃成分居多，少见这样正经。小桃听着，也深有触动地点了点头，隐隐约约明白了自己之前都陷在怎样的误区里。

虽然时雾在公园说的那番话是故意气走她，但其实也有道理。其实很多时候，人们对所爱之人做的，也都只是用自以为是的陪伴与安慰去粉饰太平，并且理所当然地认为对方应该接受自己的好意，在这份好意中逐渐被治愈。

“小桃，你的眼睛很亮，尤其是谈到和密室有关的事情时。小雾可能是从你身上看到了自己这么多年来都不敢去面对的那份率直的热爱吧……”韩洛娜见小桃一脸专注的模样，不由地笑了，“很多时候人就是这样，尤其是小雾那样的，只要有那么一次没能移开的目光，余生就都不会再舍得移开了。”

随即她又话锋一转，绕回了这次的风波上：“总之，那些人拿时霁的死做文章，对他来说确实冲击太大了，才会一时失去理智。你让他自己待一会儿，等他缓过劲来，他肯定会后悔刚才那么对你，悔到肠子发青！等这个难关渡过去，我再和你一起找他算账！”

“等等——”小桃却突然打了个激灵，“洛娜姐，你刚才说他哥叫什么？”

“时霁啊。昨天那个爆料里不是都写了吗？”洛娜有些无奈，这个小桃子怎么不听重点呢。

“是写了……可是突然被人喊出来……”脑海中的灵光转瞬即逝，办公室里那把老旧钥匙，书房里的那张江海市老地图，十四年前租用的老宅——所有在这场冲击之下被忽略的信息再次串联起来，夏小桃惊呼着猛地从椅子上弹了起来。

“时霁？小纪哥哥？难道是我一直都搞错了？！”

“什么搞错了？”

“洛娜姐，我先走了，回头再和你解释。”

一辆空车的出租正巧驶过来，夏小桃急于想要验证心中的猜测，也顾不上韩洛娜，直接拦下那车钻了进去。

“师傅，麻烦去 Fogging 公司总部！”

3

如果不是情况特殊，夏小桃觉得自己大概一辈子都干不出杀进顶层总裁办公室的壮举。

“怎么回事？怎么回事？”

正在隔壁会议室开会部署公关的谢诚听到动静赶来，就看到她已经突破了重围，冲到办公桌边，把公司上下所有人都不敢碰的那个相框拿了起来。谢诚看得浑身一个哆嗦，三步并做两步拦住她：“小桃，小桃，你冷静啊！这钥匙对时雾来说意义非比寻常，真的不好随便碰的！”

“我知道，所以我才要拿走。”夏小桃理直气壮，继续低头把相框拆了，取了钥匙攥在手里。

“不是！”谢诚只觉一个头两个大，熬了一宿给时雾善后，这会又要劝住夏小桃，心态快崩了，“你这是找到他了还是没找到？他怎么说的？你好端端的和这钥匙过不去做什么？”

“总之，你告诉他，今天之内要是不来我家找我，他就永远别想再见到这把钥匙了——我会把它丢进墨澜江！”

“夏小桃，你别冲动啊！”

撂下狠话的夏小桃转身就走，谢诚也不敢叫保安强行把人拦下来，只能跟在后头跳脚，眼睁睁看她把钥匙抢了去，然后钻进出租车绝尘而去。

如果那把钥匙真的喂了墨澜江，那他估计也得跟着跳江谢罪了！谢诚觉得和这件事比起来，再来十个像昨晚那样的爆炸性丑闻都简直是小菜一碟。他哭丧着脸掏出手机，在通讯录里迅速一划，拨通了一个号码，卑微到了尘埃：“纪姑奶奶，十万火急，这次你可一定得拦住你闺密，救救我命啊！”

那头还在峰会现场的纪然然一头雾水：“什么情况？你别咋咋呼呼的，小桃我最了解了，她不是会胡来的人……”

而一小时后，不会胡来的夏小桃站在自己家院中的那个两层独立小楼前，大冬天的，攥着钥匙的手心里居然沁出了薄薄的一层汗。万一只是自己想多了，搞错了，那这娄子可就捅大了，还在公司闹出那么大的动静，堪称社会性死亡。如果要夏小桃用一个字来形容自己刚才的行为，那就是“虎”。

“算了，大不了再灰溜溜地把钥匙送回去……”她低头嘟囔，顺便又仔细打量了一次这把不久前被抢到手的钥匙，觉得它确实和自家那把是一个模子里配出来的。心中又多了几分把握，夏小桃终于鼓起勇气一般，抬步走到门前，将那钥匙插进了锁孔。

“咔嚓。”

一声轻响，门被打开了，午后的暖阳漏进一扇光，微尘也被照得毫厘可见，在半空中打着旋儿浮动，如同小桃儿时略显模糊、泛黄的记忆，此刻也仿佛在光里变得异常清晰……

“小桃，快来，爸爸给你介绍个大哥哥。小霁，这是我女儿。”

“小纪哥哥好！你是来我家做客的吗？”八岁的夏小桃换牙比其他孩子晚些，右边一颗小虎牙掉了，笑起来却怪可爱的。

“你好啊，小妹妹。”年轻的大学生一身纯白色T恤，气质干净极了，“我不是来做客的，只是来租用你家小楼一段时间。”

小桃一歪头，脆生生地问：“那不也是住在我们家吗？”

“嗯……不是租来住，是用来玩的！”大学生笑意和煦，蹲下来摸摸她的脑袋。

“玩？房子怎么玩？”毕竟是小孩子，一听玩就兴奋起来了，小手一伸，把那只正在自己脑袋上的大手扒拉下来握住。

于是大学生仰头征询夏爸爸的意见：“叔叔，我可以带她去看看我的设计吗？”

“去吧，去吧。我家这楼放在那儿也就是堆灰的，不如给年轻人实现梦想用，你只管摆弄。”夏爸爸乐呵呵地点头，挥了挥手，示意他尽管带着女儿去长见识。

“谢谢叔叔！”大学生礼貌地道了谢，弯腰牵过小桃的手，往小楼方向走去。

然后夏小桃就听见大哥哥边走边问她：“小妹妹你听说过真人密室逃脱吗？很有意思的一种新型实景游戏……”

时隔多年，记忆中那个大哥哥温和爱笑的面容，在夏小桃的脑海中，渐渐与另一张脸重叠在了一起。

如果抛开性格、气质与眉眼间的神致，他和时雾很像，是亲生兄弟的那种像。

那时的夏小桃还小，不认识什么太复杂的字，始终以为父亲口中的小纪，就是对方姓纪，平时对其他邻居的后辈，父亲也是这么在姓氏前面加个“小”字地喊。因此昨晚乍看时霁这个名字，也并没有第一时间在同音上产生过联想。现在再回想，“时”这个姓氏特别些，父亲总不能喊人家“小时”，这才改了习惯……原来时霁把送给弟弟的生日礼物，放在了这里。

而这一放，就是十四年。

夏家人并不知道时霁遭遇不幸，只是奇怪那年轻人在完成设计后忽然就不再来了，既没说不租，也没有要来续租的意思。夏爸爸也尝试过主动联系时霁，可电话起先还只是打不通，后来就成了空号。

原本夫妻俩商量着，再留半年，如果还联系不上，就把复式小楼恢复原状用来堆放杂物，或是继续出租。可拗不过女儿喜欢，一年接一年地留着，拖着拖着，索性也就作罢，反正也不差那点儿租钱，就任由小桃定期去楼里打扫，留下了这间密室。

当初设计这间密室时，小桃虽然年纪还小，但也参与其中，出了力的。有些线索，还是她用稚嫩的笔迹写的。她记得“小纪哥哥”最后一次来，郑重地锁上了小楼，带走了备份钥匙，还对她保密了密室的主题名。

“等我过几天带一个小朋友来玩，再告诉你！”

“好！到时候不准耍赖皮哦！”当然了，那一天，夏小桃并没有等到那个小朋友来，“小纪哥哥”也消失了……

她和时雾在十四年前曾因密室逃脱有过一次相遇的机会，只因为一场车祸错过，兜兜转转过了十四年，他们终究还是在密室中以一种戏剧性的方式邂逅了彼此。握着那把沾着干涸血迹的备份钥匙，夏小桃将手放在了心口的位置，无比庆幸自己当初的坚持。

“你放心，这份礼物我一定替你送到他手里……”

江海市冬天的夜来得总是特别早，不到六点，酒吧外的街道就已亮起了路灯。

谢诚风尘仆仆地进了酒吧，一眼就找到了独自坐在角落的时雾。于是他边走过去，边抬手拍了拍自己的脸颊，这一天下来光是唇枪舌剑，部署公关，这腮帮子都累酸了。但好在纪然然在关键时刻伸出了援手，才让他得知了抢钥匙事件的导火索竟是时雾本人作死，那他就不用担这守护不力的“罪责”了。

放松好面部肌肉的同时，谢诚人也已经到时雾跟前了。

“你怎么来了？”时雾没有打算把酒分他一点的意思，就是懒懒地问他。

“当然是公司那边都安排好了，才抽得出身来见识一下买醉的时大总裁。”谢诚坐下来，上下打量了时雾半晌，“没想到你还挺清醒的。”时雾晃着手里的酒杯，就那么瞧着酒液从杯壁上滑下来：“我没想喝醉。”

“我看你是还没喝就醉了，不知道自己说的是什么话。”谢诚的策略很简单，先不提钥匙的事儿，让时雾先深刻反思一下自己的错误，“白天在公园的事我可都听说了——你不会真那么想吧？虽然关系到你哥的事情，你总会不太冷静，但你都是自己和自己过不去，怎么会对夏小桃说那种话啊？”

“我是故意那么说的。”时雾眼中全是自嘲的笑意。

“故意的？你被刺激疯了啊？就放心她一个人？”谢诚添油加醋都不带打草稿的，“你都不知道她冲进办公室的时候，情绪有多激动，眼睛都哭肿了，活脱脱就是一只气急了想咬人的兔子——”

听到这儿，时雾握住酒杯的手才轻微一用力，皱眉问：“云择青呢？”

“不知道。反正她来办公室抢走你那把钥匙的时候，就一个人。”谢诚耸肩。

“抢钥匙？”时雾一愣。

“总之，你告诉他，今天之内要是不来我家找我，他就永远别想再见到这把钥匙——我会把它丢进墨澜江！”于是谢诚模仿着语调和情绪，把夏小桃的话原样学了一遍。

时雾抿唇，很久都没有回应，只是闷头给自己一连倒了两杯酒，都喝了个干净。谢诚清楚他的酒量，醉不了，也就不阻止。他甚至还想着或许适量的酒精能让这个对自己太过苛求的人，稍稍放过自己，哪怕一丝一毫。

可眼见着时雾喝完酒，还是不吭声，谢诚自己又先沉不住气了：“你还不去？那是你哥留的钥匙啊！我觉得夏小桃绝对会说到做到，她平时就是个打直球的。”

“我过年去了一趟夏家，你是知道的。”时雾却恍若未闻，另挑了个话头，“夏家真的很好，邻里之间的关系也很好。”

“所以呢？”谢诚表示不明白。

“所以我不得不承认，或许小桃的母亲说得对。小桃是在单纯、幸福的家庭环境里长大的，也应该去找一个像云择青那样毫无负累的另一半，简简单单，平平淡淡，不必让她跟着我去面对本不属于她的痛苦和灰暗。其实她在我生日那天也察觉到了，我还压抑着另一面，随时会伤害到身边的人……”

这回谢诚终于劈手夺过时雾手里的酒瓶，神色严肃：“胡思乱想什么？！这些年你伤害谁了？我还是你姐？再说了，依我看夏小桃虽然看起来是容易哭了些，但其实内心还是很坚强的。该干的事情她可从来没有逃避过。”说到这儿，谢诚也觉自己太过激动，招来了些四周的注目，于是又将音量放低，苦口婆心，“至于她父母和你接触还不多，不够了解你，对你有疑虑也是很正常的，你应该去努力打消他们的疑虑啊！”

“那晚小桃母亲私下找我说这些时，我也是这么想的。但现在，你也看到了，一个不慎，你们就都被牵扯进来了，甚至连我哥……”时雾痛苦地闭上眼，到最后话音竟已无以为继。

“我知道这盆脏水泼过来，你其实一点儿都不在意自己会被如何评判。但是对于我们来说，不管是我，你姐，还是夏小桃，我们最在乎的都是你的感受，最怕的就是你受伤害。”谢诚上前大力地给了时雾一个男人间的拥抱，这些年，他一天天看着时雾折腾自己，有些话早就想说，却始终没有找到一个合适的契机，现在情绪上来了，也就没了诸多顾虑。

于是他又退开来，握拳在时雾肩上一捣，这才正色道：“依我看，这件事未必是坏事，要是能逼着你和过去做个了断，从此为自己而活，那便是好事。就算让我搞公关搞到焦头烂额，连续加班七十二小时，我都觉得值了。”

“好了！该说的都说了，憋了这些年，总算是痛快说出来了。”见时雾依旧默然，面上瞧不出什么波澜，谢诚也不以为意，摆手笑笑，站起身，“小桃的话我也带到了，去不去，你自己决定。但无论如何，别为了回不去的过去而错过现在好不容易遇到的人。”说完，谢诚头也不回地出了酒吧。

被他放回桌上的酒瓶，时雾也没有再拿起来，见底的酒在射灯的映照下泛出晶莹的亮色，时雾望着望着，那抹亮色竟一点点染进了他黑沉沉的眸中，再一点点在这幽深中挣扎，仿佛凄风苦雨中的烛火，明明灭灭。

时间一分一秒过去，酒吧外夜空中的月明如洗。

起先还是谢诚的话一遍遍在时雾脑海里回响，到后来一闭上眼，便只剩下夏小桃的一颦一笑。一想到她以后会在委屈时对另一个人红了眼圈倾诉，会在欢喜时对另一个人笑出浅浅梨涡，也会在受惊时躲到另一个人身后……时雾猛地睁开眼，多一秒都无法再想象，他清清楚楚地感受到自己在发疯一样的嫉妒，哪怕仅仅只是设想！

腕表上的时针已经指向夜里九点，时雾没有再犹豫，冲出酒吧，只想立刻去到夏小桃身边。他要拥住她，在她耳边说“对不起”、说“我爱你”，他要请她原谅他的自私，原谅他自私地以为自己可以放手，却在最后关头才发现根本无法做到。

4

夏家的院门半敞着，院中秋千上，年轻女孩一身绒绒的毛衣加一条围巾裹得严实，在冬夜的冷风里仰着头数星星，鼻头都冻得微微有些发红了，却还是不肯回屋，像是在等着什么人。

“夏小桃！”

随着院门被推开，随着一阵急切到变得凌乱的脚步声，一道颀长挺拔的身影站定在了秋千前。

女孩头顶的星空被遮住一大半，她娇小的身躯也被影子整个笼住。她还来不及扬唇喊他的名字，下一秒，男人就将她拉起，一把拥入了怀里。不停吹着的冷风似乎一下子止住了，在时雾怀里，夏小桃只觉得暖烘烘的。

仿佛失而复得，只有用双臂紧紧拥住她，时雾才能心安，他什么都没说，也顾不上说，胸膛剧烈起伏，还在大口大口地喘着气，在她耳郭边呵出一重重白雾。

“你怎么这么累啊？”每次抱夏小桃，时雾都会把身子俯得很低，让她能毫不费力地把下颌搁在自己宽厚的肩上。此刻小桃便也和往常一样，乖顺又亲昵地拿下颌蹭了蹭他的肩，轻声问。

“……可能是最近太忙，没好好锻炼，跑两步路就累了。”感受到她的小动作，时雾先是脊背一僵，随即更加用力地将她又搂紧了一些，只轻描淡写地笑了笑。

实际上，他口中的“两步路”却是因为来的路上碰到堵车，一刻都不想多等，而直接下车跑来的五公里。

“那……”小桃虽然不爱使性子，但还是忍不住明知故问，“你是为钥匙来的吗？”

“不是。”时雾答得没有分毫犹豫，一手向上托住她的后脑勺，虔诚地吻在她那双总是亮盈盈的杏眼上，良久才低声歉疚道，“对不起，白天在公园里说的那些一定伤了你的话，都不是——”

“不是你的真心话，对吧？我早就知道了，也知道你一定会来找我！”夏小桃仰着脸，笑眯眯的模样好似在炫耀自己的未卜先知。

时雾被她的话惹得一时竟哭笑不得：“你啊……”打了一路的腹稿，都成了无用功。

“只不过我不明白，你为什么要故意气我，推开我？也不像是看到侠客大佬送我去的，就胡乱吃飞醋啊，你才不是那种人。”于是小桃乘胜追击，一歪脑袋，探究地盯着他。

“没什么……一时想岔了而已，以后再不会了。”时雾自然不会去提那日拜访夏家时夏母在厨房里私下与他说的那些话，平白让小桃夹在中间烦恼。

见他似不愿多提，小桃也就没再追问，只是“哦”了一声，把钥匙从口袋里摸出来，交到时雾手里：“喏，这个还你。”

“外边太冷了，先回屋！”时雾这才注意到小桃伸出来的手，显然是冻着了，指尖冰凉，也不去接那钥匙，直接将她整只手都裹进掌心里暖着。

“哎，等等，先别进去——我有个惊喜要给你！”

时雾被她拉住，只好无奈地脱下风衣先给她披上，用哄孩子的语气哄她：“给我惊喜也可以先进屋，都一样的。”

“不一样。”夏小桃却摇摇头，等他为自己拢好风衣，就反拉着他往小楼那头走去，神色渐渐变得严肃起来，“我先给你讲一个故事。”

时雾站定在那座楼的门前，心底忽然动了一下，便没有再打断她。

“从前有个年轻书生，他爹是老私塾先生，他不知道自己为什么要念书，大概是因为他爹也是个读书人。后来他爹去世了，他就子承父业继续在乡里教书，但他还是不知道自己为什么要教书。比起文绉绉的诗书，他其实更喜欢看些兵法，可他觉得自己好像被什么东西困住了，逃不开父辈给他定好的生活轨迹。直到有一天，他路见不平得罪了乡里的恶霸，半夜里恶霸准备带人上门做了他，幸亏有好心的小乞丐给他通风报信，书生才连夜逃出了乡。后来书生辗转了很多地方，还是每到一个地方就收几个学生糊口，但也都因为骨子里的那点儿热血得罪地方豪强，待不久就要离开，直到边关爆发战争，他终于下定决心应征入伍……”

夏小桃讲到这儿，停下来转头问道：“你猜最后书生怎么样了？”

“乡里所有人都以为书生那么文弱，肯定早早就战死了，或者最多也就是在军中当个文书没什么出息。可多年以后，书生却成了极受大将军赏识的军师，衣锦还乡时，他找到那个恶霸道了句谢，因为如果没有恶霸逼得他当年逃出去，他到死都还会是那个浑浑噩噩、庸庸碌碌的私塾先生……”

这个故事，时雾太熟悉了，那是当年他哥第一次给他介绍密室逃脱时讲过的故事。时霁说过，密室逃脱最让人着迷的地方就在于能让人逃离生活中的定式，在另一段人生与故事里重新遇见自己，认识自己。诚如书生的遭遇，很多故事，从逃出去那一刻起，才能迎来真正的开始。

话音落下，时雾迟疑片刻，才将小桃递来的钥匙接过，在她鼓励的目光下，将那把钥匙插进了楼门的锁孔中。

“咔嚓。”是锁开启的声音，也是时雾心里那块坚冰破碎的声音。

身边夏小桃的话音变得不太真切：“我八岁那年，家里来过一个大哥哥。他租下了我家这座闲置的小楼，说要设计成一种叫作真人密室逃脱的游戏，还给我讲了那个书生的故事……”

时雾瞳仁中的光剧烈震颤着，几乎已经不必她再往下说，他已经伸手将那扇门用力推开——

时光的痕迹在眼前疾速剥落，他仿佛能看到大学生打扮的时霁正盘坐在房间的地板上，专心地调试着某个用电路板做成的简易小机关，感到有人推门进来，便抬眼笑望过来。

“阿雾，你来啦……”

“哥——”视线瞬间模糊，时雾还记得自己最后一次流泪，是父亲强行拉着自己进机场的那天——

十三岁的时雾哭着喊着，央求他父亲至少找到哥哥留给他的“礼物”再走，可他的父亲熟视无睹，只是用一副冷漠的面孔告诉他，他们不会再回来，那份“礼物”也不可能再被找到了……

手突然被人握住，时雾才发觉自己的指尖竟在不自觉地发颤。

“这里面的所有设计都没有变过。”小桃握住他的手，没有使什么劲儿，却透着无言的坚定，“我陪你一起通关，好不好？”

“……好。”时雾默然片刻，最终回握住她的手。

十几年前，实景密室游戏刚在国内点燃星星之火，小圈子里的人很喜欢，圈外的人却可能闻所未闻，上了点年纪的人，还会把这当作幼稚的年轻人在玩高级一点的过家家游戏。但外界的不理解，并没有让爱好者们却步，相反，那一批人中的大多数不懂商业，也不会经营，只是单纯地热爱密室，享受完成一间密室设计的成就感和能与志同道合的伙伴分享心得的喜悦感。

那时候的密室不比现在，都很小，两三个房间可以做，一个房间也可以，没什么主题，就是几个谜题和小机关组合一下。如时霁那样，租一座二层小阁楼，隔断空间来设计一个完整主题密室的做法，已然算是很先进了。在理念上，可以说是初具了如今大中型主题密室的雏形，只不过硬件设施还差得远，各方面道具制作也没有现在这么成熟，都是些手工制作的简单机关和手写的字条，和现在的各种声控、光控和大型全机械设备等都是完全没法比的。尽管夏小桃会定时进来打扫，可很多当年留下的东西终究免不了褪色，变得老旧。

翻开一本道具日记，里头最初的字迹是孩子的，随着记录年份的推移，才渐渐变成了大人的字迹。毫无疑问，前边是八岁的小桃配合着写的，后边则是时霁亲手写下的。

指尖在泛黄的纸页上划过，密室的光源微弱，勾勒出时雾此刻异常柔和的侧脸轮廓。他深邃的目光流连在那纸面上，眷恋着那字迹的一笔一画。

比起现在层出不穷，难度不断提升的各种谜题，十四年前时霁留下的这些，可以说都是小儿科了。夏小桃见识过时雾解题的速度，可在这间以现在眼光来说简易到简陋的密室中，他却足足花了比正常时间多两三倍的工夫，才得出了通往阁楼间梯板上那把老式锁的密码。

自左向右，拨转出正确的密码后，时雾拆下了锁，却久久没有下一步动作。从头到尾，小桃都没有出声，只是静静陪着他。她知道，时雾是在怀念，也是在决定告别。一旦通关，一旦逃出这里，他就该与过去告别了……

大约是年代久远没有替换过，一楼唯一的光源，那个小小的灯管很快寿终正寝。没了最后一点光亮后，四下一片漆黑，小桃扭头望向时雾，却发现他的眼瞳里又有了光，正一点点在变亮。下一瞬，时雾伸手将通往二楼阁楼间的梯板唰地打开。

“时雾……”这回却是小桃犹豫着拉住了他的胳膊。

“就像玩密室总要逃出去一样，人也总要和过去告别。”时雾似是喟叹地长出了一口气，回身，在黑暗里轻抚上她的脸颊，眼神又恢复了往日的深沉坚定，“其实这个道理我很早就明白，却一直不敢承认。但这次，我不能再回避了。”

夏小桃不太确定地问他：“你现在真的没有在勉强自己吗？”轻笑一声，时雾没有立刻回答，只是手顺势落下紧扣住她的手，牵着她走上了阁楼间。

只有半层高的斜顶阁楼间本就不宽敞，两人一进去更显得逼仄。见时雾压根直不起腰来，小桃抿唇一笑，拉他挨着旧沙发边的地毯上坐下来，静静依偎着，抬眸便是一扇天窗，窗外的云正好被风吹离，月光与星辰落进去，撒得一身霜雪，满室银辉。

“我哥以前，也这样坐在这里看过夜空吗？”不知过了多久，时雾突然低声问。

“嗯……看过的。”小桃略一回忆后，笑眯眯地点了点头，“有时候爸妈留他下来吃晚饭，他就会在饭后带我上这儿来。他说逃出密室以后，抬头就能望见这片星空，玩家的心情一定会很好。”

得到这个答案，仰头望着窗外的时雾唇边也勾起了一个浅浅的弧度：“是啊，我已经很久没有觉得这么平静过了。我没有什么勉强，相反，这一刻真的很好。”

“既然你喜欢，我们就多待一会儿，多久我都陪你。”时雾闻言，将视线从夜空中移开，笔直地看进夏小桃此刻盛满星光的眼底。

这双眸子里所有的欢与喜，悲与愁，总是那么鲜活明亮，犹如一泓清澈的泉，涤荡过山间无数罅隙，却仍是最初的模样。

诚实面对自己最真实的情绪与感受，是时雾难以做到，却十分渴求的。而这份勇气，对夏小桃来说，却仿佛是一种与生俱来的能力，才会让他渐渐不愿再移开视线。

“小桃，谢谢你……”时雾凝视着她，想说很多话，可千言万语到了嘴边，只剩这三字。

“我不想听这个。”小桃却把嘴一噘，故作气恼地别开头。

“那不说这个，还有很多。”时雾索性将屈起的一条腿放平，含笑地把她一揽，让她躺下枕在自己的腿上，“你累了就闭着眼睛听。”

于是夏小桃倒也不客气，仰面枕上去，却是不闭眼，直勾勾瞧着他：“那你说吧，我听着。”

“我会彻底走出来，走到你身边。

“我不会再对你隐瞒任何一面，任何一种情绪。

“我相信你说过的每一句话。

“我喜欢你陪在我身边。

“我——”

话音戛然而止，女孩纤细的胳膊缠上他的脖颈，微凉而柔软的唇轻轻一触，旋即离开。

时雾的眸光更深了几分，盯着又仿佛什么都没发生似的乖乖躺回去的夏小桃许久，久到她渐渐绯红了脸颊，终于把眼睛给捂住了。

窗外的云层再度聚拢，星月都黯淡了颜色，唯有眼前人是这世间最绚丽的色彩。

“我也会永远守在你身边。”呢喃寄予唇间，恋人契合的影投在壁上，黎明之前，万籁俱寂。

第十一章
桃子可比蜜水甜

1

阁楼间窗子正对着东边，第一道阳光斜射进来时，才早上六点。

一向浅眠的时雾醒得更早些，于是悄悄抬手替夏小桃挡住，好让她多睡一会儿。直到这晨光大片大片地撒进窗里，小桃才若有所觉地揉了揉脖子，大眼睛只睁开一条小缝儿，像只猫儿似的对时雾糯糯地道了声早安。

“早安。”时雾这才淡笑着收回手，看了眼时间，“才刚过七点，回屋再睡会儿吧。”

“什么？！我昨天不是说六点半前得叫醒我的吗？！”夏小桃震惊了，猛地弹坐起来，要不是时雾反应快往后仰了仰，现在她的脑瓜就得撞在他下颌上了。

“是有什么急事吗？我看你睡得很香……”

“完了完了！”夏小桃欲哭无泪，只后悔自己没和时雾说清楚，“我爸妈昨天去隔壁市的亲戚家串门，但又不想多打扰人家，所以当晚就回，按车次时间来算，七点左右他们就会回来的！我们现在这一出去不就被抓包了吗？！”

原来这就是夏小桃昨晚能那么有恃无恐地开着院门，等着时雾，还放出豪言，说时雾想在阁楼里待多久她就陪多久的真正原因……

“咳咳！”这下时雾也惊得呛到了，又怕被听见动静，只得边压着嗓子咳，边思索一会儿如果真被撞见该怎么解释才能让夏家二老相信，他昨晚真的什么都没多做。

夏小桃则是起身，摸到天窗的最低处鬼鬼祟祟地往窗外下面瞄，院子里静悄悄的，于是抱有了一丝侥幸。

“我们从梯子偷偷爬下去，然后你从西边一绕，先藏在杂物堆后头。我去探个路，他们要是还没回来，你就可以直接走了。要是回来了，等吃完饭，我再找个机会给你开院门，你再走。”于是她回头给出了现下唯一可行的方案，毕竟他们也不可能在这里再躲一天，肚子饿不说，其他人找不着他俩也不是回事儿。

“我先下去接着你。”时雾没什么意见，身手敏捷地翻出窗外，发挥长腿优势，顺着搭在外边的梯子只踩了两脚，就轻松落地了。之后他一手扶住梯子，一手伸向小桃，对着上边低声道：“来，小心点儿。”

谁知夏小桃才探出个一条腿，却突然不动了。“别怕，不会摔到……”时雾以为她是对这个高度有顾虑，让她安心的话还没说完，身后就传来了一阵不太妙的响动。

“孩子他妈啊，我觉得安山风景真是不错，下次不如带上小桃一起去转转。”

“好啊，让小桃请个年假，就当去旅——”

“小桃你做什么？！危险，快下来！”很不幸，悄悄溜走的计划失败，两人被正好推门进来的夏父、夏母逮了个正着，尴尬无比。

夏母乍一眼以为女儿要跳楼，吓得不轻，后来一阵兵荒马乱，小桃总算是从窗口缩了回去，老老实实走楼梯下楼，从正门挪了出来。

“先进屋吧。”夏母发话了，时雾判断情势不明，但没被立刻赶走似乎也没有想象中那么糟，就二话不说地照做了，被安排在饭桌边坐着，然后等啊等，等到了早饭上桌。

“先吃饭吧。”夏母面无表情地把碗筷一摆。夏父则指着手机屏幕对女儿使眼色，示意他们网上的热搜他们也看到了。

夏小桃不愿见时雾为难，正想主动开口，时雾却已经果断站了起来，正色道：“伯父伯母，上次来家里拜访，我没有将我的全部经历和家中情况说出来，是因为我自己还不能面对当年的变故，所以你们对我心存疑虑是应该的。但请你们相信，真相绝不是网上说的那样，如果你们愿意听，我可以向你们一一解释清楚。这次的风波我会处理妥当，也向二老保证，无论未来还会发生什么，不管出于什么原因，我都不会让小桃受到任何委屈与伤害。”

时雾的态度谦卑，脊梁却始终是直挺挺的，字字掷地有声。夏小桃也毫不犹豫地站到他身边，握住他的手力挺：“爸，妈，我相信他！”

“哎……你们两个年轻人不饿，还不许我和你爸爸年纪大了，先吃了饭再说啊？”夏母无奈地瞪了自己女儿一眼。

“对对对！先吃饭，先吃饭。”夏父那是太了解自己妻子了，这么说就是有门儿，急忙插话进来劝人坐下，“小雾你尝尝看这粥合不合胃口。”

夏小桃见状，对时雾眨了眨左眼，后者心领神会，拉着她就一起坐下了。之后十几分钟里除了碗筷声，四人都没说话，饭后时雾又主动去厨房给夏母帮手，早餐就几个碗碟，两人愣是洗了半个多小时，一看就是又私下里说话了。

两人出来后，也还是谁都没提说了什么，只不过小桃看得出她妈妈的眼眶有些发红，对时雾的态度也转变许多，颇有些怜爱的意味在里头，还要给他削点饭后水果。

“孩子他妈，没听说过早饭后还吃饭后水果的啊？”夏父好笑地提醒。

“那水果不什么时候都能吃啊？我乐意削给他，你就没有！”

“哎，你这……”

后来也不知怎的就演变成了夏家二老的日常拌嘴，夏小桃递给时雾一个眼色，遂偷偷拉着他溜出了家门，赶往峰会现场。

按谢诚的话来说，时雾这人从前是心里那道坎总迈不过去，行事难免还有些避讳顾忌，现在一旦迈过去了，那手段就真是无敌了。

夏小桃和谢诚就站在台上，看着时雾借着峰会现场的众多媒体评断那条爆料中诸多不合逻辑之处，又将全部的真相娓娓道来，晓之以理再动之以情，进而公开指责了爆假料的无良媒体人，声称将保留追责权利，交给法律裁决，态度虽不算强硬，但言语间的力度却是层层递进，很快就将现场媒体绝大多数的质疑声压了下去。

随即时雾又以因自己个人原因给峰会带来诸多影响和不便为由，以峰会主办方总负责人身份向参会的业内公司与人士致歉，并宣布了一条重磅消息，Fogging 将在全行业内共享 Time 的全部密室主题作品的文稿，且会就此举办一次研讨沙龙，欢迎无论是已成名的，还是新秀密室设计师前来参加，他本人也将在沙龙中毫无保留地深谈创作灵感来源及思路理念，良性交流，促进密室行业主题设计整体水平的提升。

个人设计师就不提了，这项福利对许多新兴以及尚在发展中的密室品牌都是可遇不可求的，对基本定型的成熟品牌来说，仍不失为一次很好的互惠机会，多少都能在定位和经营上的理念取到一些经，毕竟时雾除去 Time 这个曾经十分神秘的密室设计师身份外，更是密室行业传奇的领军人物，他的眼界与思维模式和一个单纯的设计师比起来必定有所不同。

“看吧，时雾这一波操作下来，个个儿都服服帖帖的。”谢诚双手抱在身前，歪过头，压低声音向夏小桃挤眉弄眼，“况且他在业内风评一贯都不错，再加上我这么多年积攒下来的人脉资源，再在网上公关一波，这事儿就过去了，没准还能因祸得福呢。”

“嗯，他决定做的事就一定能做到！”夏小桃一脸迷妹地盯着台上的时雾，目不转睛。

要知道，最初她只是把时雾当作 Fogging 创始人，觉得他白手起家，至少在商业领域很有过人之处，推动了整个行业的发展，值得敬佩。后来时雾指导她修改《双面》，她又发现这位总裁也不完全只是个生意人，对密室是真有情怀在，在主题设计方面也相当有见地。再到现在，时雾直接就和她崇拜了多年的 Time“合体”了，三重滤镜之下，那已经不是一句“情人眼里出西施”可以解释得了的了。

谢诚不忍直视她那副眼珠子都快粘到时雾身上的模样，正要移开视线，却听得台上时雾话锋一转。“我知道很多人心里还是会存有质疑，既然我问心无愧，为什么在网上爆出假消息后不是第一时间站出来澄清，而是躲起来不回应，甚至缺席了峰会的开幕。我不会用那些等待舆论冷静下来再出面效果更好的理由，尽管那听起来更加冠冕堂皇。因为我确实有愧，我愧对我的亲人、朋友和爱人，让他们因我而卷入麻烦的旋涡——如果他们想被公众所知，本可以大大方方、堂堂正正地凭借自己的能力、才华与作品，而不是像现在这样，被那种并不光彩的手段挖出隐私，被那些充满恶意的言辞揣测诋毁，甚至连逝者都不被放过……”

话音至此，稍有停顿，时雾与夏小桃四目相接，后者冲他握了握拳头，连五官都好像在用力给他加油打气。曾经连独处时都无法面对的过往，现在却要在这么多人面前坦然言及，夏小桃知道，迈出这一步对时雾来说犹如要迈过已经凝视他数年的深渊，艰难异常。

“所以昨天这个时候，我还在逃避，在犹豫是不是该就此保持沉默，只要能让风波尽快过去，我一个人被贴上吃人血馒头的标签也无所谓，只要我在乎的人的生活不要再被打扰。但是现在，我抛开了一切顾虑站在这里，全都是因为一个人。”

话音再度戛然而止，夏小桃的心也跟着跳漏了一拍。

在全场人的注视下，时雾一跃下台，一步步朝她走来：“是她让我多年之后失而复得，找到了哥哥在这个世间留给我的最后一样礼物；是她让我鼓起勇气直面心结做一个了断；是她在我深陷泥沼时，让我看到了光……”

“时雾……”

一颗心在胸腔里上下扑腾得厉害，小桃下意识屏住了呼吸，任由他牵起自己的手，紧扣着站到她身边，面向众人，眼梢挑起些许桀骜。

“我不想再给那些小人伺机扭曲事实的机会，更不允许他们再伤害我身边的人。与其让不怀好意者任意编造，不如就在今天这个会场上，由我自己把一切都说清楚。夏小桃她是《双面》主题的密室设计师，是《逃脱吧》的飞行嘉宾，也同时，是我的爱人——”时雾侧过头，凝视小桃，目光游动中脉脉柔光，捏捏她的小手，唇边勾起一抹浅笑，“所以，我希望大家以后在二刷三刷《逃脱吧》的时候，要多支持‘小时搭档’。”

什么嘛，搞了半天还在吃弹幕的陈年旧醋啊。夏小桃好笑地瞅着他。

“夏小姐，时总都说了这么多了，你有没有什么话想说？”

“是啊，你对这次的事情怎么看？听说你在进 Fogging 设计部前，还在直营门店做过 NPC，也很受欢迎呢——”

话筒一下子全部对准了夏小桃，弄得她蒙了几秒，才回过神来，一本正经地回道：“嗯……他说得都很好了，我没什么补充的。就是大家如果再刷《逃脱吧》，记得多发几条喜欢‘小时搭档’的评论，把原来的那些都顶下去吧，谢谢大家了。”

饶是在场都是见过世面的记者，也没能跟上夏小桃这别出心裁的回应思路。

“各位听我说一句啊，大家还有什么别的问题想采访，过后可以联系我。现在还是让峰会流程正常进行吧，咱们今年峰会的干货很多，辛苦各位多多报道了——”谢诚机敏，借着这众人都没反应过来的间隙，很自然地走了两步挡在两人面前，一两句话插进来就把话题转移回了峰会上，引着记者们重新回到媒体的相应区域。

另一边，时雾也很自然地牵着小桃，坐到了 VIP 席。

坐定下来一分钟后的夏小桃才仿佛如梦初醒，有些赌气地抽回手：“你怎么都不事先打个招呼，就把话题往我身上引啊？我刚才差点儿答不上来——万一说错话了怎么办？”

“不会。”时雾挑眉，把她的指尖又捉了回来，“在我看来，你只要说你想说的，便都是对的。”

“……我妈在厨房里是不是给你喝蜜水了呀。”小桃脸一红。

时雾闻言笑了两声：“还真喝了不少。”

2

就这样，喝了蜜水的时雾，开始自我放飞地抓住各种机会撩小桃子，齁得谢诚和韩洛娜都有些受不了，直呼时雾那高冷的壳子底下是不是偷偷换人了。

有没有换人，夏小桃当然最清楚不过的。她觉得这人不过是把原本的闷骚，偶尔改成了明骚，本质上并没有什么太大区别。再说了，她也不是吃素的，蜜水和桃子比起来谁甜还不一定呢。

不过夏小桃是真的很高兴，因为她能时时刻刻感受到，如今的时雾是轻松的，尽管他还保留着之前的习惯，将那把钥匙重新封回相框中摆在办公桌上，尽管他每次去她家时经过院子，还是总会往小楼的方向远远一瞥……但他是真的已经放下了许多。

至于 Fogging 的品牌声誉，非但没有受到创始人丑闻风波的影响，反而因真相大反转而一度火出了圈，年中的上市案也在继续推进，估值大涨。反观博得了一时眼球的星娱记就很惨了，一面被普通网民和粉丝骂得狗血淋头，另一面还要吃官司赔款，那个狗仔个人还要面临记协的调查与处理，被他以为是护身符的记者证恐怕保不住了。

虽然互联网的时代就是这样，彻头彻尾的反转有时候不过是一夜之间的事，但消息的获取往往具有滞后性，尤其对于上了年纪的人来说。因此等国外的时父因为看到那晚的热搜消息，安排好工作上的事儿，订机票飞回国时，已经是小半月后了，风波早已平息。但既然回来了，他还是想见时雾一面，当面谈谈。

出于理智，时雾并不会把这次的风波怪在他父亲的那一通来电上，但依旧表现冷淡，不愿相见。他如今虽然放下了哥哥的死，但是还没有谅解父亲当年的做法。尽管并没有人要把夏小桃夹在父子两人中间的意思，但她却自顾自地左右为难起来，总觉得时雾和他父亲的关系一日没有调和出个结果来，时雾与过去的了结就一日没有彻底。

小桃这人有心事都写在脸上，韩洛娜见她来家里做客还魂不守舍的，找了个机会支开时雾，就拉她躲到房间说起了悄悄话。

“怎么了？是不是小雾哪根筋又没搭对，惹你不高兴了？”

“不是，不是。”夏小桃急忙摇头，“我们很好的！”

有这句话韩洛娜就放心了：“那你这小脸愁的，愁什么呢？小雾虽然有时候直了点，但也不至于看不出你发愁啊，他帮不上你？”

“嗯……就是昨天我也没注意，帮时雾接了个电话，他也没备注，我接起来才知道是时伯父的。他说看到之前网上闹得沸沸扬扬的，就赶了回来，虽然现在又没事儿了，但还是想见见时雾再走。”

闻言，韩洛娜立刻露出“那我就明白了”的神色：“你和他说了，但他不愿意去见，对不对？”

“对，时雾和我讲了很多。说实话，时伯父的做法确实太冷漠了，我自己代入进去都觉得又难过又生气……”夏小桃点点脑袋，皱着眉，“时伯父平时是个什么样的人啊？”

“他啊，用我妈的话说就是，没什么情趣，不苟言笑，也不懂表达，哪怕是对身边最亲近的人，也很少会主动分享心事和情绪。啧，我觉得小雾从前自己和自己较的劲儿，就是遗传了他爸的基因，他俩挺像的，说出来的都是无关痛痒的小事儿，真正在意的其实都藏在这里。”韩洛娜说着，指了指自己心口的位置。

夏小桃眨眨眼：“你的意思是说，时伯父其实也很想念小雾哥哥？”

“谁知道呢，反正他经常一个人在家里偷偷看时雾的照片，我和妈都看在眼里，但小雾成年之后就很少回家，每次看的时候他又故意躲着小雾，也不肯我们和小雾提，所以小雾从不知道，两个人的父子关系也就越来越疏远了。”韩洛娜摊手，“至于他当初为什么要做得那么绝情，好像完全不在意儿子的死一样，我就不太清楚了，我妈也不忍心谈当年的变故，他心脏一直不太好，怕勾得他难过。”

“那……我想知道的话，就只能去问他了。”

韩洛娜略显吃惊：“你要见他？背着小雾？”

“也不算背着时雾吧。我都和他说了，时伯父周一下午就要走了，会在公司对面的咖啡馆等他到中午，希望他能去。”夏小桃特别义正词严，“那既然他不去，我也得去和时伯父说一声吧。”

“有道理，见不着儿子，也得见一见儿媳。咱们的小桃子主意正着呢。”韩洛娜促狭。

“洛娜姐！你还说我，你当初不还说什么是回国休年假外加谈个投资生意，谈完就走的吗？现在都大半年过去了，不也是有了主意才想办法留下的？”

遭到萌软小桃子的犀利还击，韩洛娜微微睁大了眼睛：“你这嘴皮子一定是近墨者黑了。”

“所以你和侠客大佬现在怎么样了？”夏小桃嘻嘻一笑，八卦道。

“就还是那样吧，朋友关系。”韩洛娜随意地拨了拨散在肩上的头发，“他最近好像收到国外一间知名研究所的工作邀约，但还不确定会不会去，如果去的话，也会帮我把国内的项目把关完，下半年再走。”

韩洛娜和云择青的那点儿事，夏小桃一开始也是不晓得的，只是后来回忆起那天从心海公园出来，想到韩洛娜怎么会知道自己在哪儿，事后随嘴一问，才知道从宁烨市回来之后，她与云择青不仅是有联系，而且还联系得挺密切。

原本预计十月回国的韩洛娜，向总部申请接受了国内分公司的一个关于心理治疗器械的投资项目，暂时就坐镇在了国内，还找到了云择青这个专业人员咨询求教，一来二去，也就相熟了。

“那如果他应邀去了怎么办？你会跟去吗？”小桃听他们这么久了还是朋友关系，倒替她着急起来了。

“当然会啊。反正我在哪儿不都是找项目谈项目，都一样，有小雾他爸在，我在各地分公司调动一下还是很方便的。只不过我家小雾就得完全拜托给你了。”韩洛娜笑眯眯地掐了掐小桃有点儿肉乎乎的脸蛋，手感真不错。

夏小桃闻言，一拍胸脯：“放心吧，我一定会把他照顾好的！让他每天都开开心心的，在自己喜欢的行业里做自己喜欢的事！”

“交给你，我放心！”韩洛娜细眉一扬，“不过……明天去见小雾他爸，要不要我陪你？”

“不用，我自己能行！我们都通过话了……”

于是周一上午十点，觉得自己能行的夏小桃站在咖啡馆门前，努力深呼吸了好几下，也没平复下怦怦直跳的心，无奈地推门进去了。

在没提前看过照片的情况下，她几乎是一眼就认出了时雾的父亲，眉眼的地方很像，而且虽然年纪大了，只是坐在那儿，但气场在人群中还是格外突出的。这点时雾很随他父亲。

“时伯父，您好，我是夏小桃……”她有些拘谨地走到桌边，躬了躬身。

“你好，洛娜给我看过你的照片，也给我说了很多你的事情。”时父开口的语调倒不似神情那般严肃，指了指对面，“你不用这么紧张，快请坐吧。”

夏小桃这才想到自己疏忽了什么，居然没有找韩洛娜先打听一下时父的基本信息，比如喜好什么的。这样至少不会在咖啡馆里出现不知道该为对方点一杯什么咖啡的尴尬……

正当小桃暗骂自己没经验又缺根筋的时候，时父率先问道："要喝点什么？"

"我都可以，不挑的！您喝什么，我就喝什么。"小桃答得飞快。

"那好。"时父似乎是笑了一下，才抬手招来服务员，"两杯蓝山，谢谢。"

服务员点单后离开，沉默的气氛又开始蔓延，夏小桃看了一眼时间，不知道周一的例会什么时候会结束，怕时雾找不到她，莫名就有点儿心虚。等咖啡上桌，时父抿了一口，沉声问："阿雾他……还是不想来吗？"

"嗯。"小桃老实地点点头，思量着措辞，又觉得不是当事人，没什么底气，于是那声音就像藏在了嗓子眼儿里似的，"因为这次的热搜爆料，他把当年的事情都告诉我了，包括您当时所做的……我其实也不太懂，您为什么要那么做？"

时父倒也不恼，把咖啡杯轻轻放下，很平淡地陈述着："他能都告诉你，说明你在他心里真的很重要。"

"嗡嗡嗡……"

口袋里的手机振动起来，夏小桃扯出个笑来，就着喝咖啡的动作偷偷往桌下看了一眼，是时雾的电话，下意识就要往红钮上按，可转念一想，又顿住了，鬼使神差就按下了接听键，然后状似随意地把手机倒扣着往桌边一搁。

"但洛娜姐也和我说了，说您其实总是偷偷背着时雾看他哥的照片。"这手机一搁，夏小桃没再犹豫，直接问了。

"既然他把事情都告诉你了，那你也应该知道，阿霁的死，我也有责任。如果那天我没有接到临时会议通知，而是按照原计划去租用的老宅给阿雾过生日，车子就不会改道经过那个出事的路段。可阿雾心里是怎么想的，我也知道，他后悔要是一开始就按我说的，等我开会回来再一起去，就不会遇到那飞来横祸，阿霁就不会死……"听到这儿，夏小桃隐约猜到了些什么，不由蹙起了眉。

“哎……阿雾这孩子从小心思就比别人重些，对他哥的感情又太深了，我怕他会钻牛角尖，一直陷在对哥哥的死的自责里。”时父叹息着，眼中再藏不住疲惫之色，“与其让阿雾恨自己，倒是不如恨我这个父亲，我做得越冷漠绝情，他才越能找到一个发泄的口子，而不是就那么把一切都怪在自己身上。”

“那您不肯他去找那间密室，也不愿他接触和从事密室行业，还有急匆匆地迁居国外……”

“他哥已经走了，我不能让阿雾睹物思人，一直走不出那段痛苦的回忆。其实哪有什么工作升迁，只是我想给他换个环境而已。我以为一开始他会恨我，不理解我的做法，但慢慢地，很多事就会在时间里淡了，可这孩子太倔，执念也太深，对我产生了许多误会……我这人不会说软话，对没做过的事更不屑解释什么，也就和他一步步走到了今天这局面……”

像是多年压抑在心头的巨石已经搬开了一般，时父说完，长长地吐出了一口浊气。

而夏小桃则是难过地揪住了衣襟，愈发心疼时雾，抬眼直直地盯住时父：“但您知道吗？您的这份用心，却让时雾在失去哥哥疼爱的同时，也错失了父亲的怙恃。您既然自诩知道他的心思，那为什么就没看出他那时候心里一定很害怕，很无助呢？”

“你——”时父脸色陡然一变。

“他只是需要有一个亲人陪着他一起抚平伤痛，一起走出来。如果当年您愿意和他谈一谈，告诉他，您也很伤心难过，但您会陪着他一起面对，而不是一味逼着自己，也逼着他把伤痛藏起来。如果是那样，或许最开始的半年、一年甚至两年都会很辛苦，但之后的这些年他就不会活得这么累，你们的关系也不会变成今日这样……”

如果可以，夏小桃真的很想回到那一年，摸一摸小男孩的脑袋，告诉他想念一个人是可以哭的，自责难过也是可以哭的，不要害怕面对，不要害怕表达出来，会有人愿意陪着他一起。

话音落后，是良久的无言。最终时父眉心颤动着，艰涩道："……你说得对，可他已经长大，我弥补不了了。"这大概是两代人间最深切的悲哀，当父母终于找到对的方式去呵护孩子时，孩子已经长大成人。

夏小桃瞥了一眼放在边上的手机，略显失神。如果时雾在听，他此刻又会是怎样的心情？冰冻三尺非一日之寒，虽然明白了自己父亲的初衷，但要就此和解，那年少岁月里承受的那些孤立无援的恐惧，又该如何安放？到底会意难平吧……

"好了，我该走了。"时父将她的小动作尽收眼底，倒像是刻意将声音抬高了些，"今天谢谢你的这番话，有你在阿雾身边，我相信他现在一定过得比从前好。所以请你告诉他，让他在国内好好干吧，我不会再来打扰他的生活，让他回忆起那些不愉快的。"

这话与其说是让夏小桃转达，不如说是直接讲给了电话那头的时雾。

可等夏小桃送走时父，重回公司，去到顶层总裁办公室时，时雾却半句都不曾问她去了哪里，更不曾提及在那长达二十五分钟的通话里，他听去了多少。小桃知道，他也需要时间去消化情绪，便也默契地当作什么都没有发生，只问他找自己来是为了什么事。

"今天例会上，我宣布了设计部人员架构的改革。"时雾拉她在沙发上坐下，姿态放松地伸出左边胳膊。

小桃轻车熟路地把脑袋靠过去，蹭了蹭："嗯，然后呢？怎么改？"

"借着这次 Fogging 建造密室逃脱主题公园核心项目的机会，在设计部内部设立两个长期工作组，并设置组长。一组全力跟进主题公园项目，确保最后这几个月的工程进度和质量，二组则维持日常其他门店主题的翻新。"

"哦……那很好啊，分工明确。"夏小桃点点头，随口应着，打了个小小的呵欠。昨晚想到要见时父，她紧张到有些失眠，凌晨两点才入睡，五点又醒来，这会儿被时雾这么揽在沙发上，太过安逸，就忍不住犯困。

结果下一秒，时雾的话就让她瞬间醒神——

“所以你作为《雾色》主负责人，成为一组组长。”

“什么？！”

这段时间，时雾根据密室发展现状，拉着夏小桃一起精心调整完善，把时霁留下的《雾色》改造成了一个超小解谜主题的密室方案，准备追加投放到Fogging密室逃脱主题公园中作为主打密室之一，并永久保留。

于私，这个主题始于时霁，终于时雾，是兄弟之间情感与信念的承续，是见证，也是纪念。而于公，追加《雾色》主题的决定，也是通过了公司决议层的。从商业角度而言，尽管前段时间的风波已过，但想必“一代Time大神的留世之作”这个噱头届时还能掀起一阵热潮。

至于设计部的架构改组，时雾其实是早有打算。Fogging需要的是一个拥有不同声音与思想，能够不断碰撞创新的设计部，而不是一摊被部门总监完全掌控在手中的死水。僵化与同质化对创意行业来说，是最致命的。

起初时雾认为，吴霏只是还无法适应公司规模的一再扩大，吸纳了不少优秀的设计师，担心在公司的地位被人取代而一时走偏，便立下设计稿竞选制度来提醒她，希望她能明白自己现在所处的位置要做的和以前不一样，不再是独揽Fogging重点项目的作品设计，而是去挖掘更多可能设计出优秀作品的新人。这圈内的设计师众多，她本就不是最优秀的那个，以后也还会涌现出更多天赋与才华远远胜过她的人。

当时雾发现吴霏似乎并未理解自己的用心后，也曾私下和她聊过几次，吴霏却都只是顾左右而言他，只作不明。

之后他挑中了夏小桃，也是希望能用一个初生牛犊的新人打破设计部日渐僵化的现状，仍不料吴霏竟想不着痕迹地泯灭掉夏小桃在创作上的独特光华，还是用些不着痕迹的软手段控制下属。

团建那晚，是时雾最后一次试图挽回点什么，可吴霏的反应让他失望透顶。他终于可以确定，这个曾经在Fogging起于微末时共同奋斗过的战友，已经彻底和自己，和公司离心。既然如此，时雾也就不会再犹豫，选择了看准时机，采取行动。

长期工作组组长与从前以某个项目组为基础任命的组长性质完全不同，因此此举一出，明眼人都看得出，他这是在分吴霏这个总监的权。这是一剂猛药，吴霏要么作罢，顺势退让，相安无事，要么无法接受，离职跳槽。

只不过这些职场上的龃龉，时雾不打算与小桃多说，只希望她能全心投入到她热爱的事业里，而不是为此分心。

见她原本都快眯成一条缝的眼睛，登时溜圆，时雾扯扯嘴角，促狭地勾过她身前那个工牌："嗯，回头让人做个新工牌，要改成夏组长。"

"你别欺负我这次没被吴总监带去参加例会啊！"夏小桃一把夺回自己的工牌，从他怀里挣出来，坐直了审他，"你说真的还是假的？"

时雾摊手，说得有理有据："我看起来像在开玩笑吗？你小时候就参与过《雾色》的设计，现在又是你和我一起完成的改良，你是最了解它的，做这个项目的总负责人是毋庸置疑的。"

"那我做项目负责人也就算了，怎么还把组长给我做？会不会太快了？《双面》那个项目，我也就是看过猪跑，没吃过猪肉……"夏小桃皱着鼻子，也顾不上俗话用得不太对劲，似乎把当时的组长梓奇比作了猪……

"主题公园是上市案的配套项目，谢诚也全程都在盯着，有什么不懂的，他会带你的。到时候要是还看不明白'猪'跑，就把他宰了吃肉。"时雾看她小脸上愁云密布，边顺着话欺压谢诚，边有些坏心眼地伸手摸了摸她的耳垂，惹得她一缩脖子躲痒，忍不住笑出声来。

"你别闹我——"夏小桃拍开他的手，表示抗议，"我说正经的呢！"

时雾却忽然正色地按住她肩头："别担心，你很聪明，也很懂得应变，不会做得比任何人差。更何况，万事还有我。"

"嗯……那好吧！"

能得"扎心总裁"的暖心肯定至此，夏小桃还有什么不满足的呢？于是她咬咬牙，跳下沙发，一拍胸脯："设计部一组新任组长夏小桃，保证完成任务！"

第十二章
时光的手稿

1

在时雾面前信誓旦旦上任的组长夏小桃心里其实还有一个担忧，那就是吴霏。

如果说之前吴霏还只是明里暗里，以回忆当年时的眼神与笑容来暗示，那么经过团建之后，小桃就彻底明白她喜欢时雾了。小桃和时雾在一起后，每回为工作上的事儿接触吴霏，心里总有些别扭，可她看吴霏的态度和之前没什么两样，又觉得是自己格局小了，该是公归公，私归私才对，于是对吴霏的职业精神又生出了强烈的敬意。

因此对于自己当了组长这件事，听了点茶水间里的“昔日元老与总裁失和”“总裁求生欲爆棚，为爱分权”之流的八卦言论后，夏小桃就怕吴霏会听信了这些，心里介意。毕竟好端端多出两个职权独立的工作组组长，是个总监心里都得有疙瘩吧。

然而，吴霏的态度却再次大大地出乎了小桃的意料。她不仅表示十分支持，还毫不掺水地传授给了小桃许多统筹项目的宝贵经验。

所谓事出反常必有妖，小桃有点儿诚惶诚恐，吴霏倒像是看穿了她的想法，主动透露了自己打算回老家发展，但对 Fogging 感情深厚，所以想给公司培养一个接班人，再带小桃一段时间。不过这个打算吴霏也请小桃能替自己保密，以免设计部人心不稳，自己会在合适的时候再递辞呈。

如此一来也就说通了，两人并不存在竞争关系，以后也很可能不会再有交集，夏小桃是当组长还是当别的，吴霏自然没什么可在意的。不过不管怎么说，吴霏也是 Fogging 的元老人物，小桃总觉得她要是走了，会是公司的一大损失，又碍于为吴霏保守秘密的承诺，只得在饭桌上各种暗示时雾。

“时雾，你们以前创业的事可以和我说说吗？你是怎么找到吴总监一起办公司的啊？

“你知道吴总监为什么要叫 Rainy 吗？还有她当初是怎么想到要设计《星辰之外》那种全机械密室的？

“吴总监对所有人都很耐心友善，她要是哪天辞职不干了，设计部的大家一定都会很舍不——”

“夏小桃！”直到时雾把刀叉一放，忍无可忍，她还一脸无辜。

“怎么了？”

“我们两个现在是在约会，你确定要一直把话题和时间都放在吴霏身上？”时雾好看的眉头拧着，很是无力地叹了一口气。

夏小桃还委屈上了，一瘪嘴：“那我也不想啊，主要和你说了这么多，你都没什么想法吗？”

“如果志同道合，自然会同行，不必我留。现在既然她要走，就说明她有了新的方向，我又何必去阻挠？”时雾垂眼又拿起刀叉切牛排，语调轻描淡写。

“你早知道她要辞职回老家啊？那害我在这儿绞尽脑汁暗示了这么久！”这回轮到夏小桃郁闷地把刀叉一搁，发出两声脆响。

时雾嘴角微抿起一个向上的弧度，很自然地把切好的牛排换给她：

“不是早知道，是你暗示得好，我领会得也快。”

对上他眼中那昭然若揭的笑意，夏小桃也没了脾气，咬着吸管，喝了口果汁，问得有些口齿不清：“你真这么想啊？”

“嗯。她自有她的打算，你也别操心太多，只管安心按你自己的步调做事就好。”时雾略一颔首。他也一直想全了这六七年的情分，吴霏能主动去另谋高就，好聚好散，对两人和公司来说都是最好的结果了。

在吴霏找到下家之前，无论时间长短，他都不介意她在 Fogging 进行过渡，毕竟最初她也确实为梦想、为公司奋斗过。对她来说，换一个环境，没了“元老级”这个身份包袱，或许还能重新做回 Rainy。

见他对这个话题实在缺乏兴致，小桃虽然狐疑，但也没再继续追问。要说同样是元老级的员工，时雾和谢诚相处起来就很亲近随意，到了吴霏那儿，态度就古古怪怪的，尤其冷淡。难道是怕她吃醋，特地避嫌？

“傻笑什么？”时雾把她脸上变了又变的表情尽收眼底。

夏小桃却只“嘻”了一声：“没什么！我们吃完就偷偷去玩别家的恐怖密室好不好？中恐那种就行！”

没想到好不容易把一个“人菜瘾大”的韩洛娜脱手给了云择青，这边夏小桃又无缝衔接了进来……

“好——”时雾无奈的笑意里满是宠溺，突然探过身去在她唇边吻了一下，而后在夏小桃不解的目光下挑起眉，“提前压惊用。”

时间四平八稳地来到了三月，距离 Fogging 的密室主题公园推出营业的预计时间，还剩两个多月。整个公园大小主题多达十二个，项目与主题资料都是对外高度保密，只同步资方。

为此，夏小桃请了自己最信得过的纪大摄影师的团队，来做宣传物料的拍摄与制作。时雾对此也没什么意见，纪然然的团队从承接《逃脱吧》的概念海报，到后来的行业峰会全程录制，专业水准是有目共睹的，合作也很愉快。

要说唯一有什么让时雾不痛快的，那就是一天晚上夏小桃在自己耳边，叽叽咕咕透露出“纪然然和谢诚之间不太简单”这个大八卦时，提到了两人追《逃脱吧》那阵子，是对营粉头，还互掐过的欢喜趣事。

当初那个引起了时雾注意，狂刷“逃课搭档”的ID“病医生的忠实患者”，居然就是纪然然！

提到谢诚为对抗纪然然而专门取ID名时，夏小桃是话还没出口，就先笑上了，而且是笑倒在沙发上直打滚的程度。

“有这么好笑？”时雾怕她笑得太忘我，不小心滚下沙发去，急忙长臂一伸把她捞进自己怀里继续花枝乱颤。

“就真的太好笑了！”小桃按着肚子，“他叫……叫‘时总裁最忠实的朋友’！这是什么起名鬼才嘛，哈哈哈——”

当时的时雾强迫自己冷静了三秒，最后还是冷静不下来，仿佛被夏小桃嚣张放肆的笑声感染，也跟着一起笑了好久，笑到累了，两个人才都瘫在沙发上消停了。得亏那晚韩洛娜是出去谈生意了，否则肯定要以为这俩人是吃错了药。

不过从三月到四月，“起名鬼才”谢特助追求纪然然的道路并不平顺。小桃知道自家闺密的性子，对看不上眼的异性那就是一个眼神都不会给，任你怎么献殷勤都懒得搭理，可纪然然偏偏很喜欢在拍摄现场逗着谢诚使唤，这绝对是有意思。

这期间吴霏以主题公园基本落地为由，正式提出了辞职，时雾没有挽留，也暂时没有任命新的总监，两个工作组的组长就一起挑了大梁，作为设计部的最高管理层，少不了要统筹兼顾整个部门的运转与常规事务，夏小桃这个新手的压力就更大了，没多余的工夫去八卦。

直到四月中旬，主题公园的第一支概念宣传片在网上顺利推出，初步反响不错，夏小桃才觉得自己总算忙过了一个阶段，有时间为自己男朋友的最忠实的朋友，去约闺密出来共进晚餐，顺便探探口风了。

“然然，你到底怎么想的？就关于谢诚，他追你也追了挺久了。”羊肉才涮下两碟，夏小桃就忍不住开门见山了，“你不喜欢他？”

纪然然不以为意：“急什么？我这叫立威。他要是被这点困难就吓退了，那我还是趁早等着下一个更乖吧。”

“哦——”夏小桃笑眯了眼，故意拖长声音，没说不喜欢，那就是喜欢了。在喜欢的人面前作一作，可以理解。

“你回去不许当着谢诚的面胡说啊！”纪然然夹肉的手一顿，抬眼盯着她交代，“对你家时总也不行，告诉他就等于告诉谢诚了！”

夏小桃很爽快地打了个“OK”的手势：“放心啦，时雾他才没那么八卦，他整天不是工作，就是——”

“就是你！”纪然然打断她，揶揄。

“那他好像也确实没别的……”小桃脸一红，嘟囔着又下了一盘丸子。

“齁！”纪然然吐着舌头笑她，两人嬉闹了一阵，话题便很快从男人身上移开了，天南地北地胡侃，虽然没什么营养，但也很奏效地冲淡了小桃这一个月以来的工作压力，很是放松。

火锅边的空盘子越垒越多，两人最后都不淑女地摸着肚皮，各自往后一瘫，边回味今天的牛肉丸子不错，边当起了“低头族”，懒洋洋地在手机屏幕上划拉着，间或打一两个十分舒缓的饱嗝，全不在乎形象。

“嗝……呃！”只是纪然然这嗝打着打着，突然变声儿了。

“憋住口气，一会儿就好了。”小桃以为她这是饱嗝不慎转气嗝了，就眼也不抬地抽手要给闺密拍后背顺气。

“不是——”纪然然却一把拽住了她的手腕，拉过来，“你快来看！这主题公园好像要出事啊！”

2

“这宣传片里最后那个《雾色》主题怎么看起来和我前两天在‘绝命

岛’家玩过的一个解谜主题那么像啊？”

“对，对，那个主题我也玩过了，不过好像江海市那边的‘绝命岛’门店没有……Fogging 是想靠地域信息差打擦边球吗？”

“不会吧！Fogging 之前不是刚刚闹出过丑闻，后来又反转了？我看这种罗生门事件还是不要这么早就下定论。”

“宣传片最后不是说《雾色》是初代 Time 留世的唯一作品吗？如果连这都是用剽窃的创意强行炒作，那就真成吃‘人血馒头’了！”

夏小桃眼睁睁看着上万条的转发和评论，一开始只是零星出现了几个风向古怪的讨论，之后每刷新一次，又会冒出好几条质疑《雾色》是否剽窃“绝命岛”主题创意的留言，短时间内数量直线上升，随之而来的点赞也很多，最初的几条质疑评论，很快就因热度而出现在了宣传片的评论区靠前的位置，引发越来越多的讨论。

“别慌别慌……先看看‘绝命岛’那个主题密室到底是个什么情况。”纪然然出来混的时间长，还算沉得住气，把自己的手机交给还有些发蒙的小桃继续关注舆论，转而拿过她的一搜，很快就弹出了相关信息，“国内密室逃脱头部品牌‘绝命岛’日前发布令密室回归解谜情怀的破冰之作《迷雾》，因这类小型解谜密室并非当下市场主流，目前只在其总部所在华北地区的少数直营门店落地试水，发售门票，玩家们可在网上进行预约……”

读到这儿，纪然然不禁啧了一声，又迅速退出界面，查找搜索了一番，才道：“这通稿买的也太奇怪了吧。”

“哪里奇怪？”夏小桃这时稳住了心神，拿过手机扫了两眼，也发现了不对劲，“确实……就是一则短消息，很敷衍的样子，还专门挑那种看起来就很野鸡且没流量的小站来发，自己的各平台官方账号上却一个字儿都没提！”

“对！没见过这么宣传的，倒像是一点都不想让人注意到。好比先埋好一颗隐蔽的炸弹，只等着一个契机，才突然引爆！”纪然然已经嗅到了阴谋的味道。

“你是说‘绝命岛’是故意的？就等着我们推出这支宣传片了？”夏小桃眉心处拧了个疙瘩，两手拇指飞快打着字，又开始搜索起什么来，“但他们怎么可能做到呢？就算都是重解谜的密室，为什么那么多人都说很相似呢？用水军硬刷碰瓷也不可能，只要请几个测评人两边都玩一下，不就被戳破了？”

“那会不会——”这边纪然然还来不及把心里模糊的猜想再说完，自己的手机先响了，是谢诚打来的电话。

“然然，事情紧急，我就直接这么问你别生气啊！你团队里的人都可靠吗？他们接触到的关于《雾色》的资料，有没有可能外泄？”谢诚显然也已经发觉事态发展不对劲了，顾不了太多，直截了当就问了。

在大是大非面前，纪然然一点儿都不含糊，当即表态：“你放心，就算你不问，我也打算马上回去集中所有人排查一遍。如果是我的人出了问题，导致保密资料外泄，我一定负责到底，绝对不会让 Fogging 的声誉受损！”

“呼……谢谢你能理解我，出了这种事，按条例，我需要把方方面面的可能性都排除一遍。”谢诚听纪然然话音里没半点儿不痛快，不仅松了一口气，心中还有几分小感动，“等这事儿过了，我给你赔罪！”

“我是没什么，但得请我工作室里的兄弟姐妹一顿。”

对此，谢诚自然是连连答应，接着很快就挂断电话，继续忙去了。

“这家伙真遇上事儿了，看起来还是挺靠谱的啊……”

“我找到了！”结束通话的纪然然正嘀咕着，那边夏小桃突然喊了一句。

纪然然赶紧凑过去看：“找到什么了？”

“当初一起录节目的阿盒盒，我后来关注了她，今早刚更新的实录视频就是《迷雾》的全程体验！”小桃点了播放，为节省时间，开了倍速。

纪然然立刻明白了，这是要比对两个主题的相似程度。这方面她不在行，所以率先起身道："那你先看着，我回工作室查一查有没有从我这儿外泄出去的可能。你自己回去没问题吧？"

"你快去吧，放心。"夏小桃应着，视线却是没从屏幕上移开。

"单我先买了，下次回请我就行。"拎起包，纪然然就风风火火地出了火锅店。

四十分钟后，看完视频的夏小桃也面色严峻地离开，打车直奔南涧别墅区。

抛开具体的谜题设置，《迷雾》与《雾色》至少有八成相似，从故事内核到环节设置，再到主题升华，这绝不是简单的类型重叠、构思撞车所能解释的了。没有任何两个独立创作的作品能"撞"出这样连环追尾的效果，一定是有一方剽窃了另一方。而现在最有利和最不利的，偏偏是同一点时间差——

"绝命岛"的《迷雾》已经落地门店开始售票，而Fogging的密室逃脱主题公园还未正式推出，宣传片中虽有《雾色》的剧透成分，但毕竟没有完全展现出来，因此那些质疑的评论除了能带节奏说"看起来各方面都很像"外，还并无实锤，所以舆论发酵速度并不快，也并非"一面倒"，这就给了Fogging充足的应对时间和转圜余地。

但同样的，这也是对Fogging来说最不利的，因为在外界视角中《迷雾》先于《雾色》，那么一旦有剽窃行为被定性，只可能是后者抄袭前者。而《雾色》作为所有公园主题中最后被临时加入的，也还在装潢的最终阶段，在这个"罗生门"事件中并不占有先机。

因此，现在对于Fogging来说，要想在这次的风波中"全身而退"，只有两条路：第一，找出证据，证明《雾色》的创意在先且其项目资料外泄，被"绝命岛"获得后抢先落地；第二，牺牲《雾色》，对外立刻号召不要因宣传片中的一些所谓"相似点"以偏概全，对内在不影响工程进度的前提下，对剧本进行大改，然后以最快的速度完成密室，请权威测评人与团队进场测评，破除相似的说法，以此保全Fogging上市的大局。

后者虽然也能让 Fogging 摆脱剽窃丑闻，但只怕正中了“绝命岛”的下怀——打着回归初衷的情怀，截和竞争对手精心设计的密室，借着舆论炒热点，既令 Fogging 的密室逃脱主题公园出师不利，同时又把自己的关注度炒了上去，可以说是相当缺德了。

这些全部种种，在夏小桃按下别墅门铃时，都已在她的脑海中过了一遍。

门铃声响起，她不由得惊觉，自己在这短短的一个多月的小高层生涯中，耳濡目染，确实成长了许多。

“你怎么来了？不是去和然然吃火锅了吗？”

“时雾在家吗？”韩洛娜出来开门，两人几乎同时开口问对方。

“哎……看来你已经知道了？吃饱没？家里还有些小点心。”韩洛娜关切地把她牵进来，

“小雾说你忙了这么久，好不容易出去放松一下，不想让你这么快就又操心上，特地交代我不许给你打电话。”

“不用了，是吃饱以后然然才发现的。”小桃急忙摆摆手，进屋没见着时雾，偷偷摸摸似的，压着声儿又问了句，“他没事吧？”

“你去看看就知道了——”韩洛娜伸手指指楼上，示意人在书房。

自从时雾在阁楼间里决定对小桃彻底敞开心扉后，这书房也就任由她出入了。房门没有关，小桃才走到楼梯口，就已经听到了时雾充满磁性的嗓音，像是在和什么人进行视频会议，其间也穿插着其他人的说话声。

尽管已经失去了作用，但墙壁上的那幅大地图还在，时雾并没有将其揭下。有一回小桃进来拿充电器，望着那地图，不禁就想起了那晚半醉的某人还将她隔着这张地图抵在墙面困住，恶狠狠说她别有用心。

那时正想得出神呢，她的腰就被人从后头温柔地圈住了。她扭头去瞧时雾的侧脸，眼梢中隐着些许笑意，就知道他大约也是忆起了那次的事儿，便一仰下巴，学着时总在公司里说一不二的气势，指着地图道：“你当初欺负我的物证，必须留着，好让你记得。”

“好……”唇贴上她的耳郭，那日的时雾自然应了。

她知道他的伤痛从哪里来，也许这仅仅只是一个很小的改变，但夏小桃希望终有一日，所有留在时雾生命里的印记，都将只与美好的回忆有关……

回忆的画面似乎很长，但也仅仅只有从楼梯口到房门边的几步路。

怕打扰时雾，误入视频会议的镜头，小桃便不进去了，只靠在门边，静静地注视着他时而微微敛眉，时而略一抿唇，时而倾听，用分明的指节轻轻叩击书桌桌面，时而开口，用沉稳的语调部署应对的措施。

夏小桃浅浅地笑了，事情涉及《雾色》，也就等于牵涉进了时雾，来的路上她还担心就像有过敏史的人不能接触过敏源一样，时雾会因此再度陷入心底的那片泥沼中。但现在看来，她的时雾啊，说到做到，是真真正正兑现了给她的承诺，彻底走出来了。

于是当结束会议，时雾转头看向门边时，她唇边那小小的梨涡一下就落进了他的眼底，蹙起的眉也跟着舒展开来。

“怎么不进来？”他起身走过去，摸摸她的脑袋，又把她牵进房间，让她坐到自己之前坐的位置上。

夏小桃看了一眼面前桌上合着的笔记本电脑：“你开内部会议，我在旁边转悠像什么样？”

“又不是地下恋，有什么关系？”时雾轻笑，转身给她倒了一杯水。

喝水的时候，夏小桃发觉时雾好像没打算主动和自己谈事，心中有些不解，但还是先开了口：“现在情况怎么样？我刚才看过对方那个密室的全程通关视频了，是阿盒盒录的，真的很像。而且仔细看整个密室的装潢、道具设计有点儿粗制滥造，像是匆忙赶工，时间有限造成的，也不符合‘绝命岛’以往格外注重这方面品质的作风。所以我怀疑，不是——我几乎可以肯定，有人把《雾色》的资料外泄了！”

说着，她把杯子一放，就要拿手机出来：“你忙着开会估计还没搜过，我给你看看，你就知道了——”

谁知时雾只是顺势将她的手机抽走，一手扣住她的手，一手解开第一粒领扣，俯身低头吻了上来。

“你干吗——在说正经事儿呢！”小桃都蒙了，拿另一边手去推他，可时雾却和座山似的，半点儿都推不开，“唔……”

没奈何，夏小桃想着或许是他心中终究有些伤怀，需要安慰，那手也就不再推了，转而攀上他肩头，阖了眼感受着这个温柔又不可抗拒的吻。

半晌，等两人分开的时候，小桃微微喘着气，耳根子都有些发红了。

“时间不早了，我先送你回家。”时雾见她还是一副没回过神来、迷迷糊糊的样子，便趁机将她揽起身，要送她离开。

“不行！我现在还不能走，话还没说完呢。那视频你先不看也没事，我就是怕公司内部泄露资料的人做得很隐蔽，我们找不到证据，那就——唔！”

谁知夏小桃居然思路还很清晰，一点儿没断，时雾听了只是一叹，之后二话不说又低头去吻。

这下小桃不乐意了，心道这是故意堵她的嘴呢，就开始双脚并用地折腾，一旦成功从时雾那儿获得换气的自由，就还往下说，数次之后，终于把自己赶来的目的说了出来：“所以只要带记者去我家看一眼，就知道谁先谁后了，越早去越好——迟了还会被诟病是东窗事发，我们照着人家的密室赶工的！”

“……我知道。”这回时雾也终于是放过了小桃的唇，神情很是无奈。

果然是想把她吻到七荤八素，然后糊弄过去，让她不提这办法吗？夏小桃气鼓鼓地撇开他的手，和他拉开五步距离站着，双手抱臂，摆出最严肃的架势与他对峙：“这办法是最直接奏效的，你为什么不肯我提？”

“这办法确实直接，我也可以找信得过、交情不错的媒体去报道，保证现场场面不会失控，但这和你个人在公开场合出镜终究还是不同的。之后再有其他闻风而动的媒体，就不是我能控制得了的。”时雾揉了揉眉心，

“我不希望把你和你的家人牵扯进太深，打扰到正常生活。”

夏小桃闻言一愣，她刚才确实没有冷静下来想过这一层，一群媒体记者跑去家里拍照摄影，就算能说服他爸妈，其他不明真相的邻居又会怎么看呢？一次的采访够吗？会不会像之前遭遇狗仔那样，开始有人在她家附近盯梢呢？那必然会给家人和邻里带来很大的不便。似乎在内心挣扎了很久，夏小桃有点沮丧地退到角落的单人小沙发上坐下，按在膝上的手攥成了拳，话音虽低了，却不改坚定：“你说得对。但无论如何我作为项目负责人，就应该承担责任……只要是我自己能够承担的，不管是什么办法，要怎么做，你都要告诉我。”

时雾眼底眸光不禁起了波澜，一步步走近她，在她身前半蹲下来，与她对视，轻笑道：“在严格按照公司规章使用项目资料的情况下，如果仍然出现外泄，造成损失，作为负责人，你确实有责任做好善后处理，但除此之外，不要乱揽过错。所以，你要做的就是在我离开的这段时间，好好在设计部配合谢诚。”

“你去哪儿？”小桃微惊。

“我要回去一趟。”时雾牵过她的手，握住，“他那里或许有能用上的东西。”这个“他”字一出口，夏小桃登时就明白过来了，时雾是要回去去见他的父亲。

“你的意思是……”

“我哥有一本很厚的记事本，有关密室的东西他多半都会记在那上面，上大学以后也都随身带去学校。我不确定那本子还在不在，也不确定上面会不会记着与《雾色》相关的东西，只能找他问问。”时雾没什么语气地说着，表情也很平淡。

在得知时父的真实用意前，无论是时雾还是小桃，都认为他不可能至今还保留着时霁的那个记事本，但咖啡馆的长谈过后，夏小桃觉得时父肯定珍藏着那本子，唯一需要赌的，就是那上边是否会记录有《雾色》的手稿。如果以此为契机，能让这对父子坐下来好好谈一场，解开心结，那也未尝不是一件好事。

想到这儿，小桃用力回握住时雾，点了点头，郑重地答应道："好！我等你回来。"

3

Fogging 上市在即，若有资方在此时感到事态的未来发展不乐观，而选择撤资，极有可能导致资金链断裂，因此为免夜长梦多，时雾次日一早就搭上了国际航班。

公司有谢诚坐镇，稳住大局和各个资方一段时间并不难，难就难在要做多手方案，不能就指望着时雾那边会传来好消息。调查出项目资料外泄的源头是上策，同时也要做好最糟的打算，那就是将《雾色》"改头换面"。夏小桃责无旁贷地承担下了后者，在紧急会议上立了军令状，会结合《雾色》密室的装潢进度，带着组内人员在三天内给出一套最省时、省事的修改方案。

至于抓"内鬼"这件事，自然是由谢诚主导进行的。纪然然是在当天晚上，就把自己工作室的人都排查了一遍，这些人都是从大学起就跟着她的，她在心里其实是完全信得过的。况且他们掌握的东西并不多，都源于拍摄所必须获取的，就算外泄，那也只能外泄个壳子，而从设计到创意核心的剧本，还得是 Fogging 内部人员才能拿到，尤其是设计部的。

这点谢诚当然也清楚，也动用了些不太上台面的手段，并未发现设计部的员工近期有什么异样表现，比如有什么需要花大钱的地方，又或是消费水平突然提高。这也就意味着，没人具备把资料外泄的理由并因此得到了任何好处。至于有没有谁私下接触了"绝命岛"的人，以事成之后跳槽过去，升职加薪为目的这么干，那谢诚就真是没法查到这一步了。就算有私家侦探的本事揽下这活儿，那也得一个个去跟踪排除，这样做所消耗的时间是不被允许的。

所以人啊，做坏事很少有不懂得遮掩一二的，想要抓到马脚，谈何容易。

眼见陷入僵局，甚至“此路不通”，谢诚这头发是一把一把地掉，纪然然看不下去，就把人拽到了自己工作室的暗房里，陪自己一起冲洗和整理底片。

“换个环境，洗洗脑，静静心，也许会有新的思路。”

谢诚这两天吃喝拉撒睡全在公司，也确实压抑得不行，也就从了她，摆了个小马扎坐在一边，目光微微发直，既像在看纪然然冲洗底片，又像是在放空头脑，纯发呆。

这人往暗房一钻，时间感就容易逐渐消失。

谢诚就那么专注地盯着那道身影用镊子夹起一张又一张相纸，在水池中漂来漂去，浸水池、显影池、停影池、定影池、水洗池……总之画面挨个浮现在相纸上，然后被夹起从头顶牵过，或是从墙面上拉过去的绳儿上，心头似乎真没那么烦躁了。

仔细想想，他和纪然然之间的相处总是鸡飞狗跳、吵吵闹闹，像这样相安无事的静好时光，倒是头一遭。笑了笑，谢诚有了些闲情，又把目光从纪然然身上移开，仰头去扫视那些冲洗出来的照片。

那些都不是什么正式的商片，纯粹是纪然然在整理自己平日里随手的街拍，因此有的镜头里只有景，有的则会走入两三个匆匆的路人。纪然然觉得不错的，就夹起来留下，不太好的废照片，就扔进谢诚脚边的纸篓里。

到后来谢诚刻意把纸篓给钩到自己脚边，他觉得废片比较好玩。就在纪然然走过来，俯身准备将又一张相纸丢进纸篓时，谢诚却突然一把握住了她的手腕：“等等！”

“怎么了？”她保持着弯腰的姿势，不明所以地偏过头看他。

谢诚没答她，只是抽走那张照片问：“这是什么时候拍的？”

“这不写着吗？”纪然然没好气地伸手一指照片的右下角，“三月十二号。”

“你确定？”谢诚皱眉，目光不离照片上的两个人，神色凝重起来。

“当然确定了！这张照片到底怎么了？”纪然然凑过去又把照片端详了一遍，确认自己没拍出什么灵异画面。无非就是她想取景某家咖啡馆的室外部分，无意间拍进了一个年轻女人和一个谢顶中年男正面对面坐着谈话的场景。

“你没见过，这个人是吴霏。”谢诚指向那个女人。

“吴霏？”纪然然略一回忆，很快就想起来了，“噢！小桃子和我提过，是她上司，你们设计部的总监？公司创业初期就在了，但好像已经辞职了吧？”

谢诚点点头，随即又费解地摇头：“奇怪，她为什么骗我和时雾？”

“骗？”

“小桃估计没和你细说，吴霏辞职是要回老家发展。她走那天，还是我开车送她去机场的——那天我记得，是三月九号，我还说她走得也太急了，都不给我机会组织个聚会，毕竟从Fogging创业到现在，最初的几个人走了一个，走之前是该聚一聚的。”

“也就是说，她已经走了，结果没两天又回来见这个人？也可能是她根本没走？”纪然然的神色也严肃起来了，“那她对面这个人是谁？”

谢诚盯着那个男人的侧面看了许久，却没半点儿印象：“我没见过。”但这并不能排除这人不是圈内人，每年行业峰会邀请的人有限，各个品牌一把手来了，二把手未必来，台前的管理层来了，台后的投资人未必来。因此他也不可能认识圈内的每个人，但吴霏她……

“我把照片再多洗几张出来，你好找人打听。”见谢诚面露纠结，纪然然倒是很果断地直起身，“打听出来，确认和她没关系最好，只当多心了，也不影响她什么。但如果真的是她干的，那也只能应了那句老话，叫‘知人知面不知心’，就当多年交情喂了狗。”

抬头望见已经背对自己开始重新冲洗照片的身影，谢诚面上是鲜有的认真笑意，轻声应道："好，都听你的。"

而此刻，大洋彼岸，时雾走进自己那间自十八岁起就几乎再未踏足过的卧房，心中竟格外平静。

房间一看就是有人定期进来打扫收拾，干净整洁，可无人居住的清冷却不比灰尘，能够轻易扫去。

打开左手边的大衣柜，空荡荡的，时雾低下头，似乎看见了十三岁的自己把缩在里头，

关上柜门在黑暗里舔伤的模样。正对衣柜的床上，一床被子还被叠得很平整，床单也铺得一丝不苟，不带一点儿折痕，全看不出当年也才十几岁的韩洛娜在他屋里撒泼耍赖时各种翻滚蹦跶后留下的满床褶子。

再往右靠墙处，摆着一张书桌，当初洛娜她妈妈显然没料到他的个头会蹿得那么快，定做时没有估量出足够的高度，以至于才念到初三，他就得缩着腿才能坐在桌前写字了。但他又别扭着不愿意开这个口，于是就和这张桌子一直将就到了高中毕业，直到去大学住了宿，才总算是能舒舒服服伏案了。

也许是放下了，那些本以为再忆起会十分压抑的时光，竟也惹得他嘴角微弯。

身后突然传来略显急促的脚步声，但那步子的主人又很快在门外停住了，并没有出声。

时雾嘴角一平，转身看去，是自己西装革履的父亲站在那儿，淡淡道："其实你不用特意提前回来。我说了会等你，就会等。今天公司没什么事儿，原本就打算早点回来陪洛娜妈妈。"

要说这份面无表情的自持、全无波澜的语调和口是心非的嘴硬，这父子两人当真是一个模子里刻出来的。

"嗯。"时雾微垂下眼，应了声，就近靠在那张书桌边，"既然这样，

那我长话短说。公司现在遇到一点问题，不知道有没有我哥当初设计《迷雾》的手稿，可以作为证据。”

“……有。以前怕你找到，我都让洛娜妈妈帮忙把所有关于你哥的东西都锁在了洛娜小时候住的婴儿房里。我去给你取来，你找找哪些能用。”

“我跟你过去吧。”

从最初的针锋相对，到后来的淡漠疏离，父子两个在过去的十数年中，哪怕只是像此刻这般平心静气的对话，都是几乎从未有过的。

两人沉默着出了房间，走到二楼走道的尽头。时父摸了摸口袋，才想起这婴儿房的钥匙并不是随身带的，于是又交代时雾等一会儿，自己转身拐到主卧里去取。

也难怪当年时雾曾试图趁其他三人不在家时翻找，想找到哪怕一点儿父亲还在意、想念哥哥的证据，却都一无所获。他确实从没想过要进这间房，因为从他来到这个家里的那天起，房门就是锁着的。就连韩洛娜在闲聊时和他说起，也说的是她妈妈舍不得丢掉她婴儿时用过的东西，索性就地锁在了房里。

正想着，时父已经折返回来，默不吭声地上前开了房门。里头确实是婴儿房的布置，样式已经过时的旧摇篮还摆在那儿，时雾并没有跟着他走进去，而是在身后目视着他，在一个矮柜前弯下腰，打开抽屉，将里头的东西取出来。那是一本厚厚的记事本，中间还夹着许多素描本上撕下来的图纸和从报纸、杂志上裁剪下的纸片。

时雾看着父亲将抽屉推回去，直起身，却发觉他的腰背已不似记忆里那般笔挺了。自己有多少年不曾好好看过他的模样了？

“除了本子，还有些是当年他舍友帮忙从宿舍里找出来的，都在这儿了，你看看。”怔神间，时父已走过来，递过了本子。

无声地点点头，时雾接过翻找，里头有些内容他是见过的，有些没有。他哥可宝贝这本子，不让他在自己不在场的时候拿出来翻，就锁在抽屉里，后来时雾也就不看了，再之后就是他哥去念了大学，本子也跟人一起离了家，就更瞧不着了。

“怎么样？有能用上的吗？”时父看他翻了一阵，还是忍不住问，“公司出了什么事儿？我这两天也没注意到。”

时雾没有立刻回答他，而是加快了翻找的速度，从厚厚的图纸中找到了手绘的《雾色》机关设计草图，以及断续散落在本子页上的主题内核、剧情背景与设定，虽然乍一看略显凌乱，但串联下来，就是一个非常完整的从初步构思到填充完善的创作过程，足以成为强有力的原创证明。

“找到了。”时雾将本子一合，抬眼，应得十分简短，“我能解决，放心吧，先走了。”说完，他也不等时父反应，转身就要下楼。

“阿雾——”听到父亲在身后喊住自己，时雾并没有回头，只是停住了脚步。

“你能原谅……我从前的自作主张吗？”

“既然是从前的事，那就意味着结果无法改变，所以也就无法被原谅。”时雾给出这个答案的时候，没有丝毫犹豫。

时父目光一颤，望着已然比自己要高大许多的儿子的背影，眼底原本燃起的那一点儿希冀又熄灭了：“……对，是这个道理。”

“不过我现在过得很好，所以打算忘记从前了。”时雾却在这时轻叹着仰起脸，望了望头顶什么都没有的虚空。

“你……”时父上前一步，不敢去多想这话里的含义。

而时雾已经抬步下楼，终究在转角处才了停下来，朝父亲的方向，深深望了一眼：“今年，我会带小桃回家过年。”

尾声

余生作赠

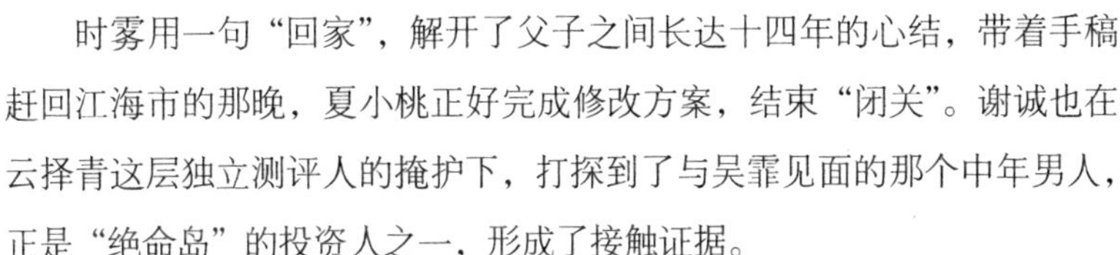

时雾用一句“回家”，解开了父子之间长达十四年的心结，带着手稿赶回江海市的那晚，夏小桃正好完成修改方案，结束“闭关”。谢诚也在云择青这层独立测评人的掩护下，打探到了与吴霏见面的那个中年男人，正是“绝命岛”的投资人之一，形成了接触证据。

之后官方发声，律师团队介入，真相公之于众，Fogging 完成的又一次“大反转”，成为密室主题公园最好的“宣传片”。

倒是吴霏的所作所为，不禁让谢诚愤慨至极，也令夏小桃唏嘘了很久。夏小桃不明白，Fogging 的今天，也包含着吴霏当年在无数个艰辛日夜里的打拼与奋斗，就算分道扬镳，她怎么能忍心亲手去毁掉它？对于小桃的这份“想不通”，时雾只捏了捏她的鼻尖，笑道：“所以你才不是她。”

于是夏小桃就不再想了，一门心思重新扑到了主题公园各个密室的最后测试阶段中，直到五月底，主题公园如期开放，Fogging 顺利上市。她向公司提请，卸去一组组长之职，重新做回设计部中一个纯粹的密室剧本设计师。

时雾从来都懂小桃的理想与追求，当初让她上任，只是希望全程把控整体项目的经验，能给她的设计带来更多的思维模式，也没想过要她一直做下去，他早已找了猎头公司物色新总监，又在组内重新提拔了一名组长，接手负责主题公园里密室的常规翻新，设计部由此很快就步入了正轨。

只遗憾的是，天下无不散之筵席，六月过半，夏小桃送走了韩洛娜与云择青。

云择青到底是接受了国外那间研究所的邀请，韩洛娜眼见自家弟弟有人管着了，也就很放心地跟着走了。

再后来，暑热渐浓，转眼又到了一年毕业季。

这一年，过得飞快，周末有空的时候，夏小桃就会回最初工作的门店看看，偶尔客串NPC，帮帮忙。那里有陈姐、艾米，还有阴差阳错让自己遇见了时雾的邹月。

不过这回，夏小桃却有别的打算……

“看看！还原度怎么样？”

周日上午七点半，万悦广场负一层Fogging门店的化妆间内，陈露、邹月和纪然然三人把夏小桃围在中间，化妆的化妆，戴发饰的戴发饰，整理裙摆的整理裙摆，三人手脚麻利，配合默契，很快就大功告成，各自往后退开一步，让小桃仔细打量镜中的自己。

金色的鹿角发饰在镜前的映照下闪动着盈盈光泽，短纱裙蓬松柔软，绿意迷人，裙摆上缀着细叶与各色繁花，半扎半散的头发喷了浅金色的临时染发剂，与发顶上那对鹿角相得益彰。

“陈姐，这套装扮你们一直保留着吗？”夏小桃惊喜地抬手摸着自己那对“尖耳朵”，简直像是又回到了在《奇遇森林》里扮演NPC的那段日子。

“主题虽然一段时间后就被替换下架了，但是精灵这种角色在很多奇幻剧本里都有可能出现，所以我就随手压进了箱底，想着没准儿以后改改还能再用。”陈露对自己的先见之明很是满意，“这不就用上了？”

“上次让你扮了女鬼，这次一定能让时总惊艳！”邹月说着，又非常细节控地上手把夏小桃鬓边的碎发拨了拨，调整出最能修饰脸型的弧度。

纪然然则是看了眼时间，拿胳膊碰了碰仿佛已经在对镜幻想的小桃，揶揄道："我们还是早点进场准备吧，你家时总想见你，肯定会提早到的。"

最近这家门店新上的主题里，正巧有一个中包含了森林场景，虽然不是奇幻题材，布景比较写实，但也能凑合着借用，艾米作为店长，提前让人在场景里摆了些绿色的荧光棒、灯带之类的，氛围感就出来了。

四人从员工通道直接越过前两个场景，到了森林部分，负责本密室的场控早就等在了里头，把绳索的使用方法演示给夏小桃熟悉一遍，又给她指了道具树的树冠间有一处死角，可以用来掩藏身形。

小桃原本就干过 NPC，基本设备的使用都是培训过的，时隔一年，有些手生，却并不陌生，很快就上了道，自己绑好绳儿拽了拽确认安全后，就猫着身子躲进了视觉盲区。

其他人看一切就绪，立刻火速撤离，跑到控制室对着监控画面吃瓜去了。不过纪然然还举着相机，蹲守在员工通道的暗门处，美其名曰，要为闺密记录美好瞬间。

四下陷入一片寂静的漆黑，夏小桃拨开眼前的一片树叶，确认自己能观察到外边的情况，忐忑地等待着，一边回顾昨晚和时雾的通话，思忖着自己应该没有露出马脚。

"时雾，我明天想回我们第一次见面的门店去看看。"

"好啊，我和你一起去。"

"不用不用，然然在万悦广场有个商摄，明天正好载我一起去就行了。"夏小桃眼角余光瞥见梳妆台上的镜子，里头的自己一脸心虚，"不过你突然去店里，我怕影响艾米姐他们正常运营，所以我们趁开业之前？八点，不见不散？"

"好，听你的……"

回忆完毕，小桃觉得时雾应该是没有察觉到什么，随即就听到了森林入口处传来的脚步声。

“小桃来得早，我们又都在忙，怕她无聊，我就先让她边玩密室边等你。我刚和场控确认过了，她刚到这关，应该就在里面。”艾米果然亲自接待了时雾，把人往里引，“那我就不进去了，你们玩吧。”

“好，辛苦了。”

时雾的脚步声渐近了，夏小桃屏住呼吸，准备好起跳姿势，等待耳返里陈露她们从控制室发出的指令。

“来了来了——”

随着耳返中的一声“跳”，四周莹绿的光芒乍亮，夏小桃从高处跃下，吊绳下放的速度控制得不快不慢，既不会让她受伤，又能给到一个从天而降的过程感。

“时雾——”

她喊着他的名字，扑进了他的怀里。仿佛初遇重演，但她总算不再是那个烈焰红唇、披头散发的“女鬼”了，一雪前耻的小嘚瑟油然而生，小桃笑眯眯搂着他脖子，问：“我这样好看吗？”

“很好看。”拥住跌落凡间的精灵，时雾眼梢的弧度温柔，低低缓缓地应着她。

“你怎么好像一点儿都不惊喜？”小桃却皱起了眉，直觉哪里不太对劲。

尽管时雾对各种恐怖密室中NPC的暴击都面不改色，但胆子大归胆子大，不受惊，也该觉得有些意外吧？怎么好像就连刚才张开的双臂都是提前预谋好的高度与角度，正好就把她一托一揽，接了个满怀呢？

“今天是我们第一次见面的纪念日，你又不肯我送你来，那就只有一种可能，就是偷偷瞒着我准备了惊喜。”时雾云淡风轻地解释着，伸手够到她背后，帮她将绳扣解开，“如果我连这么明显的事都看不出来，也想不到，那就只能说明我不上心。”

“哦……”夏小桃乖乖配合他帮忙接绳扣，鼓着腮帮子点了点头，想想也对。

身后传来绳扣落在地上的声音，时雾圈住她腰身的手才收回去，很自然地插进西裤的口袋里："所以我也一样给你准备了惊喜。还记得你年会时候抽中的大奖吗？我的那份礼物还没兑现给你——不过，这份礼物能不能送，还得征得你的同意。"时雾说到这儿，话锋一转，眸光变得略深了。

"还有这种礼物？我为什么会不——"话还没问完，只见时雾已经后退一步，单膝跪地，从口袋中取出锦盒，举到她眼前打开。

"我有这份荣幸能把这位美丽的精灵娶回家吗？"

钻戒在灯带的映衬下流光璀璨，小桃的双眼微微睁大，心脏不敢置信地狂跳了好几下，半晌找不出声音来，微微张着唇，看起来有些呆。

纪然然在门后看得着急，正要冲出去，肩头却被人按住了，回头见是不知什么时候溜进来的谢诚，把食指摆在唇间，做了个噤声的动作，另一手拉着她就要走："别在这儿当电灯泡，跟我走！"

"那他向我家小桃子求婚，我总得做个见证啊！"

"到了控制室里，你把脸贴在屏幕上见证都行——"

"哎，你放开，我自己走……"

暗门后多少发出了点两人拉拉扯扯的声音，小桃这才如梦初醒，双手按在心口上，低低地向他确认："你这算是……正式在向我求婚吗？"

"是。"时雾深深地凝视着她，语调郑重地又问了一遍，"夏小桃，你愿意嫁给我吗？"

"嗯，我愿意！"得到他的回应，夏小桃也再没犹豫地用力一点头。

时雾闻言笑了，牵过她的手，替她戴上戒指，短短不过几秒，小桃却觉得他用尽了毕生的珍重。

鼻间微微有些发酸，小桃也不知道自己哪根筋搭错了，居然试图在这种时候，和时雾聊点别的："你是不是早就打算了，和店长她们都串通好了？"

"嘘……"好在时雾并没有让她把这个话题继续下去，起身顺势将她往怀里一带，捧起她的脸颊，与她鼻间轻轻一触后，吻住了她的唇。

想着密室里还有监控，夏小桃有些羞怯，双手下意识地想要拥住些什么，一点点攀上了他的后背，指尖划过那背脊上的骨骼之后，理智沉沦。

再多的甜言蜜语，也不及他一次次为她俯下身时的温柔。那一刻他背脊的弧度，是这世间独属于她的美好与深情。

十分钟后，密室之外，Fogging 的工作总群中跳出了一条消息，众人打开一看，“壕无人性”礼物清单更新置顶。

时雾填进去的——是余生。

——全文完——